Eisiges Feuer

von

Sandra Gernt

http://www.deadsoft.de

Originalausgabe 2010

Cover: M. Hanke
Bild: Giuseppe Parisi – fotolia.com

1. Auflage
ISBN 978-3-934442-57-3

Für Karin.
Alles wird gut …

1.

Dunkle Gestalten schlichen durch das Unterholz. Sie verfolgten schon seit den frühen Morgenstunden zwei Männer, so geschickt, dass ihre Beute noch ahnungslos war, auch wenn sie sich beide immer wieder misstrauisch umblickten. Die Räuber waren geduldig und vorsichtig, sie hielten sich auf Abstand, bis sich eine günstige Gelegenheit ergeben würde. Bislang war die Handelsstraße, die dicht am Waldesrand verlief, zu belebt gewesen, um zuzuschlagen, doch nun bogen die beiden Männer in einen schmalen Pfad ein, der als Weg zu einer Wasserstelle ausgeschildert war.

„Nur ein bisschen Glück, dann ist am Bach nichts los!", frohlockte Onkar, der jüngste Räuber in der Bande – ein wenig zu laut. Albor schlug ihm hastig gegen den Kopf, um ihn zum Schweigen zu bringen.

„Halt's Maul. Wenn die ihre Schwerter gegen uns ziehen, gibt's Tote!", zischte er.

Ihre Beute hatte glücklicherweise nichts bemerkt, die Männer waren abgestiegen und führten ihre Pferde zu Fuß zum Wasser. Es waren vor allem diese beiden prächtigen Fuchshengste, die den Räubern aufgefallen waren, zwei edle Tiere von geradezu vollkommenem Körperbau. Obwohl deren Besitzer in eher schlichte schwarze Umhänge gehüllt waren und keinerlei Gepäck bei sich trugen, das einen Angriff rechtfertigen würde, waren die Räuber ihnen kurz entschlossen auf den Fersen geblieben. Das war leicht, da die vom Regen aufgeweichte Straße eine schnellere Gangart als Schritt nicht zuließ. Die Unterhaltung der beiden konnten sie zwar nicht belauschen, doch die geschliffene Aussprache ließ keinen Zweifel: Adlige. Nur leicht bewaffnet, ohne Eskorte.

So etwas war sehr gefährlich – alle Adligen Onurs bekämpften einander, sei es als offene Fehde oder mit dem, was sie „das Spiel" nannten: Ein kompliziertes Geflecht von Intrigen, Bündnissen, Verrat, Lügen und Listen, das kaum durchschaubar war. Dabei versuchte der Hochadel, seine Macht zu sichern und auszubauen, der niedere Adel hingegen sein Überleben durch Bündnisse zu sichern. Im Mittelpunkt des Geschehens stand der König, der das Spiel so zu steuern verstand, dass im Augenblick ein fragiles Gleichgewicht im Land herrschte. Er hatte im Laufe seiner jahrzehntelangen Herrschaft Gesetze erlassen, die es den mächtigen Fürsten einerseits erlaubten, straflos jeden zu töten, den sie im Spiel besiegt hatten, sie andererseits mit Tod oder Verbannung bedrohten, wenn sie eine geringfügige Ehrverletzung begingen. Die Verlierer dieses Spiels waren nicht nur jene, die sich im Intrigengeflecht verfangen hatten, sondern vor allem das Volk. Weitestgehend rechtlos wurde es von seinen Herrschern in sinnlose Gefechte geschickt; nur wenig wurde getan, um Sicherheit und Wohlstand zu fördern. Waren die Adligen zu sehr mit sich selbst beschäftigt, verfielen die Straßen, nahmen Überfälle und Gewalt schnell überhand. Aufstände hungernder Bauern wurden zumeist brutal niedergeschlagen. Es gab allerdings auch Herrscher, die die Not der Bevölkerung für sich nutzten, indem sie den Bauern und Leibeigenen ihrer Gegner Lebensmittel und Vieh schenkten.

Zwei Adlige also, die sich ohne Schutz offen auf eine Straße wagten, dabei zwar besonnen, doch nicht verängstigt schienen, waren entweder leichtsinnig, verrückt oder in der Lage, sich allein durch ihren Rang vor dem Landesherrn zu schützen. Das Ganze schien interessant genug, um einen Überfall zu riskieren.

„Noch mal, wir legen nur los, wenn wir sie überraschen können. Schnell und sauber, ich will die beiden lebend zu Kirian bringen, sonst sind sie wertlos für eine Lösegelderpressung. Wenn die ihre Waffen ziehen können, keine Heldentaten, klar?“, schärfte Albor seinen fünf Begleitern noch einmal ein. Sie alle verachteten das „hohe Volk“, respektierten aber durchaus deren Waffengeschick. Er nickte Sveit zu, der sich am Waldrand versteckte. Sveit würde sie warnen, sollten weitere Reisende in den Weg einbiegen, um ihre Reit- oder Lasttiere zu tränken.

Albor vergewisserte sich, dass sie tatsächlich gegen den Wind herankamen, damit die Pferde der beiden nicht nervös werden konnten, dann gab er das Zeichen zum Vorrücken.

Ihre Beute verhielt sich weiterhin vorsichtig. Der jüngere von beiden, ein schlanker Mann mit dunkelblondem, schulterlangem Haar, beobachtete die Umgebung, während sein Begleiter am Ufer kniete und ein Stück abseits der Pferde seinen Wasserschlauch füllte. Die Tiere waren angebunden, das war gut; so konnten sie in dem gleich folgenden Tumult nicht durchgehen.
„Ich übernehme den Jungen, Bille, du bist dabei. Onkar, Ramin, geht von links an den anderen ran. Aufgepasst, der scheint schlagkräftig. Los!", hauchte Albor. Dann ging alles blitzschnell: Die Räuber brachen aus dem Unterholz hervor und stürzten sich auf ihre ahnungslosen Opfer. Der Jüngere schaffte es zwar, sein Schwert zu ziehen und Bille anzugreifen, der, wie Albor geahnt hatte, gegen die Kampfkunst des Adligen unterlegen war. Doch schon war er selbst heran, hieb dem jungen Mann mit einem Stock in den Rücken, so wuchtig, dass der beinahe in Billes Säbel gestürzt wäre. Albor drückte ihn gewaltsam zu Boden, überließ ihn dann seinem Kameraden. Ein fast unmenschlicher Wutschrei erklang vom Ufer. Ramin und Onkar hatten den zweiten Mann eigentlich schon niedergerungen, versuchten, ihn zu fesseln, doch er kämpfte verbissen darum, ihnen zu entkommen.
„Ihr habt ihn umgebracht! Lys! Ihr habt ihn umgebracht! Ihr Bastarde! Lys!", schrie er. Der Blick des muskulös gebauten blonden Mannes war von so viel Entsetzen und Wut erfüllt, dass Albor sich unwillkürlich umwandte. Der andere Gefangene lag nun still am Boden, die Augen geschlossen. Blut sickerte über sein Gesicht. Rasch kniete Albor bei ihm nieder, doch es war nur eine oberflächliche Wunde am Haaransatz, kaum mehr als ein Kratzer, wo ihn der Säbel gestreift hatte.
„Der is' in Ordnung, dein Schlag hat ihm wohl die Luft aus der Lunge gepustet", meinte Bille nachlässig. Tatsächlich bewegte sich der Junge bereits wieder. Er mochte Anfang zwanzig sein, vielleicht etwas älter. Albor rief kurz über die Schulter: „Alles klar, der lebt!", dann half er mit, ihm die Hände auf den Rücken zu fesseln und seine Augen zu verbinden. Als Bille ihn umdrehte, um zu prüfen, ob die Binde richtig saß, fiel Albor die Kette auf, die der junge Mann trug. Ein silberner runder Anhänger, auf

dem etwas eingeprägt war. Er erkannte sofort, dass das Schmuckstück wertlos war, das Silber zu dünn, um es verkaufen zu können, die Kette selbst nur eine schwarze Lederschnur. So etwas hätte Albor bei einem Bauern erwartet, aber niemals bei einem Adligen! Neugierig griff er nach dem Anhänger, doch diese Berührung brachte Leben in den jungen Mann, der bis dahin alles still hatte geschehen lassen: Er warf sich panisch zurück, riss wie wild an den Fesseln, um Albors Hand zu entkommen. Bille versuchte ihn festzuhalten, doch der Junge kämpfte weiter, bis Albor ihn schließlich ohrfeigte und fauchte: „Schluss jetzt! Ich lass sie dir ja!"

„Rühr ihn nicht an! Du Abschaum! Wag es nicht, noch einmal Hand an ihn zu legen!", brüllte der ältere Gefangene. Da der Junge mittlerweile still in sich zusammengesunken war, warf Bille ihn rasch bäuchlings über eines der Pferde. Sie hatten sich jetzt lange genug hier aufgehalten, jeden Augenblick konnten weitere Reisende vorbeikommen. Der Ältere tobte solange weiter, bis Albor drohte, sie beide umzubringen. Sein Tonfall ließ keinen Zweifel daran, er würde nicht zögern, diese Drohung auch auszuführen.

„Ro … ist gut", murmelte der Junge, und das brachte seinen Begleiter zur Ruhe.

„Jetzt müssen wir die nur noch nach Hause kriegen", knurrte Ramin. Ein Marsch von über vier Stunden durch wegeloses Unterholz mit zwei nervösen Pferden und einem adligen Gefangenen, der seine Empörung sicherlich nicht die ganze Zeit zurückhalten würde – das konnte gemütlich werden …

2.

„Kirian?"
Der Anführer der Diebesbande blickte auf. Es war riskant ihn anzusprechen, wenn er sich in seine Hütte zurückzog und die Tür fest verschloss – er reagierte äußerst reizbar auf Störungen. Genau aus diesem Grund trat Albor nicht ein, zeigte nicht einmal seine Nasenspitze. Kirian brummte etwas, das friedlich genug klang, um seinen besten Mann zu beruhigen. Was auch immer Albor hergetrieben hatte, es musste wichtig sein. Wichtiger als die Briefe, die Kirian gerade las, Dokumente, die er beim letzten Überfall auf eine Händlergruppe erbeutet hatte.
„Wir haben zwei Gefangene", murmelte Albor kaum hörbar. „Adlige. Brüder, denke ich."
„Hatten sie etwas Besonderes bei sich?" Kirian schob die Dokumente beiseite. Beunruhigende Neuigkeiten waren das. Die Fürsten mehrerer Länder wollten sich verbünden, um dem wachsenden Problem der Überfälle Herr zu werden. Kirians Bande lauerte den Reisenden mehrerer großer Handelsstraßen auf. Bisher war es noch keinem Soldatentrupp gelungen, ihr Hauptlager zu finden, aber das konnte sich rasch ändern, wenn sie nicht vorsichtig waren.
Albor warf die Habe der Gefangenen auf den Tisch: zwei Schwerter, zwei Jagdmesser, zwei leere Geldbeutel.
„Kein Gepäck, keine Ausrüstung?" Kirian nahm eines der verzierten Schwertgehänge an sich und hielt es ins Licht, das durch die Fensteröffnung fiel.
„Nichts. Der Jüngere trägt noch eine Kette mit Anhänger um den Hals, er wird wild, wenn man die nur ansieht. Dabei is' die völlig wertlos. Möglich, dass unter ihren Umhängen noch etwas versteckt ist, wir haben sie bis jetzt nur gefesselt und hergeschafft. War anstrengend genug."
„Das Wappen der Familie Corlin", sagte Kirian leise und tippte auf den stilisierten Berglöwen, der in die Schwertscheide ein

geprägt war. „Roban und Lyskir von Corlin, so heißen unsere Gäste."
Albor erbleichte ein wenig, soweit das bei seiner dunkelbraunen Haut und dem struppigen Vollbart zu erkennen war. Eine Narbe lief quer über sein Gesicht, was ihm ein gefährliches Aussehen verlieh. „Hochrangige Gäste", erwiderte er hustend. Damit hatte er wirklich nicht gerechnet! Die Fürsten von Corlin stellten im Nordwesten die größte Macht dar, die es diesseits der Eisenberge gab. „Das Schloss befindet sich wenigstens hundert Meilen östlich! Wie beim dreigehörnten Schattenfresser kommen die hierhin, Kirian? Ohne Ausrüstung und Eskorte?"
„Lass es uns herausfinden. Sind sie unverletzt?"
„Hm, weitestgehend. Ein bisschen zerzaust, vom Angriff eben." Albor schilderte kurz, wie der Überfall abgelaufen war.
„Nun gut. Ahm, Albor, man will unser gemütliches Nest mal wieder ausräuchern. Gib das an die Jungs weiter", befahl Kirian und strich sich das lange schwarze Haar über die Schultern. „Die Corlins dürfen nicht ernsthaft beschädigt werden, eine Lösegeldforderung ist ausgeschlossen. Das allerdings müssen wir unseren Gästen nicht auf die Nase binden." Er grinste wölfisch, rückte seinen Säbel zurecht und verließ dann die Hütte, mit jenem selbstbewusst federnden Schritt, der Kirian die Eleganz einer Raubkatze verlieh. Er war ein Herrscher, egal, wo er sich befand, er dominierte jeden Raum, den er betrat. Es gab immer wieder mal Wahnsinnige, die versuchten, ihn herauszufordern, ob im offenen Kampf oder einem hinterhältigen Anschlag. Bislang hatte noch niemand diesen Versuch überlebt.

Die beiden Fürstensöhne knieten gefesselt am Boden, ihre Augen waren noch verbunden. Der Ältere verfluchte gerade seine Bewacher. Kirian steckte lässig die Daumen in den Hosenbund und hörte sich grinsend den Ausbruch an:
„… ehrlosen Angriff bereuen, ich schwöre es! Niemand wirft mich wie einen Sack Mehl über ein Pferd und schleift mich stundenlang durchs Unterholz, wie könnt ihr es wagen?"
„Geht das schon die ganze Zeit so?", lachte Kirian, was den

Gefangenen sofort verstummen ließ.
„Du ahnst es nicht, *Sheruk*. Ich hatte schon Hafenhuren, die schweigsamer waren“, erwiderte Bille und rollte heftig die Augen. Sheruk war der Ehrentitel für einen Räuberhauptmann. Kirian entging nicht, dass beide Gefangenen bei diesem Wort zusammenzuckten.
„Nun, reden sollen sie, ich habe viele Fragen. Nehmt ihnen die Augenbinden ab.“
Er achtete nicht weiter auf Roban, den älteren der beiden Brüder. Kirian wusste genug über diesen Mann. Der war vielleicht im Moment ein wenig unbeherrscht, würde aber freiwillig kein Wort über seine Absichten verraten. In den dreißig Jahren seines Lebens als Erbe altehrwürdiger, streitbarer Fürsten hatte er sich einen Namen als standhafter Krieger gemacht, von seinen Untergebenen angebetet, von seinen Feinden gefürchtet. Man konnte es fast als Ehre bezeichnen, einen solchen Mann überrumpeln und gefangen nehmen zu können. Interessanter war der jüngere Corlin. Kirian erinnerte sich nicht, wie alt Lyskir sein mochte, auf jeden Fall war der Junge noch nicht auf dem Schlachtfeld gewesen. Womöglich nahm er noch nicht einmal am Intrigenspiel teil, im Gegensatz zu seinem Bruder. Kirian beobachtete jede der steifen Bewegungen des hochgewachsenen Adligen, registrierte die Anspannung, die von ihm ausstrahlte. Er war größer als sein Bruder, besaß jedoch nicht dessen stählernen, muskelbepackten Körper. Das Gesicht war von nahezu perfekter Symmetrie, beherrscht von ausdrucksstarken braunen Augen. Für gewöhnlich verachtete Kirian solche Schönheit bei Männern, da es sich meist entweder um eitle, nur auf Äußerlichkeiten bedachte Dummköpfe handelte, die allenfalls durch die Zahl ihrer Bettabenteuer auffielen, oder um weichliche Jungen, die niemals wirklich erwachsen zu werden schienen. Im besten Fall besaßen sie Köpfchen, worauf man sich allerdings nicht verlassen konnte. Dieser junge Mann hier schien zu der seltenen Sorte zu gehören, die sowohl Geist als auch Mut besaßen. Trotz seiner offensichtlichen Angst blickte er geradewegs zu Kirian auf, studierte ruhig das Gesicht des Mannes, der über sein Leben und Schicksal ent-

scheiden würde. Kein Trotz, keine Wut – was war in diesem Blick verborgen? Kirian blieb bei seiner Entscheidung. Roban wäre nur mit äußerster Gewalt zu brechen, oder indem man ihn bei der Folterung des Jüngeren zusehen ließ. Beides kam nicht infrage. Lyskir hingegen würde sich vermutlich bei der richtigen Art von Bedrohung beugen. Wenn nicht, nun, dann würden Kirians Fragen wohl ärgerlicherweise keine Antwort finden.

„Sperrt ihn ins Loch“, sagte er und wies mit dem Kinn in Robans Richtung. „Der Kleine kommt zu mir.“

„NEIN!“, brüllte Roban und begann unvermittelt, wie ein tollwütiger Wolf gegen seine Bewacher zu kämpfen. „Rührt ihn nicht an! Nehmt mich! NEIN!“ Trotz seiner auf den Rücken gefesselten Hände schaffte er es, sich den Räubern zu entwinden und einem der Männer in den Unterleib zu treten.

Kirian bewegte sich schnell: Plötzlich umklammerte er Roban von hinten mit eisernem Griff und presste ihm seinen Säbel an die Kehle.

„Bindet ihm die Augen“, befahl Kirian knapp, und dann, zu Roban gewandt: „Dein Bruder wird für jeglichen Fehltritt zahlen, den du dir leistet, verstanden?“ Das wütende Feuer in Roban erlosch augenblicklich, er ließ sich ohne Widerstand zu Boden zwingen. „Alles wird gut, Lys“, rief er, als man ihn fortbrachte.

Lys war während des Ausbruchs seines Bruders still geblieben. Jetzt starrte er ihm hinterher, das Gesicht von Angst verzerrt.

„Du wirst ihn lebendig wieder sehen, wenn du mir keine Schwierigkeiten machst“, sagte Kirian. Lys nickte, schaffte es aber erst nach zwei Anläufen, seine Panik hinter einer Maske eisern beherrschter Gleichgültigkeit zu verstecken. Kirian zwinkerte Albor heimlich zu. Das hier versprach ein vergnüglicher Nachmittag zu werden!

~*~

Lys sank auf den Stuhl, den der Sheruk ihm zuwies. Offensichtlich hausten die Räuber schon sehr lange hier: Die Hütte war behaglich eingerichtet, es gab Spuren von Abnutzung, die erst im Laufe vieler Jahre entstehen konnten. Der Räuber warf sich lässig auf das Bett an der Kopfwand nieder und stützte sich seitlich auf dem linken Arm auf. Sein Hemd stand ein wenig offen, gerade genug, dass man seinen muskulösen Oberkörper erkennen konnte. Ein Mann, der sich seiner Kraft und Macht bewusst war, gefährlich wie ein Raubtier – und ebenso sinnlich. Lys musste den Blick von ihm abwenden, um nicht zu erröten. Was war denn nur los mit ihm? Der Sheruk war gewiss doppelt so alt wie er selbst, er würde ihn vermutlich gleich foltern, vielleicht auch töten. Wie konnte er einen solchen Verbrecher als anziehend empfinden?

„Mein Name ist Kirian“, erklang die tiefe Stimme, die in Lys’ Innerem nachvibrierte. „So hieß ich nicht immer, und man hat mir schon viele andere Namen gegeben. Wie du mich nennst, ist mir egal.“

Lys zuckte zusammen, als der andere Mann mit dem dunklen Bart und der grausigen Narbe um ihn herum schritt und seinen Dolch dabei zog.

„Ich weiß, wer du bist, ich kenne das Wappen der Corlin. Sag mir, was du mit deinem Bruder so weit weg von zuhause getrieben hast.“

Lys leckte sich nervös über die Lippen, schaffte es aber, ruhig sitzen zu bleiben und den Blick auf den Boden gerichtet zu halten. *Denk an irgendetwas, egal was, nur nicht an die Gefahr,* hörte er Robans Stimme im Hinterkopf. Roban, der bereits einmal in Feindeshand gefallen und nach Hause gekommen war, ohne sein Wissen preiszugeben. Damals war er kaum neunzehn Jahre alt gewesen! Roban, der in irgendeinem Loch festsaß und ihm nicht helfen würde. Lys versuchte, sich auf seine Stiefel zu konzentrieren, auf die Risse im Holz. Doch er konnte die Dolchspitze, die langsam über seinen Rücken strich, nicht ausblenden. Sie drang nicht durch sein weißes Leinenhemd, blieb nur eine Drohung. Dennoch, er zweifelte nicht, dass der Mann hinter ihm

geschickt genug war, ihm so in die Haut zu ritzen, dass es wehtat, ohne ihn wirklich zu verletzen. Ein Spiel, dem sein Körper sicherlich länger standhalten würde als sein Geist …
„Ist es wert, für dieses Geheimnis zu leiden?" Die Stimme des Sheruks klang nun spöttisch, was mehr schmerzte als die Fesseln, die Lys' Handgelenke wund gerieben hatten, oder die Klinge, die sich für einen Herzschlag in seinen Nacken bohrte. Ganz leicht, gerade tief genug, dass nun warmes Blut über seine Wirbelsäule rann, ein feines Rinnsal nur. Dann wanderte der Dolch wieder unschuldig über seinen Rücken, langsam, auf und ab. Lys sammelte seinen Mut und begegnete dem Blick des Sheruks, des so seltsam faszinierenden Mannes, dem er vollkommen ausgeliefert war. Schön war er nicht zu nennen: die Nase war gekrümmt, der Bart so kurz, dass er das starke Kinn noch betonte, in den schwarzen, erbarmungslosen Augen brannte kaltes Feuer. Und doch, er strahlte lebendige Kraft aus, wie Lys es nicht einmal beim König selbst empfunden hatte, der doch der mächtigste Mann in diesem Reich war.
„Für Euch ist es bedeutungslos, dieses Geheimnis, aber Ihr könntet es in die falschen Ohren flüstern. Es ist wert, dafür zu leiden, dass es geheim bleibt", sagte er.
„Ist es auch wert, dafür zu sterben?" Kirians Blick war so zwingend, dass Lys sich nicht mehr abwenden konnte. Angst schnürte seine Kehle zu, er konnte nur nicken, obwohl er lieber laut gesprochen hätte. So mutig wie Roban, ohne Rücksicht auf sein eigenes Leben.
Der Dolch strich über Lys' Nacken, plötzlich gab es einen Ruck – das Lederband war durchtrennt. Die Kette mit dem Anhänger fiel zu Boden, und Lys konnte sie nur entsetzt anstarren. Warum nur hatte er es nicht geschafft, sie fortzuwerfen, als der Angriff begann?
Ihr Götter, lasst ihn denken, es sei Abfall!
Der Narbige hob das Kleinod auf und reichte es an Kirian.
„Elyne von Lichterfels, wenn ich mich nicht irre?", fragte der überrascht. Lys sank in sich zusammen, er hatte nicht damit gerechnet, dass ein Räuber, der wie ein Schweinehirte im Wald

hauste, die verschlungenen Initialen erkennen könnte.

„Wie es scheint, wirst du heute nicht leiden müssen, mein Freund“, murmelte Kirian, spielte mit dem Anhänger, der so wertlos zu sein schien und doch soviel Bedeutung besaß. Sein Gesichtsausdruck war schwer zu deuten, mit einem Mal baute sich bedrohliche Spannung im Raum auf. „Lass mich raten: Der Fürst von Corlin, seit undenkbaren Zeiten zerstritten mit all seinen Nachbarn, hat es irgendwie geschafft, ein geheimes Abkommen mit dem Fürsten von Lichterfels zu schmieden. Eine Allianz, mit der dem König im Rat von nun an stets eine Stimme fehlen wird. Ein politisch hoch brisantes Bündnis, das die Machtverhältnisse in unserem schönen Land vollkommen neu ordnen würde. Um diese zerbrechliche Verbindung zwischen zwei verfeindeten Familien zu stärken, wurde Elyne von Lichterfels als Pfand auserkoren. Da dein Bruder bereits verheiratet ist, wirst du wohl der Glückliche sein, der diese Braut heimführt, hm?“ Lys senkte den Kopf noch tiefer, um dem schneidenden Spott zu entgehen. „Man hat dir also ihren Anhänger überbracht. Niemand darf davon erfahren, es soll eine Blitzhochzeit werden, denn sonst würden selbstverständlich alle Herrscher dagegen Einspruch erheben. Alle sollen glauben, du hättest unerlaubt mit dem Täubchen gegurrt. Darum reitet ihr zwei also ohne Eskorte, Geld oder Ausrüstung – falls einer der feindlichen Fürsten euch erwischt, könnt ihr einfach behaupten, Räuber hätten euch überfallen und von eurer Jagdgesellschaft getrennt. Sag, wie war es, auf nacktem Waldboden zu schlafen und von Beeren zu leben wie ein Bettler? Und ist es nicht eine wundersame Fügung, dass ihr euch nun tatsächlich in den Händen von Räubern befindet und gar nicht mehr zu lügen braucht?“

Lys hätte sich noch weiter zusammengeduckt, aus Furcht vor dem, was in Kirians Stimme mitschwang, wenn der Narbige ihn nicht an den Haaren gepackt und festgehalten hätte.

„Sie kamen von Süden, Kirian“, sagte er und zwang Lys dabei unbarmherzig, den Kopf zu heben. Der junge Mann fuhr zusammen, als er das Gesicht des Sheruks unmittelbar vor sich sah. Schwarze Augen brannten sich regelrecht in seine Seele hinein,

schlanke, überraschend feingliedrige Finger berührten seine Wangen, strichen über seinen Hals hinab zur Kehle und schlossen sich. Nicht so fest, dass er nicht mehr atmen konnte, doch die Drohung war eindeutig. Nur, warum wurde er plötzlich bedroht?
„Du bist also bereits ein verheirateter Mann, Lys? Meinen herzlichen Glückwunsch! Wie war die Brautnacht?“ Die Stimme war pures Gift, trotz der scheinbar so freundlichen Worte.
Lys versuchte, ihm zu entkommen, wandte den Blick zur Seite, zerrissen von Angst und Wut.
Lass mich los, du Bastard!
„Ich verstehe, du durftest sie noch nicht kosten, die zarte Blume? Lediglich den scheinbar so unbedeutenden Beweis eurer Verbindung solltest du mit nach Hause bringen, alles schön bedächtig, damit nichts im letzten Augenblick schief gehen kann. Bei der nächsten Ratsversammlung am Königshof wird dann die große Enthüllung inszeniert, aber falls die Allianz vorher zerbrechen sollte, hat die Segnung des Priesters einfach nicht stattgefunden. Ist es so?“ Der Druck um die Kehle verstärkte sich, gerade so viel, dass es unangenehm wurde. Lys wusste, er würde jeden Moment die Beherrschung verlieren und sich mit Tränen selbst entehren. Doch da gab Kirian ihn plötzlich frei, lachte laut und nickte dem Narbigen zu. Die tödliche Spannung, die für einen Moment geherrscht hatte, verschwand wie eine Wolke am Himmel, als hätte es sie nie gegeben.
„Schneid ihn los, Albor, und lass uns allein.“
Einmal noch spielte der Narbige mit ihm, ließ ihn die Dolchklinge spüren, ohne ihn zu verletzen; dann durchtrennte er die Fesseln mit einem Ruck und verschwand.

~*~

Kirian beobachtete den jungen Fürstensohn genau, der sich den Schmerz nicht anmerken lassen wollte, seine blutig gescheuerten Handgelenke im Schoß verbarg. Er wusste selbst nicht, warum er den Jungen nicht freiließ. Gewiss, der Kleine könnte ihm noch viele Geheimnisse enthüllen, für die Feinde der Corlins Gold regnen lassen würden. Aber das war nicht der Weg, den Kirian gehen wollte, außer, es gab keine andere Möglichkeit mehr für ihn, sich selbst oder seine Leute zu retten. Vor langer Zeit hatte er das Intrigenspiel hinter sich gelassen, das er besser beherrscht hatte als all seine Feinde; es bräuchte schon einen wichtigen Grund, wieder damit zu beginnen. Warum also diesen Mann weiter quälen, er war doch bereits gedemütigt? Was hatte er an sich, dass Kirian ihn behalten wollte?

Erst, als er Lys aufkeuchen hörte, begriff Kirian, was seine Finger begonnen hatten. Verwundert starrte er auf die Verschnürung des Leinenhemdes, die er gedankenverloren geöffnet hatte, und auf die entblößte Brust seines Gefangenen. Er spürte das leichte Zittern unter seinen Händen, sah das panische Grauen in dem jungen Gesicht. Ihm gefiel, was er sah.

„Ganz ruhig", murmelte er und rückte ein bisschen zurück, um weniger bedrohlich zu wirken. „Ich will nur sehen, ob du bei dem Angriff verletzt wurdest, und dir mit den Wunden helfen. Ich bin kein Narr, Lys, ich kann mir eine Feindschaft mit deinem Haus nicht leisten. Du und Roban, ihr werdet unversehrt zurückkehren."

Lys atmete tief durch und entspannte sich etwas unter den Händen, die noch immer auf seinen Oberarmen ruhten. Aus dieser Nähe konnte Kirian die grünen Punkte erkennen, die um die Iris der braunen Augen gesprenkelt waren. Eine Unregelmäßigkeit, die seinem Gesicht Leben verlieh. Dazu entdeckte er feine Sommersprossen auf den hohen Wangenknochen, zumindest links, wohin das Blut nicht geflossen war. Einen Moment lang kämpfte er gegen das irrsinnige Verlangen, sich in diese Wangen zu verbeißen, ihm das Blut abzulecken. Beim Dreigehörnten, der Kleine ging ihm wahrhaftig unter die Haut!

Kirian bevorzugte für gewöhnlich ältere Männer, die er niederringen und beherrschen konnte. Selten, dass er einen geeigneten Partner fand, keiner seiner Leute teilte seine Neigungen. Doch hin und wieder ergaben sich Gelegenheiten, und er begegnete einem Mann, der ihm jene Art von körperlichem und geistigen

Widerstand bot, die Kirian reizte.
Dieser Junge war bereits sein Gefangener, dazu bot er keine echte Herausforderung. Und doch, er wollte ihn für sich haben. Ihn besitzen. Kirian streifte ihm das Hemd mit langsamen Bewegungen über die Schultern, beobachtete dabei scharf jede Regung. Trotz seiner beruhigenden Worte war Lys noch immer stärker angespannt als eben, als Albors Dolch und er selbst ihn bedroht hatten. Ob er Kirians plötzliches Begehren spürte?
Er berührte scheinbar unabsichtlich Lys' Schenkel, fühlte die Panik, die für einen Herzschlag entflammte. Kein Zweifel, der junge Mann wusste, was geschehen könnte.
„So etwas würde ich niemandem antun, verstanden?", zischte Kirian schärfer, als er beabsichtigt hatte. Er griff in das weiche, dunkelblonde Haar und zerrte einmal mehr Lys' Kopf zu sich heran. „Wir sind Räuber, wir überfallen Händler und Reisende. Wir töten, wenn wir auf zu viel Widerstand stoßen oder uns verteidigen müssen. Aber noch sind unsere Seelen nicht gänzlich dem Schattenfresser verfallen. Weder mir noch einem meiner Männer würde ich jemals eine Vergewaltigung erlauben. Ich sagte, du wirst unversehrt heimkehren, und damit meinte ich jeden denkbaren Teil deines Körpers. VERSTANDEN?"
Lys zuckte bei dem zornigen Ausruf zusammen wie unter einem Schlag. Seufzend zerrte ihn Kirian in die Höhe, stieß ihn auf das Bett und hockte sich blitzschnell rittlings auf seinem Rücken nieder. Lys versuchte schreiend zu entkommen, hatte aber keine Chance gegen die Kraft der Hände auf seinen Unterarmen und dem Gewicht, das ihn niederhielt.
„Ganz ruhig jetzt!", flüsterte Kirian, als sein wehrloses Opfer aufgab. Das unterdrückte Schluchzen, die hastigen, qualvollen Atemzüge, das Beben des warmen Leibes unter ihm erregte ihn mehr, als er sich selbst eingestehen durfte. Er ließ langsam los, dann ergriff er einen Salbentiegel, der auf dem Regal über dem Bett stand und begann, sanft die Blutergüsse zu behandeln, die Lys bei seiner Gefangennahme erlitten hatte, tastete die Rippen ab, die glücklicherweise nicht gebrochen waren. Der junge Mann blieb still liegen, auch, als Kirian sich erhob und ein Stück Stoff

in Wasser tränkte, um die Spuren von Albors Dolchspielen abzuwaschen.
„Dreh dich um“, befahl Kirian, als er fertig war, und Lys gehorchte sofort. An Brust und Bauch hatte er keine nennenswerten Blessuren erlitten. Kirian wusch ihm lächelnd das Blut von den Wangen, amüsierte sich still über die verlegene Röte, die das Gesicht seines Gefangenen überzog. Dann verband er ihm die wunden Gelenke und wusch ihm die Hände. Die Innenflächen, aber besonders die Finger waren hart, die Hände eines Kriegers, nicht eines Gelehrten, wie er beinahe erwartet hatte.
„Du bevorzugst den Bogen?“, stellte er fest, als er das Muster der Schwielen erkannte.
„Es ist die einzige Waffe, mit der ich Roban übertreffe.“ Lys biss sich auf die Lippen, als hätte er zu viel verraten. Kirian lächelte in sich hinein und bedeutete ihm, sich aufzusetzen.
„Zieh dich an“, wollte er sagen, fand sich aber viel zu nah an dem Körper, den er so sinnlos begehrte. Es geschah schneller, als er sich beherrschen konnte: Er packte zu und raubte den Kuss, den er sich hatte vorenthalten wollen. Lys wand sich überrascht in seinen Armen, versuchte sich loszureißen. Dabei öffnete er den Mund, vielleicht, um zu schreien, und bahnte Kirians Begierde damit den Weg. Sein Denken setzte aus bei dem lustvollen Schlag, der ihn durchfuhr; er hielt Lys umklammert und forschte, suchte, spielte mit der Zunge, drang in die Tiefe vor. Wie gut das schmeckte! Eine Ewigkeit in berauschender Lust schien zu vergehen, während der das angstvolle Stöhnen, der panische Widerstand seines Opfers langsam verebbte. Als er Lys freigab, blieb der still in seinen Armen, ließ sich ohne Gegenwehr zurück auf das Kissen betten. Aufgewühlt kämpfte Kirian gegen seine Gier, bis er wieder klar denken konnte. Lys hatte die Augen geschlossen, lag so ruhig da, dass er für einen Moment fürchtete, ihn umgebracht zu haben.
„Es tut mir leid“, stieß Kirian hervor, als er seinen Atem endlich unter Kontrolle brachte. „Ich werde Albor zu dir schicken, er wird sich um dich kümmern. Vergib mir. Das hätte niemals … Ich bin nicht ganz …“ Eine Hand schloss sich um seinen Arm,

brachte ihn zum Schweigen. Der Blick, mit dem Lys ihn nun betrachtete, verwirrte Kirian noch mehr. Weder Entsetzen oder Angst noch Zorn lag darin, sondern die gleiche Art von Ruhe wie vorhin, als Lys ihn das erste Mal angesehen und studiert hatte.

„Du solltest mich gehen lassen, Kleiner, sonst kann ich für nichts mehr garantieren."

„Bitte, ich … ich will, dass du bleibst."

Kirian beugte sich hinab, gab ihm Zeit zur Gegenwehr, und küsste ihn dann noch einmal, diesmal langsamer, mehr Genuss als Leidenschaft. Lys öffnete sich ihm zögernd, erwiderte das Zungenspiel, was ihn beinahe um den Verstand brachte. Schwer atmend löste er sich, starrte in diese rätselhaften Augen. „Ich bin kein sanfter Mann, bei mir gibt es wenig Streicheln und stundenlanges Vorspiel. Du wirst dem, was ich von meinen Liebhabern erwarte, vielleicht nicht gewachsen sein. Ich biete dir ein letztes Mal an, dass ich jetzt gehe und dich in Frieden lasse."

Der Ausdruck in Lys' Augen war Aufforderung und Bitte zugleich. Kirian griff nach den restlichen Bandagen, mit denen er ihm die Handgelenke verbunden hatte, und hielt sie hoch.

„Vertraust du mir?", fragte er leise, dann, als er auf keinen Widerstand traf, fesselte er Lys behutsam an das Bettgestell. „Wenn du nicht mehr kannst, halte es nicht zurück, verstanden? Auf ‚nein' oder ‚aufhören' werde ich reagieren, auf Schreie oder Tränen nicht."

Einen Moment lang fragte er sich, ob er den Verstand verloren hatte. Dann zuckte er die Schultern. Der Kleine wollte es so. Die Fesseln saßen nicht zu fest, wenn Lys sich entschlossen wehrte, würde er sich auch befreien können.

Er blickte auf den jungen Mann nieder, suchte noch einmal nach Angst oder Ablehnung, fand aber nur erwartungsvolle Neugier. Also setzte er sich zurück und griff nach der Verschnürung, die Lys' Hose verschloss.

„Du bist dir sicher?", wisperte er noch einmal.

„Fang an", stöhnte Lys und schloss die Augen, als Kirian ihn auszog. Er verstand selbst nicht, warum er sich auf etwas einließ, das im schlimmsten Fall ein Albtraum werden konnte. Der Kuss hatte die ängstliche Faszination für diesen Mann in Lust verwandelt. Nicht das Verlangen, das er für Milo gespürt hatte, dem Sohn seines Fechtlehrers, der ihm vergangenen Sommer die Liebe zwischen Männern gezeigt hatte. Heimlich, natürlich. Liebe zum gleichen Geschlecht wurde toleriert, solange die Sittlichkeit und Diskretion gewahrt blieb, doch bei Standesunterschieden war man rigoros: Adlige blieben unter ihresgleichen. Lys und Milo hatten sich davon nicht abhalten lassen. Die scheuen Küsse, das Streicheln, das unbeholfene Drängeln, bis sie zueinandergefunden hatten und Milo ihn erfüllte – es war schön gewesen. Im Vergleich zu der flammenden Erregung aber, die ihn in Kirians Armen gepackt hatte, war es nur das Flackern einer Kerze, mehr nicht.

Raue Finger wanderten über seine entblößte Haut, besitzergreifend erkundeten sie seinen Leib, während Kirian sich einhändig der Kleidung entledigte. Dann kniete er sich zwischen Lys' Beinen nieder, ließ die Finger dabei weiterwandern. Erregende Angstschauer prickelten über Lys' gesamten Körper, ballten sich im Bauch, brachten die Lenden zum Pulsieren. Er stöhnte auf, als Kirians Hand sich um sein Geschlecht legte, mit festem Druck rieb, sodass es fast schon schmerzte. Die andere Hand drückte ihm die Schenkel auseinander, schob sich unter sein Gesäß. Ein Finger strich prüfend über seinen Anus. Dann drang Kirian in ihn ein, bewegte sich im Gleichtakt mit der Hand an seinem bereits qualvoll erregten Pfahl. Lys warf den Kopf wild hin und her, stöhnte rhythmisch, erschüttert von der Gewalt der Lustwellen, die jeden Gedanken und jedes bisschen Beherrschung ertränkten. So schnell, es geschah so schnell! Noch ein, zwei Mal, und er würde …

Da ließ Kirian ihn los und zog sich ein Stück zurück. Lys fuhr hoch, umklammerte verzweifelt die Holzstangen des Bettes, bis die Enttäuschung und die Erregung soweit abgeflaut waren, dass er wieder tief durchatmen konnte. So schnell! Wie nur hatte er in so kurzer Zeit vollends entflammen können? Noch immer pulsierte die Lust machtvoll in seinen Adern, so stark, dass er kaum wusste, was geschah, als Kirians Arme sich unter seinen Rücken schoben. Scharfe Zähne gruben sich in die empfindsamen Brustwarzen. Lys schrie überrascht auf, wurde aber von der Zunge zum Schweigen gebracht, die sich erneut gierig in seinen Mund schob. Er vergaß die Welt, was er war, wer er war; zu sehr genoss er, was in ihm erwachte.

„Du schmeckst so gut", flüsterte Kirian. „Ich würde dich gerne richtig beißen, aber dann würde dein Bruder mir ewige Feindschaft schwören, nicht wahr? Ich dürfte dich eher foltern als mit dir schlafen."

Lys begann zu lachen, doch in diesem Moment spürte er, wie Kirian sich an ihn drängte. Atemlos keuchte er auf. Willig hob er die Hüften, ließ zu, dass seine Beine zur Seite gedrückt wurden. Er war mehr als bereit für diesen Mann. Nie gekannte süße Qual durchflutete sein Bewusstsein, als der riesige Schaft in seinen Leib eindrang, kaum erträglicher brennender Schmerz, gepaart mit so viel Begierde, dass er sich schreiend aufbäumte.

Kirian drückte ihn mit einem Arm nieder, mit der Linken umfasste er Lys' Hüfte. Seine Finger bohrten sich unnachgiebig in die Haut, mit kurzen Stößen drang er immer tiefer vor, bis Lys wie von Sinnen brüllte; bewegte sich dann langsam in ihm. Immer wieder verharrte Kirian in dem Augenblick, wenn Lys unmittelbar vor dem Höhepunkt stand, kontrollierte seinen zuckenden Körper, seine Erregung, jede seiner Bewegungen. Stunden schienen auf diese Weise zu vergehen, obwohl es vielleicht nur wenige Augenblicke waren. Mit flatternden Lidern blickte Lys zu ihm auf, suchte nach Gewissheit, dass Kirian es wenigstens genoss, ihn so zu quälen, dass dies kein grausames Spiel war, an dessen Ende er zerbrochen zurückbleiben würde. Doch die Leidenschaft, die in Kirians Gesicht glühte, zerstreute jeden Zweifel. Sein eigenes sinnliches Stöhnen erschreckte Lys, er konnte es nicht zurückhalten, oder gegen die pulsierende Erregung ankämpfen. Noch nie hatte er so sehr die Beherrschung über sich selbst verloren, einem Menschen so rückhaltlos vertrauen können, dass er ihm willig die Kontrolle über seinen Körper ließ. Warum er diesem Mann vertraute, er wusste es

nicht, doch so war es.
Wieder verharrte Kirian in ihm, blieb still, wartete, dass Lys ruhig wurde. Doch Lys war zu stark erregt, all seine Muskeln zitterten unwillkürlich, er stöhnte, presste sich gegen den Schaft, der ihn ausfüllte. Ein harter Stoß erschütterte seinen Leib, Lys schluchzte auf vor Qual. Der Lustschmerz brachte ihn um den Verstand, er verbrannte vor Verlangen, versuchte gleichzeitig zu fliehen und sich noch dichter an Kirian zu drängen.
„Bitte!“, flehte er, riss an seinen Fesseln, stemmte sich gegen das Gewicht, das ihn niederhielt.
Und wieder ließ Kirian ihn leiden: Er löste sich von ihm und stand auf. Lys brach fast zusammen, als er mit seinen völlig überreizten Sinnen allein gelassen wurde, rang schluchzend nach Atem. Es dauerte lange, bis er aufhörte zu zittern und fähig war, den Kopf zu wenden, um nach Kirian zu suchen.

Der Sheruk ließ das Tuch fallen, mit dem er sich nach einer kurzen, gründlichen Waschung abgetrocknet hatte, lauschte dabei intensiv auf Lys’ Regungen. Er wusste, Lys war innerlich dem Abgrund nah, er durfte ihn nicht mehr weit treiben, wollte er verhindern, dass bei ihm Lust in Angst umschlug. Aber ein bisschen wollte er dieses Spiel noch genießen, die Widerstandskraft wie auch Hingabe des jungen Mannes war erstaunlich. Er setzte sich neben ihn, streichelte sanft über das erhitzte Gesicht, die schweißnasse Haut. Kein Vorwurf stand in diesen schönen Augen, nur sinnliches Flehen. Kirian strich ihm über die Lippen und lachte, als Lys nach ihm schnappte und beherzt in seinen Daumen biss.
„Noch nicht gezähmt?“, fragte er, schritt dabei um das Bett herum.
Lys zuckte leicht zusammen, als das kühle Geschlecht in seine Hand glitt. Kirian stützte sich auf dem Bettgestänge auf und nickte ihm herrisch zu. Mehr brauchte es nicht, gehorsam umfasste Lys den noch schlaffen Pfahl, massierte ihn mit leichtem Druck. Seine Hände waren taub von den Fesseln und der unnatürlichen Haltung, er fürchtete die Kontrolle zu verlieren und

Kirian vielleicht zu verletzen. Dabei zweifelte er nicht, dass dem Räuber diese Gefahr bewusst war, und ihm dennoch vertraute. Es dauerte nicht lange, und Kirian löste sich von ihm. Nur ein Augenblick verging, dann kniete er sich über Lys' Brust nieder.
„Nimm ihn!", befahl er. Lys zögerte einen Moment, als die Spitze des halb erregten Glieds seinen Mund berührte. Milo hatte ihn einmal darum gebeten, aber der Geruch und Geschmack nach Moschus hatte Lys angewidert. Wieder streifte die Spitze über seine Lippen, unwillkürlich stöhnte er auf und öffnete sich. Kirians Liebesduft war gänzlich anders, angenehm, so erregend, dass Lys kraftvoll zu saugen begann und den zuckenden Schaft so tief wie möglich in sich aufnahm.
Kirian keuchte unterdrückt, wühlte mit beiden Händen durch Lys' schweißgetränktes Haar, hielt ihn dann lachend auf.
„Nicht so ungeduldig, sonst bringst du dich selbst um das Vergnügen!" Lys verringerte den Druck und genoss die Lust, die er entfachte.
„So was wie dich habe ich noch nicht erlebt", flüsterte Kirian, umarmte und küsste ihn behutsam, darauf bedacht, ihn nicht zu sehr zu überreizen. Mit langsamen Bewegungen drehte er sich, glitt über den athletischen Leib hinab, zwischen die Beine, die Lys unwillkürlich angezogen hatte. Mit allen Fingern zugleich krallte er sich in die Schenkel und fiel hungrig mit Zunge und Zähnen über das hart geschwollene Geschlecht her. Dabei drängte er seinen eigenen Pfahl zurück in den Mund, der sich ihm begehrlich öffnete.
Lys konnte nur noch reagieren, jede Faser seines Körpers war entflammt. Wimmernd hielt er die Lippen um Kirians Erregung geschlossen, es kostete ihn alles, was er noch an Bewusstsein besaß, nicht unabsichtlich zuzubeißen. Schmerzvolle Lust explodierte in seiner Leibesmitte, hilflos verlor er sich in diesem Augenblick, in dem er nur noch pures Empfinden war, ungehemmt zuckendes, getriebenes Fleisch. Er spürte, wie sich Kirian in ihm entlud, schluckte den Liebessaft, der heiß in seine Kehle floss. Er gab den Schaft frei, bog den Rücken durch, als

die Erregung ihn ohne Vorwarnung ein zweites Mal überrollte, und kam mit einem wilden, hemmungslosen Schrei.

3.

Kirian beeilte sich, als er spürte, wie Lys innerlich zusammenbrach, schnitt ihm die Hände frei und umarmte ihn.
„Ruhig, ganz ruhig …", flüsterte er, hielt ihn fest und sicher. Lys bebte, regelrecht schockiert von der Gewalt der Sinneslust, die ihm widerfahren war. Es dauerte eine ganze Weile, bis er sich unter der Zärtlichkeit von Kirians Händen entspannen konnte.
„Ich bin sofort wieder da", flüsterte der Sheruk schließlich. Lys nickte nur, er dämmerte in erschöpftem Halbschlaf dahin. Kirian streifte sich nachlässig Hemd und Hose über, betrachtete dann kopfschüttelnd seinen Gefangenen. „Du bist ein Phänomen, Lyskir von Corlin." Er ließ sich auch von unwilligem Knurren nicht abhalten, Lys in seine Kleidung zu zwingen und hob ihn ohne weitere Umstände in seine Arme.
„Was?", murmelte Lys und riss erschrocken die Augen auf.
„Keine Angst, ich entführe dich nur ein paar Schritte weit von hier."
„Lass mich runter, ich kann laufen", zischte er, doch Kirian presste ihn mit Nachdruck an sich.
„Nichts da! Du bist still und lässt die Augen zu, sonst muss ich dich wieder fesseln und die Binde nehmen!" Sein Tonfall war leicht, doch Lys spürte, es war ihm ernst und gehorchte, ohne weiter nachzufragen.
„Du hast da was falsch verstanden! Die Braut wird über die Schwelle ins Haus getragen, nicht in den Wald", spottete Albor, sobald sie die Hütte verließen, und alle umstehenden Räuber begannen zu lachen. Lys verbarg sein schamglühendes Gesicht in Kirians Hemd. Die Antwort des Sheruks und die darauf

folgenden Sticheleien verstand er nicht, doch er spürte Kirians warmes Lachen, das ihn beruhigte.
Es dauerte nicht lange, da hörte er Wasser gluckern und roch schweflige Dämpfe.
„Augen auf!“ Kirian ließ ihn herunter und staunend erkannte Lys, dass er vor einer heißen Quelle stand: ein natürlich geformtes Wasserbecken, von dem Dampf aufstieg.
„Es muss hier früher viele solcher Quellen gegeben haben, wir haben sogar einen Vulkankegel gefunden. Nicht erschrecken, im ersten Moment ist es recht heiß.“ Kirian zog sich bereits aus und stieg dann mit wohligem Seufzen ins Wasser hinein. Lys wollte ihm folgen, doch dann sah er den bloßen Rücken des Sheruks und die silbrigen Narben, die ihn überzogen.
„Sie schmerzen nicht mehr“, sagte Kirian ruhig und winkte ihn zu sich. Beklommen stieg Lys in das Wasser, das zuerst auf der Haut brannte, dann aber rasch angenehm wurde, und schmiegte sich in die Umarmung seines Entführers, mit dem Rücken an seine Brust gelehnt. „Vielleicht werde ich eines Tages Rache dafür nehmen, vielleicht auch nicht. Es ist nicht wichtig für mich.“ Er streichelte über den jungen Körper, der sich so vertrauensvoll an ihn drückte. „Oder sagen wir, weder der Knecht, der die Peitsche schwang, noch der Richter, der es ihm befahl, sind wichtig. Der Mann hingegen, der behauptete, ich sei ein Dieb, und mich dadurch zwang, letztendlich zu einem zu werden …“ Kirians Stimme wurde zur tödlichen Drohung. Dann aber lachte er und versteckte diesen Schmerz. „Nun, wie sieht es mit deiner Braut aus? Gefällt sie dir?“
Lys nickte stumm, hielt die Augen geschlossen und legte müde den Kopf auf Kirians Schulter. Er erinnerte sich nicht gerne an die Begegnung mit Elyne, in der großen Halle von Burg Lichterfels. Sie hatte ihn hochmütig von oben bis unten gemustert, mit den schmalen Schultern gezuckt und dann abseits von ihm Platz genommen, umgeben von einer Leibwache kichernder junger Frauen.
„Ihr habt doch Glück!“, hatte eine von ihnen überlaut geflüstert, „solch einen schönen Bräutigam wünscht sich doch jede Frau!“

„Ach, Schönheit – die ist billig, Schönheit kann ich mir kaufen, wenn ich will! Er soll schwach und feige sein, sein eigener Vater hält nichts von ihm, habe ich gehört, und so sieht er auch aus. Kein Feuer! Eben ganz *schön* wertlos", war Elynes verächtliche Antwort gewesen. Sie hatte ihn dabei herausfordernd angestarrt, die Stimme gerade genug gedämpft, dass lediglich Lys und ihre Begleiterinnen sie hören konnten, ihre Eltern und Roban hingegen nicht. Lys hatte ihr zugelächelt, so gelassen wie nur möglich. Seine Braut war noch jung, siebzehn Jahre alt. Kein Kind mehr, aber eben auch noch nicht erwachsen. Sie würde vielleicht noch zugänglicher werden … und ob er irgendeinen Wert für sie besaß, würde sich wohl erweisen müssen. Immerhin hatte sie ohne Widerstand der Hochzeit zugestimmt und ihm freiwillig ihre Kette überlassen, was offensichtlich mehr war, als das Fürstenpaar erwartet hatte. „Nehmt dies als Pfand. Jeder, der meine Tochter kennt, weiß, dass sie sich niemals von dieser Kette trennt. Wenn das Bündnis gelingt, wird selbst König Maruv nicht anzweifeln, dass ihr beide ein Liebespaar seid!", hatte die Fürstin ihm versichert.
„Wagt es nicht, diese Kette zu verlieren, oder ich kratze Euch die Augen aus!", waren Elynes letzte Worte an ihn gewesen.
Oh ja, seine zukünftige Frau war sehr hübsch und gewiss kein geistloses, langweiliges Wesen, das sich nur um Kleider, Juwelen und Frisuren sorgte. Aber die Vorfreude, sie schon bald wiederzusehen, war nicht allzu groß …
Kirians zärtliche Berührungen holten ihn zurück in die Gegenwart.
„Der kühne Plan, die Hand nach den Fürsten von Lichterfels auszustrecken und damit dem Königshaus selbst gefährlich zu werden, er stammt von dir?" Er knabberte an Lys' Hals, vermied es aber, sichtbare Male auf der empfindsamen Haut zu hinterlassen. „Woher weißt du das?" Lys seufzte leise.
„Nun, ich glaube verstanden zu haben, was für ein Mann du wirklich bist. Dein Vater verachtet dich, hm? Weil du nachgiebig bist, und nicht die Kampfkraft deines Bruders besitzt."
„Roban verteidigt mich immer, obwohl ich das gar nicht will. Er

liebt mich. Mein Vater auch, aber ich enttäusche ihn, immer wieder.“ Lys biss sich auf die Lippen, wie stets, wenn er ungewollt zu viel preisgab.
„Wie hast du das mit dem Bündnis angefangen?“, fragte Kirian, widerstand dabei mühsam der Versuchung, Lys noch einmal zu verführen.
„Das war nicht schwer. Ich habe es mal beim Abendessen erwähnt, ganz nebenbei, als Wunschgedanken der Art von *Wäre es nicht schön, wenn* … – Vater hat mich ausgelacht, grübelte ein paar Wochen vor sich hin und verkündete es dann als seine eigene Idee. Der Fürst von Lichterfels war erst abgeneigt, aber er entschied schließlich, dass eine Verbindung mit Corlin ihm nur nutzen kann, und ich leicht genug zu manipulieren bin.“
„Und so setzt der scheinbar schwächliche Corlinssohn seinen Kopf durch, heiratet die mächtigste und am meisten umworbenste Fürstentochter des Landes, und wird, wenn der König seine Macht, sein Leben oder auch beides verliert, zum Zweiten in der Thronfolge, da Lichterfels die nachfolgenden Erben sind. Sobald der Fürst von Lichterfels, der leider nur eine Tochter besitzt, abdankt, wird Lyskir eine Krone tragen – wenn es bis dahin niemand geschafft hat, ihn umzubringen. Und dann?“
Lys erstarrte leicht, senkte verlegen den Blick.
„Dann werde ich mich von meinen zuvor handverlesenen Ratgebern führen lassen, wohin ich will“, lächelte er hintergründig. „Gehorsam liegt mir im Blut. Widerstand allerdings auch. Es ist nicht leicht, beides zu vereinen.“
„Du hast diese Kunst bereits vollendet.“ Kirian wusste, es war Zeit für den Abschied, doch er konnte sich einfach nicht trennen. Ganz von selbst begannen seine Hände zu wandern, diesmal langsam und sanft. Neugierig erkundete er die Beschaffenheit von Haut und Muskeln, tastete sich über die Rippen, strich über den festen Bauch hinab, spielte mit dem weichen Haarflaum der Scham. Das warme Wasser, mit dem er eigentlich nur die verräterischen Liebesspuren von ihren Körpern hatte waschen wollen, regte ihn wieder an, und die Art,

wie sich Lys sinnlich unter seinen Händen räkelte und seufzte bewies, dass es auch ihm so erging.
„Sagtest du nicht, bei dir gäbe es keine Zärtlichkeit?", wisperte der junge Mann. Er genoss es spürbar, von Kirian liebkost zu werden. Sein Atem beschleunigte sich, keuchend drückte er den Kopf zurück, als die suchenden Finger zwischen seine Schenkel glitten.
„Nun, wenn ich wirklich will, kann ich auch zart sein, aber verlass dich nicht darauf, dass es so bleibt!" Kirian streichelte über die schwellende Härte, erforschte mit beiden Händen das Geschlecht, das sich ihm darbot, zog behutsam die Vorhaut zurück und presste mit leichtem Druck auf die Eichel.
„Was auch immer dir gefällt ...", brachte Lys mühsam hervor, zuckte dabei unkontrolliert am ganzen Körper.
„Du gefällst mir", ächzte Kirian und hob Lys an, führte den vor Erregung bebenden Mann durch das Wasser, bis er ein weiteres Mal zwischen diese straffen Pobacken gleiten, in diese köstliche Enge eindringen konnte. Augenblicklich begann Lys zu stöhnen, laut und in ungehemmter Leidenschaft, was Kirians Lust noch stärker entfachte – wenn dies überhaupt möglich war. Diesmal ließ er sich sehr viel Zeit damit, tiefer vorzudringen – er war sich nicht sicher, ob er Lys nicht vorhin mit seinem Ungestüm verletzt hatte. Doch der gab kein Zeichen, dass es für ihn schmerzhaft oder unangenehm war, also entspannte sich Kirian und gab sich ganz seinem Verlangen hin. „Mmh, ich könnte dich einsperren und den Rest meines Lebens nichts anderes mehr tun als mit dir zu schlafen", flüsterte er. Lys erwiderte nichts, sein offensives Genießen war Antwort genug. Kirian legte eine Hand über Lys' Hals, presste leicht gegen sein Kinn, sodass er die Bewegungen des Kopfes kontrollieren konnte, drückte kaum merklich gegen die Kehle. Er spürte nun jeden hastigen Atemzug, das Vibrieren, das bei jedem Laut entstand, das Blut, wie es in den Schlagadern pulsierte. Seine Lust verlangte nach Erfüllung, brannte in jeder Faser, doch Kirian beherrschte sich. Mit der freien Hand griff er nach dem Schaft, der sich ihm voll aufgerichtet entgegenreckte und rieb ihn in langsamem, stetigem

Rhythmus. Lys schrie unterdrückt auf vor Lust, wollte den Kopf losreißen, doch die Hand auf seiner Kehle hielt ihn nieder. Hilflos wimmernd umklammerte er Kirians Beine und ließ die Hüften zucken. So bestimmte er diesmal das Tempo. Kirian blieb entspannt zurückgelehnt, hielt ihn im Arm, streichelte ihn zärtlich, und Lys ritt sie beide bis zur Ekstase. Als er spürte, dass Lys kurz vor dem Höhepunkt stand, schob er ihm den Zeigefinger zwischen die Lippen. Der hatte die Zähne fest zusammengebissen, um nicht mehr zu schreien, doch nach einigen Augenblicken gehorchte er und ließ den Finger in seinen Mund vordringen. Das Wasser schäumte bei der Wildheit, mit der Lys den harten Pfahl ritt, ohne Rücksicht auf sich selbst, und nun war auch Kirian am Ende seiner Kraft, stöhnte tief, fiel in den Rhythmus mit ein. Das Saugen, der Druck der Zähne an seinem Finger, der unregelmäßige, immer wieder stockende Atem unter seiner Hand, der zwischen Keuchen, Schluchzen und Stöhnen wechselte, trieb ihn zu nie erreichten Höhen. Lys bäumte sich plötzlich mit so viel Kraft auf, dass Kirian ihn nicht mehr halten konnte, spannte jeden Muskel an, und kam gemeinsam mit ihm.

~*~

Kirian wusste nicht, wie viel Zeit verstrichen war, als er wieder klar denken und ruhig atmen konnte. Lys hatte sich von ihm gelöst und umgedreht, lag nun seitlich in seinen Armen, den Kopf auf seiner Brust, ohne sich zu rühren. Kirian wühlte durch das nasse Haar, streichelte die erhitzte Wange des jungen Mannes. Wie gerne wäre er so liegen geblieben! Er war auf wohlige Weise erschöpft, es fühlte sich so gut an, das Gewicht seines Geliebten zu spüren, ihm so nah zu sein. Doch sie mussten jetzt raus aus dem Wasser und zurück ins Lager.
„Hey“, flüsterte er, strich mit mehr Nachdruck über Lys’ Wange, und, als das nichts half, zwang er seinen Kopf in die Höhe.
„Hmm“, beschwerte Lys sich matt, schlug aber träge die Augen auf. Die Gefangennahme, der lange Weg hierher, das Liebesspiel waren zu viel gewesen.

„Nun komm, raus aus der Brühe hier, bevor wir weich gekocht werden!“ Kirian zerrte den halb schlafenden Mann unerbittlich hinter sich her, hielt ihn mit leichten Knuffen und Kitzeln wach. Er beobachtete Lys’ Bewegungen, die tatsächlich ein wenig steif waren, er schien aber zurechtzukommen. Der kühle Wind trieb Lys rasch in seine Arme zurück. Sie schmiegten sich aneinander, vertrieben sich die Zeit mit leichter Plauderei, bis sie beide soweit von der herbstlichen Abendsonne getrocknet waren, dass sie sich anziehen konnten. Lys eher kurze Haare trockneten zum Glück ebenfalls rasch, im Gegensatz zu Kirians schwarzen Flechten, doch er hoffte, dass Roban auf dieses Detail nicht achten würde, wenn sie ihn aus seinem Verlies befreiten.
„Dein Bruder wird inzwischen vollkommen außer sich sein. Deine Schreie dürfte man noch auf Schloss Corlin gehört haben.“ Lys errötete verlegen.
„Selbst wenn er nichts gehört hat, dürfte er halb wahnsinnig sein. Seit dem Tod unserer Mutter fühlt er sich für jeden Kratzer verantwortlich, der mir widerfährt.“ Wieder biss er sich auf die Lippen und erzählte nicht weiter.
Kirian drängte ihn nicht, schüttelte nur ungläubig den Kopf. Er verabscheute Roban, doch er hatte ihn anders in Erinnerung, als jemand, der zwar nach Verantwortung suchte, aber auch darauf vertraute, dass seine Leute selbstständig überleben konnten, selbst, wenn er nicht bei ihnen war. „Wie bist du geistig gesund geblieben bei einem Vater, der aus dir einen stahlharten Krieger und Fürsten formen will und einem Bruder, der dich am liebsten in einen Turm sperren würde, auf dass kein bösartiger Windhauch dich mehr treffen kann?“, fragte er, während sie sich widerstrebend auf den Rückweg machten. Er beschloss, Lys nicht die Sicht zu nehmen, obwohl er damit eines seiner eigenen Gesetze brach.
„Ganz einfach, ich habe aufgehört es zu versuchen. Wahnsinn kann ungemein entspannend sein, wenn man weiß, dass man sowieso versagen wird, egal was man tut.“ Sie lachten gemeinsam, dann schwiegen sie, bis sie das Lager erreicht hatten.
Lys hielt den Kopf tief gesenkt, um seine Reaktionen auf den

gutmütigen Spott der Räuber nicht sichtbar werden zu lassen. Kirian bemerkte, dass der junge Mann sich jetzt zwei Schritt hinter ihm hielt statt wie im Wald selbstbewusst an seiner Seite zu laufen, und sich wesentlich verhaltener bewegte – wie ein Sklave, dem man genug vertraute, um ihn nicht an die Kette legen zu müssen. Oder eben wie das demütige Spielzeug eines Sheruks …

Die Götter mögen deine Feinde bewahren, Lys, kein einziger wird dich als die Gefahr erkennen, die du wirklich bist, dachte er amüsiert.

„Ich habe eine Idee, wie du vor Roban verheimlichen kannst, dass du, hm, mit dem Feind kollaboriert hast“, sagte Kirian augenzwinkernd, als sie zurück in seiner Hütte waren, griff dabei nach einer Phiole mit farbloser Flüssigkeit. „Hier drin ist verdünnter Saft von der Tollkirsche. Halt mal still!“ Bevor Lys auch nur vor ihm zurückschrecken konnte, hatte Kirian je einen Tropfen in beiden Augen verteilt. „So, dauert nicht lange, dann werden deine Pupillen riesig sein. Du verstehst?“

„Vollkommen. Wozu brauchst du so etwas?“ Lys wies zu dem Kästchen, aus dem die Phiole stammte. Dutzende weitere befanden sich darin, alle durch Form oder Größe deutlich zu unterscheiden.

„Wir lauern nicht immer nur wie hungrige Wölfe im Gebüsch und stürzen uns auf wehrlose Reisende. Manchmal treiben wir in den Städten der Umgebung ein paar lustige Spiele, für die Verkleidungen, aber auch Gifte aller Art notwendig sind. Glaub mir, du willst keine Details hören“, erwiderte Kirian und verschloss das Kästchen sorgfältig. Er lachte über den stummen Vorwurf, der deutlich aus dem Blick des jungen Fürsten sprach. „Ich bin, was man mich zwingt zu sein. Sollen wir?“ Lys nickte ihm zu, ließ sich ein letztes Mal küssen, teilte die innige Leidenschaft und Trauer. Welch ein Wahnsinn auch immer über sie gekommen war, der sie in so kurzer Zeit überwältigt hatte, sie wussten beide, es war vorbei. Es musste enden, hier und jetzt. „Ich werde dich vermissen“, flüsterte Kirian, dann führte er ihn zurück ins Freie.

~*~

Roban hatte in einer Erdgrube ausharren müssen, die durch ein Fallgitter gesichert war. In diesem Gefängnis war ihm gerade genug Platz geblieben, einen Schritt in jede Richtung zu laufen. Flucht war aussichtslos, das Gitter befand sich mehr als zwei Schritt über seinem Kopf. So konnte er wirklich nur warten und den fernen Schreien seines Bruders lauschen.
Als sie ihn schließlich holten, musste er an einem Seil hochklettern, wurde danach von vier Räubern zugleich gesichert.
„Was ist mit meinem Bruder? Ist er tot? Redet schon!“, rief er verzweifelt, doch sie grinsten nur und trieben ihn nach draußen. Dort sah er Lys, der vom Sheruk persönlich bewacht wurde. Roban kämpfte gegen die Männer, riss sich los und stürzte sich schreiend auf Lys, der blass und mitgenommen aussah, dazu schwankte, als sei er betrunken.
„Was habt ihr mit ihm gemacht, ihr Bastarde? Lys, was haben sie dir angetan?“ Erschüttert sah er die riesigen Pupillen. Gift, man musste ihn vergiftet haben!
Halt suchend lehnte sich Lys an die Brust seines Bruders, überrascht, wie zittrig er war. Durch den Tollkirschensaft konnte er nur noch verschwommen sehen, dazu war es merkwürdig beruhigend, aus Sorge statt Leidenschaft umarmt zu werden.
„Tut mir leid“, wisperte er, wusste selbst nicht, warum.
„Der Kleine war eine zu harte Nuss zum knacken“, sagte Kirian. „Wir konnten ihn nicht anständig foltern, da dein Vater uns sonst das Fell über die Ohren ziehen würde, eh? Also ha’m wir ihn erst mal ein bisschen erschreckt, damit er was ausplaudert, das sich versilbern lässt. War recht unterhaltsam, aber viel kam nicht raus, also ha’m wir ihm was Gift reingezwungen.“
Roban schrie auf vor Wut, doch Kirian hob nur die Hand und brachte ihn so zum Schweigen. „Kein schlimmes Gift, es sollte ihm ein paar hässliche Trugbilder vorgaukeln und so dafür sorgen, dass er plaudert, ohne es zu merken, eh?“
Lys bemerkte amüsiert, dass Kirian einen leichten Dialekt angenommen hatte und sich ungehobelter ausdrückte als zuvor. Eben ganz wie ein Mann aus der Unterschicht, nicht wie ein Adliger.

Wer warst du nur früher?

„Hat nichts genutzt, der hat zwar vor Angst gebrüllt, sonst aber alles für sich behalten", sprach Kirian weiter. „Wir lassen euch gehen, sonst wächst der Spaß sich doch noch aus."

„Es ist gut", murmelte Lys, als er Robans steigende Wut spürte. „Ro, es ist gut. Es sind zu viele!"

„Hör auf den Kleinen!", lachte Kirian. „Wir verschnüren euch und bringen euch zurück an den Waldrand. Dort bekommt ihr eure Waffen wieder, und was zu essen. Ihr wart schließlich Gäste, sehr unhöflich von uns, dass wir euch noch nichts angeboten haben, eh?"

Die Pferde der beiden wurden herbeigeführt, knurrend ließ Roban zu, dass man ihn fesselte und die Augen verband, diesmal allerdings so, dass er aufrecht im Sattel sitzen konnte.

„Pack, dass ihr es überhaupt wagt, einen Corlin zu berühren!", flüsterte er dabei, doch er wehrte sich nicht.

„Wir setzen den Jungen vor dich, der fällt sonst noch vom Pferd. In ein paar Stunden ist's vorbei mit dem Gift, wird keine Schäden hinterlassen."

Kirian legte Lys selbst Fesseln und Augenbinde an, hielt ihn dabei die ganze Zeit an sich gedrückt. „Verzeih mir, aber auch du darfst nicht wissen, welcher Weg zu uns führt", wisperte er ihm ins Ohr.

„Und wenn ich es durch Zufall herausfände?", erwiderte Lys ebenso leise.

„Dann müsste ich dich töten. Ist Gesetz! Schon, dass du den Weg zu den Quellen kennst, ist eigentlich mehr als gestattet ist. Auch für mich, die Regeln gelten für alle. Also bleib brav, halt deinen Bruder an der Leine und erhol dich von mir." Mit einem letzten verstohlenen Kuss auf die Stirn gab Kirian ihn frei, führte ihn zu dem Pferd und setzte ihn ohne weitere Anstrengung in den Sattel vor Roban. Mit einem locker geschnürten Strick wurden die Brüder zusammengebunden, um Lys zu sichern, sollte er vor Erschöpfung bewusstlos werden.

„Oh, hier Kleiner, dein Anhänger. Ist mir zu schäbig." Kirian steckte die wertvolle Kette in die Satteltasche, klopfte dem

Hengst dann auf die Flanke und sah zu, wie seine Männer die beiden fortführten. Oh ja, er war ein Dieb … aber heute war *ihm* das Herz gestohlen worden.

~*~

Seltsam niedergedrückt kehrte Kirian in seine Hütte zurück. „Pass mir ja auf meine Schwester auf, sonst versohle ich dir beim nächsten Mal den Hintern!“, flüsterte er und wühlte sich dabei durch seine Kleidertruhe. Da war es, das Amulett, das er vor so vielen Jahren hier versteckt hatte … das getreue Gegenstück zu Elynes Kettenanhänger. Nur wenige Menschen wussten, dass er selbst es gefertigt hatte, kurz nachdem Elyne geboren worden war. Zu dem Zeitpunkt hatte er Freundschaft mit einem Silberschmied geschlossen und selbst einige bescheidene Stücke hergestellt. Vollkommen wertlos, außer für sie beide, versehen mit ihren jeweiligen Initialen. Natürlich war die Freundschaft zu dem Schmied rasch beendet worden, als sein Vater dahinter kam, wie tief diese wirklich reichte; er hatte andere Pläne für seinen Erstgeborenen. Nun, dazu war es nicht mehr gekommen. Traurig lächelnd versenkte Kirian es wieder in die Tiefen der Truhe, er hatte weitaus mehr abgelegt als nur diese Kette. Zweifelhaft, dass er sie jemals wieder offen tragen würde – er war nicht mehr der Erbe von Lichterfels. Aber er war auch nicht mehr der gewissenlose Spieler von einst.

Als Räuber ein besserer Mensch … verrückte Welt. Beten wir zu den Göttern, dass Lys nicht so wird wie ich, wenn er erst einmal mit dem Spiel begonnen hat! Er suchte weiter, wühlte sich durch Schichten von Stoff, größtenteils von Händlern erbeutet. Irgendwo hatte er doch ein passendes Gewand für eine Adelshochzeit versteckt …

4.

Es herrschte bereits tiefe Nacht, als Albor zusammen mit Bille die Brüder voneinander befreite und sie – noch gefesselt – vom Pferd zog. Roban ließen sie bewusst auch noch gebunden, er hatte die letzten Stunden damit verbracht, ihnen jede denkbare grausige Todesart anzudrohen, sobald er die Gelegenheit bekäme. Leeres Gerede, das wussten sie alle, trotzdem ging Albor kein Risiko ein. Die Waffen der beiden legte er in weiter Entfernung ab, dann kümmerte er sich um Lys, während Sveit und Bille rasch für ein Lagerfeuer und die Pferde sorgten. Die beiden Corlins würden dazu kaum fähig sein. Bei dem Älteren wäre es ihnen egal gewesen, würde der in dieser Nacht erfrieren – zu dieser Jahreszeit konnte es empfindlich kalt werden, sobald die Sonne verschwand. Aber Lys durfte nichts geschehen.

Hoffentlich weiß Kirian, was er da angestellt hat!, dachte Albor kopfschüttelnd. Ein wenig Spaß mit einem willigen Gefangenen zu haben war das eine, aber sie alle hatten gesehen, wie weit der Spaß wirklich gegangen war. *Noch nie hat er sich verliebt, nie! Hoffentlich ist es gut gegangen, eine Schwärmerei ohne Folgen. Hat man ja schon mal, dass man jemanden trifft, der einen völlig um den Verstand bringt, aber sobald man durch die Laken gerollt ist, verliert man das Interesse …* Albor war bewusst, dass Kirian noch immer mehr als interessiert war, doch er klammerte sich an diese Hoffnung. Er wusste genau, wozu sein Hauptmann fähig war und welche Folgen das haben könnte, diese Liebe zu einem Fürsten. Für sie alle.

„Warum bindet mich niemand los?", schrie Roban wütend.

„Geduld, Eure Hochherrlichkeit", brummte Sveit grinsend. „Wir müssen erst mal Euren Bruder wiederbeleben, und wenn das klappen sollte und wir verschwunden sind, kann er sich dann um Euch kümmern. *Wir* wollen gerne noch ein bisschen leben."

„Mir geht es gut, Ro!", setzte Lys rasch hinterher, bevor sein Bruder wieder in Panik geraten konnte.

Albor kämpfte noch mit den Handfesseln. Er hasste es, gutes

Seil zu verschwenden, zerschnitt es nur, wenn es keine andere Möglichkeit gab. In seinen besseren Tagen war er Seiler gewesen, oh, das war lange her!
„Ist der immer so reizbar?“, fragte Bille so leise, dass Roban ihn nicht hören konnte, und nahm dem jungen Mann die Augenbinde ab.
„Schlimmer“, wisperte Lys lächelnd und richtete sich mühsam auf. „Im Moment hat er wahnsinnige Angst um mich, deshalb hält er sich zurück.“
Die Räuber lachten, Albor klopfte ihm herzlich auf die Schulter.
„Hast es nich’ leicht, eh?“, flüsterte er und übergab ihm ein Bündel. „Vorräte und eure Wasserflaschen. Bleib hier schön brav sitzen, bis du uns nicht mehr hören kannst, dann mach ihn frei, ja? Versucht nicht, uns zu folgen, ihr würdet nur in der Dunkelheit verloren gehen, und es gibt durchaus echte Raubtiere da drin.“
„Schöne Hochzeit, Kleiner“, sagte Bille kaum hörbar. Ein letzter prüfender Blick auf Roban, der in einigen Schritt Entfernung am Boden lag und mit den Fesseln kämpfte; dann nickten die drei Räuber dem jungen Fürstensohn zu und verschwanden im Dickicht. Sie würden noch einige Zeit verschwenden, um falsche Fährten zu legen, nur um ganz sicher zu gehen – es war nicht anzunehmen, dass die Corlins auf dumme Ideen kommen würden, aber sie hatten nicht so lange als Räuber überlebt, weil sie sich auf die Klugheit anderer verließen.

~*~

Lys wartete geduldig, bis das Krachen im Unterholz verstummt war und nur noch die gewöhnlichen Geräusche des nächtlichen Waldes sie umgab, dann erhob er sich schwankend und suchte nach den Waffen. Er konnte immer noch nicht vollkommen klar sehen und fühlte sich so zerschlagen, als hätte jemand ihn mit einem Amboss verwechselt und stundenlang mit dem Schmiedehammer bearbeitet.
„Lys? Bist du das?“, rief Roban, als er neben ihm niederkniete.

„Ja, alles in Ordnung."
Kaum war Roban frei, packte er sich Lys, drehte ihn zum Licht des Feuers und starrte ihm in die Augen, um zu sehen, ob das Gift noch wirkte. Danach wog er das Vorratsbündel in der Hand, als hätte er Lust, es einfach in die Flammen zu werfen.
„Wir brauchen es", sagte Lys warnend. „Wir können im Moment nicht jagen oder nach Essen suchen, und wer weiß, wie weit es bis zum nächsten Dorf ist."
„Und wer garantiert uns, dass die Räuber das Zeug nicht vergiftet haben? Vielleicht haben sie Unrat eingepackt, um uns noch im Nachhinein zu quälen", fauchte Roban. „Die hassen uns für das, was wir sind, vergiss das niemals, Bruder!"
Lys schwieg, streckte einfach nur die Hand nach dem Bündel aus, ohne ihm zu widersprechen. Roban starrte ihn einen Augenblick lang nur an, dann warf er ihm das Bündel zu und schnaubte verächtlich, als getrocknetes Fleisch, Trockenfrüchte und sogar ein wenig Käse zum Vorschein kamen. Genug, um zwei bis drei Tage zu überstehen. Lys wusste, seinem Bruder wäre es lieber gewesen, hätte er Recht gehabt, selbst, wenn sie dann hungrig geblieben wären. Es dauerte auch eine Weile, bis Roban seinen Stolz überwunden hatte und etwas von dem Essen annahm.
„Was hat er dir wirklich angetan? Du warst stundenlang fort, ich habe dich schreien gehört. War es wirklich nur das Gift? Das dauert doch nicht so lange", sagte er, als sie sich ein möglichst bequemes Stück Boden zum Schlafen ausgewählt hatten. Lys erstarrte. Wie sollte er auf diese Frage antworten?
„Ich kann mich nicht an alles erinnern, Ro. Sie haben lange versucht, mich einzuschüchtern, haben mit Worten gespielt. Das Gift kam erst spät … ich hatte Angst", flüsterte er schließlich mit verlorener Stimme. „Ich habe geweint wie ein Mädchen. Aber verraten habe ich nichts. Es tut mir so leid." Er zitterte vor Scham über seine Lügen. Erst jetzt wurde ihm wirklich bewusst, was er da getan hatte – er hatte sich einem Fremden, einem Räuber hingegeben, mit Leib und Seele. Pures Glück, dass er noch beides besaß!

„Ich bin stolz auf dich, kleiner Bruder“, wisperte Roban und drückte ihm tröstend die Hand. „Vater wird dir endlich ein wenig Respekt zollen, wenn er das hört! Nur ein echter Corlin kann so mutig sein. Du musst dich nicht schämen, Lys. Als ich in Owar von Rombrugs Kerker saß und er mich tagelang … nun, ich habe auch geweint.“ Lys lag völlig regungslos, lauschte der Stimme in seinem Rücken. Noch nie hatte Roban mit ihm über die Zeit seiner Gefangennahme gesprochen, über diese zwei Tage und Nächte, in denen er immer wieder verhört worden war, aber weder die geplanten Truppenbewegungen noch die Stellungen der Nachhut verraten hatte, oder auch nur die Namen der gegen das Fürstentum der Rombruger vereinten Verbündeten. Bis er schließlich von seinen Männern befreit wurde.
„Er hat gelacht, weißt du? Owar hat mich ausgelacht, wann immer ich still wurde. Nur, wenn ich wütete, schrie, ihn verfluchte – oder um Gnade bettelte – war er zufrieden. Er hat mich wenig körperlich gequält, das begann erst am zweiten Tag, wenige Stunden vor meiner Befreiung. Langsam wollte er es angehen, sagte er immer wieder, damit ich lange lebe und nichts verschweige … Wenn er noch ein wenig mehr Zeit gehabt hätte, mich mit Worten zu foltern, vielleicht eine Stunde mehr, hätte ich aufgegeben. Die Schmerzen waren gar nicht wirklich schlimm, er hat mich kaum mit dem Stock gestreichelt … es war das Lachen. Er lachte und verhöhnte mich, mich und den Namen Corlin, wenn ich versuchte ihm zu trotzen. Still zu sein, einfach zu schweigen, statt ihm zu gehorchen.“ Roban hielt inne, und Lys wusste, wie wütend sein Bruder war. Diese Wut hatte Roban gerettet, dafür gesorgt, dass er ungebrochen nach Hause zurückkehren konnte. Wut war sein Schild, aber auch sein Schwert, denn er konnte die Wut beherrschen, wenn er es wollte und gezielt seine Feinde verletzen. Manchmal ließ er aber dieser Wut freien Lauf und wurde zur Gefahr für jeden, der sich ihm in den Weg zu stellen wagte. „Ich habe ihn mit bloßen Fäusten totgeschlagen und dabei gelacht, bis es vorbei war.“ Roban griff nach seiner Schulter und drückte sie, so fest, dass Lys beinahe vor Schmerz gestöhnt hätte. „Nur ein Wort von dir, und ich

schwöre diesem dreckigen Räuberpack ewige Rache. Sie haben es gewagt, das Haus von Corlin herauszufordern! Sie haben uns ehrlos von hinten angegriffen! Sag ein Wort, dann werde ich nicht rasten noch ruhen, bis ihre Köpfe allesamt eingeschlagen sind!“, zischte er.

„Nein, Ro. Zu viele unserer Leute würden dabei sterben, bis wir die Kerle überhaupt gefunden haben. Ich brauche keine Rache.“

„Bist du sicher? Überleg es dir, lass dir Zeit! Sag, hat er gelacht? Hat der Bastard dich ausgelacht?“

Lys kämpfte gegen die Erschöpfung. Warum war alles so kompliziert? Warum musste er seinen eigenen Bruder belügen? Warum sehnte er sich nach einem Räuber, der stahl und tötete und sein bereits so schwieriges Leben noch mehr in Aufruhr gebracht hatte?

„Er hat ein wenig gelacht, ja. Aber am Ende sagte er, so etwas wie mich habe er noch nicht erlebt. Er hätte mich zerstören können, aber er hatte Angst davor, Angst vor der Rache der Corlins“, flüsterte er schließlich. Er spürte Robans Genugtuung, seinen Stolz. Nicht lange danach schlief sein Bruder ein, aber für ihn selbst gab es keine Ruhe. Er wünschte so sehr, dass die Dinge für ihn genauso einfach wie für Ro sein könnten. Diese klare Gewissheit, welcher Platz in der Welt ihm gebührte. Er war ein Corlin, der Sohn eines der mächtigsten Fürsten in ganz Onur, warum nur zweifelte er an der Großartigkeit dieses Namens? Warum nur sehnte er sich nach den rauen Händen zurück, die ihn mit so viel Gewalt und Zärtlichkeit zugleich in Besitz genommen hatten? Nach diesen schwarzen Augen, die in eisigem Feuer brannten?

5.

„Halt dich gerade! Augen nach vorn, wag es nicht, Angst zu zeigen! Denk dran, wenn sie dir gegenübersteht, muss jeder glauben, ihr wäret ein Liebespaar, also lächle dümmlich! Ein richtiger Kuss ist unnötig, aber du musst unbedingt ihre Hand nehmen!"

Lys gab sein Bestes, den stetigen Strom gewisperter Befehle auszublenden, aber sein Vater war kein Mann, den man leicht ignorieren konnte. Schon gar nicht, wenn man von ihm am Arm geführt wurde, vorbei am versammelten Hofstaat. Jeder, der nur einen winzigen Tropfen adliges Blut in seinen Adern nachweisen konnte, schien sich aufgemacht zu haben, um diese Hochzeit zu bezeugen. Eine Verbindung zwischen Lichterfels und Corlin, das war ein unerhörter Skandal! Seit der Fürst von Corlin vor den Augen des Königs die Kette präsentiert hatte, von der Elyne sich niemals trennte, und das Herrscherpaar von Lichterfels öffentlich zugegeben hatte, dass es zu einer heimlichen Liebesverbindung gekommen war, brannte jeder darauf zu erfahren, wie das alles enden würde. König Maruv hatte die Hochzeit nicht verhindern können, da das Paar bereits von einem Priester gesegnet worden war. Geschickter Taktiker, der er war, würde er die Trauung selbst halten und sich damit den Frieden in den eigenen Reihen sichern – jegliches öffentliche Zeichen von Zurückweisung der Liebenden hätte nur die Empörung der romantisch verklärten Hofdamen geweckt und dadurch vielleicht einen Aufstand provoziert.

Lys war in dunkelblauen Samt gekleidet, wie die Etikette es verlangte. Er hasste dieses viel zu warme Gewand, die zeremonielle Perücke kratzte, seine Stiefel scheuerten ihm die Zehen wund. Er hasste die nicht enden wollenden Ermahnungen seines Vaters. Oh ja, bei ihrer Ankunft im Schloss, nachdem Roban ausführlich den Mut und die Widerstandskraft des kleinen Bruders betont hatte, da war Fürst Erebos beeindruckt gewesen, hatte Lys in die Arme geschlossen und unter Tränen geflüstert: „Endlich wirst du ein wahrer Corlin!" Von diesem Stolz war jetzt nichts mehr

zu spüren, als sie durch die endlosen Gänge schritten, bis zum Thronsaal. Hier durften sich nur hohe Würdenträger und die mächtigsten Fürstenfamilien des Reiches aufhalten, damit es kein unnötiges Gedränge gab. Da aber die Saaltüren offenblieben und Bedienstete zwischen den hochrangigen Gästen hin- und hereilten, konnte man sicher sein, dass jedes Räuspern, jeder noch so winzige Fehltritt binnen eines Herzschlages im gesamten Schloss verbreitet werden würde.
Roban hielt sich an seiner Linken, er würde gemeinsam mit Erebos während der Zeremonie hinter Lys stehen bleiben. Als ihr Vater Luft holte und ansetzte, sämtliche Ermahnungen erneut herunterzubeten, beugte Roban sich zu ihm und zischte fast lautlos: „Schluss jetzt, er ist dreiundzwanzig, Vater, nicht drei!"
Erebos zeigte seinen Ärger nicht, doch Lys spürte, wie sein Vater die Muskeln anspannte. Immerhin, von da an schwieg er, und Lys drückte dankbar den Arm seines Bruders.
Er blickte nach vorn, zum Thron, wo Maruv ihn erwartete – und die Fürstenfamilie von Lichterfels. Absichtlich vermied er es, Elyne anzusehen, bemerkte nur flüchtig, wie vorteilhaft die Braun- und Grüntöne ihres Kleides zu ihrem brünetten Haar passten. Gemeinsam sollten sie beide mit ihren Farben die Vereinigung von Himmel und Erde widerspiegeln, so wie der Himmelsvater sich einst mit der Erdmutter vermählte und ihre gemeinsame Kraft Leben spendete. Der Geist der beiden Schöpfer beseelte jede Kreatur. Die Erdgöttin gebar beständig neues Leben, außer in der Nacht der Wintersonnenwende, in der sie sich von Neuem mit dem Himmelsgott vermählte. Jedes Lebewesen, das in dieser Nacht zur Welt kam, galt als seelenlos und vom Schattenfresser, dem Verderber der Schöpfung, besessen. Es wurde umgehend getötet, auch Menschenkinder – meistens übergab man sie den Priestern für diese Opferung. Deren Aufgabe bestand ansonsten hauptsächlich in der Heilung, denn niemand wusste so viel über die wundersamen Kräfte von Pflanzen, Bäumen und Mineralien; sie begleiteten die Sterbenden, segneten Neugeborene und den Bund der Liebenden, trösteten Verzweifelte, berieten Bauern, welche Feld-

früchte diese anpflanzen sollten und bewahrten jegliches Wissen, das sie als überlieferungswürdig erachteten.
Nicht einmal der König hat so viel Macht über das Volk, dachte Lys zerstreut. *Niemand kann Onur wirklich beherrschen, wenn er nicht die Priesterschaft auf seiner Seite hat.*
Maruv hatte im Laufe seiner Herrschaft die Rechte der Priester eingeschränkt, und genau darin sah Lys einen Fehler. Die Priester unterstützten den König nicht, es gab genug abergläubisches Volk, das darin die Ursache für Maruvs Kinderlosigkeit vermutete. *Man muss sie nicht lieben, aber ohne die Priester wendet sich das Volk ab.* Über diesen Gedanken erreichte er schließlich den Thron und fand sich den drei mächtigsten weltlichen Herrschern von Onur gegenüber. Maruv, Erebos und Fürst Archym von Lichterfels sahen sich seltsam ähnlich. Alle drei waren stattliche, breitschultrige Krieger, in Würde ergraut. Die drei starrten Lys nun an, der sie zwar an Größe leicht übertraf, aber wesentlich leichter gebaut war. Bescheiden senkte er den Blick, verneigte sich tief vor Maruv, kniete dann vor seinem künftigen Schwiegervater nieder.
„Nehmt mich an als Euren Sohn, damit ich Euch die Tochter nicht entreiße, sondern zwei Familien gemeinsam erstarken und wachsen können“, bat er. Archym legte die Hand auf Lys’ Schulter, sprach einige zeremonielle Worte. Dann winkte er, und Fürstin Mirea führte ihre Tochter nach vorne. Lys wusste, dies war der alles entscheidende Moment. Wenn jetzt der geringste Zweifel daran aufkam, dass zwischen ihm und Elyne tiefe Liebe herrschte, würde es zu einem Aufstand aller Fürsten kommen, die sich von Corlin wie Lichterfels bedroht fühlten.
Absichtlich stellte er sich so, dass er Elynes Gesicht vor den Augen aller Zuschauer verbarg, als er mit zitternden Händen ihren Schleier anhob. Sollte Hass oder Verachtung darin zu lesen sein, oder vielleicht sogar Angst, wäre alles vorbei. Doch seine Sorge war unnötig, die junge Frau hielt den Blick zu Boden gesenkt und verriet nicht, was sie fühlte. Gewiss hatte man sie nicht weniger mit Verhaltensregeln gequält als ihn. Im gesamten Saal war es so still, man hätte einen Geist atmen hören können.

„So sehen wir uns also wieder", flüsterte Lys, laut genug, dass seine Worte weiter getragen werden konnten. Behutsam legte er die Hand an ihre Wange, streichelte sie sanft und beugte sich nah zu ihr herab, wisperte etwas in ihr Ohr, diesmal so leise, dass nicht einmal Fürstin Mirea es hören konnte. Elyne nickte, senkte dabei den Kopf noch ein wenig tiefer. Der Laut, den sie vernehmen ließ, hätte genauso gut Lachen wie unterdrücktes Schluchzen sein können.

Lys holte die Kette hervor, die sich noch immer in seinem Besitz befand, küsste mit geschlossenen Augen den Anhänger und legte sie um Elynes schlanken Hals. Dann zog er Elyne in eine heftige Umarmung, barg ihr Gesicht an seiner Schulter. Sie klammerte sich an ihn, ließ sich festhalten. „Es ist vorbei, das Warten ist vorbei", flüsterte er, diesmal wieder laut genug. Die ersten Damen in der Menge begannen zu schluchzen, gerührt von diesem Anblick inniger Zweisamkeit.

„Das reicht, hoffe ich!", hauchte Elyne ihm zu. Ihre Ablehnung war deutlich zu spüren – aber nur für ihn. Jeder andere hätte nichts als Vertrautheit und Zuneigung vermuten können, so nah, wie sie nun beieinander dastanden, dass ihre Wangen sich berührten, und sich an den Händen hielten.

„Haltet noch ein wenig durch. In Zukunft wird es genügen, wenn wir uns anlächeln und ein wenig Aufmerksamkeit heucheln, doch heute müssen alle glauben, Tisba und Yuve wären von den Toten auferstanden", erwiderte Lys ebenso leise. Sie lachte bei der Erwähnung des berühmtesten tragischen Liebespaares aller Zeiten, besungen in unzähligen Liedern, Gedichten und Theateraufführungen. Zum ersten Mal blickte sie ihn offen an. Ihre Augen waren schwarz und von eisiger Glut erfüllt. Warum war sie zornig? Verwirrt setzte Lys zu einer Frage an, doch da räusperte sich Maruv, und einen König durfte man nicht ignorieren.

„Wollen wir?"

Während der Zeremonie beobachtete Lys heimlich den König, durchschaute mühelos dessen großväterliches Lächeln. Maruv hatte vor rund einem Jahr seine Königin verloren. An Fieber sei sie gestorben, hieß es offiziell. Vor Gram über all ihre tot geborenen Kinder, munkelten einige. Von Maruvs eigener Hand, behaupteten andere. Tatsache blieb, Maruv war es mit drei Gemahlinnen nicht gelungen, einen Thronerben zu zeugen. Da er der Letzte aus der Linie der Elchenbirg war, würde die Krone nach seinem Tod an Lichterfels fallen, seine nächsten Verwandten. Nur zu gerne hätte Maruv Elyne selbst geheiratet, das war kein Geheimnis – auf diese Weise hätte er die Machtverhältnisse so bewahren können, wie sie im Augenblick waren, anstatt sich einer Allianz zwischen Lichterfels und Corlin stellen zu müssen. Doch Elyne war nicht nur über vierzig Jahre jünger als er, sondern auch seine Großnichte.

Jeder wird nun darauf lauern, ob aus dieser Ehe ein Sohn hervorgeht oder nicht … erst dann wird es gefährlich werden. Mit etwas Glück wagt niemand einen Giftanschlag oder ähnliche Attentate auf uns, aber politische Intrigen sind gewiss …

Die Gesetze zur Erbfolge und Rangordnung waren kompliziert und bargen große Gefahr für jeden Adligen.

Lys konzentrierte sich wieder, die Zeremonie war vorüber. Nun wurde es noch einmal heikel, denn seinen nächsten Schritt hatte er mit niemandem abgesprochen und er würde seinem Vater äußerst missfallen.

„Welche Residenz wird das junge Paar beziehen?“, fragte Maruv feierlich. Nach Erebos’ Willen sollten Lys und Elyne ihren neuen Hausstand auf dem Gebiet der Corlins gründen, und Archym hatte zugestimmt. Doch Lys hatte seine eigenen Pläne.

„Mein König, wenn beide Familien einverstanden sind, will ich mit meiner Gemahlin nach Weidenburg ziehen.“ Er hörte das unterdrückte Schnaufen in seinem Rücken – Weidenburg lag genau auf der Grenze zwischen Corlin und Lichterfels und sehr nahe am Königshof in Purna. Hier würde niemand ihn beeinflussen können, genauso, wie er es geplant hatte.

„Eine interessante Wahl. Kein übermäßig reiches Stück Land, aber eine schöne kleine Burg“, murmelte Maruv, der nicht weniger überrascht war als alle anderen. Da niemand Einspruch einlegte – Erebos und Archym hätten sich eher die Zunge abgebissen als einen Skandal zu provozieren – erteilte der König seinen Segen.

Als Lys mit seiner Frau am Arm durch den Saal schritt, wurde ihm erst wirklich bewusst, was gerade alles geschehen war. Seine Pläne hatten sich allesamt erfüllt, er war verheiratet. Von nun an war auch er ein Spieler. Von nun an trug er Verantwortung, nicht nur für sein eigenes Leben, sondern ebenso für seine Ehefrau, und bald auch für einen gesamten Hausstand. Wie betäubt nahm er die Glückwünsche von allen Seiten entgegen, lächelte, schüttelte Hände, sagte belanglose Floskeln.
Als er und Elyne an der Saaltüre innehielten, da sie sich hier trennen mussten, um sich für das Festmahl umzukleiden und rempelte ihn jemand an, drängte sich an ihm vorbei. Lys wandte den Kopf, erhaschte einen Blick auf den Adligen – ein Graf vermutlich, so wie er gekleidet war – und erstarrte. Nur den Bruchteil eines Herzschlages hielt der Blickkontakt, dann verneigte sich der Mann, entschuldigte sich angemessen und verschwand in der Menschenmenge.
„Komm, Bruder, du musst dich von ihr losreißen, aber nur ganz kurz", sagte Roban und schlug ihm herzlich auf die Schulter. Er strahlte vor Glück und Zufriedenheit. „Komm jetzt! Du musst sie loslassen!" Lys fuhr zusammen, schaffte es, sich mit einer schwungvollen Verbeugung von Elyne zu verabschieden und ließ sich dann von Roban mitziehen. Immer wieder blickte er über die Schulter zurück, doch nicht, um Elyne zu sehen, wie alle Umstehenden gerührt oder belustigt annahmen. Kirian war hier. Das war das Einzige, woran er im Augenblick noch denken konnte. Kirian war hier. Warum brachte er sich selbst in Lebensgefahr, der Wahnsinnige?

6.

Lautlos erhob sich Lys, prüfte noch einmal, ob Elyne wirklich schlief. Dann warf er sich ein dünnes Gewand über und trat hinaus auf den Balkon. Hier, dreißig Schritt über dem Boden, konnte ihn niemand beobachten, für die Wächter war er unsichtbar.

Aufgewühlt lehnte er sich an die Brüstungsmauer, starrte hinaus in die dunkle Nacht und versuchte, an irgendetwas anderes als die vergangenen Stunden zu denken. Es war unerträglich gewesen … Das Festmahl, das nicht enden wollte, bis sein Gesicht vom unentwegten Lächeln schmerzte und er sich keine schlagfertige Antwort auf all die Scherze und Anzüglichkeiten der zunehmend betrunkenen Gäste mehr ausdenken konnte. Sein Vater, der ihm so leise wie möglich Vorhaltungen machte, empört über die Eigenmächtigkeit, mit der Lys sich Weidenburg erschlichen hatte. Roban und seine Frau, die so verliebt miteinander umgingen – die beiden waren schon seit drei Jahren verheiratet und einander wirklich herzlich zugetan, auch wenn diese Ehe bislang kinderlos geblieben war, worunter vor allem Roban sehr litt; ohne einen männlichen Erben war seine Position geschwächt. Lys' eigene Frau, die ebenso wie er Verliebtheit heuchelte, ihm aber nur Drohungen und Gemeinheiten ins Ohr flüsterte.

Rasch schob Lys diese Erinnerungen beiseite, denn sie würden unweigerlich im Schlafgemach enden, dem er gerade entflohen war. Also dachte er an Kirian, doch auch das war wenig beruhigend. Hatte er ihn wirklich gesehen? Den ganzen Tag hoffte Lys schon, dass es nur Einbildung gewesen war, ein Wunschtraum vielleicht.

Warum sollte er auch so wahnsinnig sein und sich hier einschleichen, wo alle Wachen in höchster Alarmbereitschaft sind! Wenn irgendjemand dem Hochadel Onurs schaden wollte, heute wäre der richtige Tag, alle hocken auf einem Haufen. Kirian würde nie …

Ruckartig wurde Lys von hinten gepackt. Eine Hand legte sich auf seinen Mund, sodass er nicht schreien konnte, seine Arme wurden gesichert, damit er nicht zuschlug. Panisch kämpfte er gegen den stählernen Griff an, wollte mit den Beinen ausholen – da erkannte er diese Hand und den Duft des Mannes, der ihn festhielt. Sofort gab er jeden Widerstand auf, noch bevor Kirian ihm beschwichtigend zuflüsterte: „Ganz ruhig, dir geschieht nichts."

Lys drehte sich um, lehnte sich an die Schultern des Mannes, von dem er die letzten Wochen über jede Nacht geträumt hatte. Erst jetzt wurde ihm bewusst, wie schmerzlich diese Wochen gewesen waren. Er hatte die Sehnsucht, die so nutzlos und unerfüllbar war, nicht zulassen wollen.

Eine Weile standen sie nur da, eng umschlungen, und teilten den Augenblick, wissend, dass es ein gestohlener Moment der Zweisamkeit war.

„Warum bist du hier?", wisperte Lys schließlich und entzog sich der Hand, die seine Wange streichelte.

„Ist es dir unangenehm? Soll ich gehen?" Das Lachen in Kirians Stimme verriet den Scherz, doch Lys klammerte sich sofort an ihn.

„Nein, bitte, bleib! Ich will nur wissen, warum du solch ein Risiko auf dich nimmst. Auf Corlin, auf Lichterfels, überall anders wäre es weniger gefährlich für dich als ausgerechnet hier, beim König, wenn alle Wachen und Leibgarden Onurs durch die Nacht streifen."

„Ich musste kommen. Ich musste die Hochzeit mit eigenen Augen verfolgen. Hier geblieben bin ich, weil ich dachte, du könntest heute Nacht vielleicht einen Freund gebrauchen." Kirian zog ihn auf den Boden nieder, zurück in eine feste Umarmung. Ihm war nicht entgangen, dass Lys in seinem dünnen Überwurf fror, und wie verloren er dagestanden hatte, als er sich noch allein glaubte. Kirian hatte die ganze bisherige Nacht hier draußen verbracht, es war ein gutes Versteck vor den Wachen. Das wenige, was aus dem Schlafgemach zu hören gewesen war, hatte ihn bestärkt, noch länger auszuharren, in der Hoffnung, dass Lys hierher kommen würde.

„Wie schlimm war es?“, flüsterte er und versuchte, dem zitternden jungen Mann all seine Wärme und Kraft zu schenken.
„Sie hasst mich. Die Götter mögen wissen, warum, Elyne hasst mich“, erwiderte Lys tonlos. „Bei der ersten Begegnung war es nur Verachtung gewesen, sie hatte Gerüchte darüber gehört, dass ich ein weichlicher Feigling sei, vollkommen verhätschelt von Vater und Bruder, zu dumm, um ohne genaue Anweisung das richtige Ende eines Schwerts zu finden. Es gibt noch mehr Gerede dieser Art, die Feinde meines Hauses werden nie müde.“
Kirian drückte ihn aufmunternd, er kannte all diesen Klatsch, der Teil des Intrigenspiels war.
„Ich hatte gehofft, wir könnten das hinter uns lassen, wenn sie mich erst einmal kennengelernt hätte. Aber Elyne will gar nichts hinter sich lassen. Was sie mir während des Festes alles zugeflüstert hat … pures Gift. Dass ich eine Missgeburt sei, die besser bei der Geburt ertränkt worden wäre, war noch das Harmloseste.“
„Vielleicht wollte sie damit ihre Angst vor der Brautnacht überspielen?“, fragte Kirian, doch Lys schüttelte augenblicklich den Kopf.
„Sicher hat auch das eine Rolle gespielt, aber sie hasst mich wirklich. Eben, als wir allein waren, da …“ Lys stockte, als die Erinnerung ihn überfiel.

Elyne riss sich die Kleider vom Leib, noch bevor er die Tür abgeschlossen hatte. Er dankte kurz dem Himmelsvater für die Einsicht, die jener Maruv geschenkt hatte, denn der König hatte ihnen das einzige Zimmer im gesamten Schloss zugewiesen – abgesehen von seinen eigenen Gemächern – dessen Wände und Türen zu dick waren, um lauschen zu können. Nach einem langen, qualvollen Tag voller Lügen und Schauspielerei hätte er es niemals geschafft, ein lustvolles Liebesspiel für die Zuhörer erklingen zu lassen.
Seine Frau schenkte ihm einen Blick, der einen Drachen hätte töten können und warf sich dann auf das riesige Himmelbett, das diesen Raum beherrschte.
„Beeilt Euch bitte, wenn möglich!“, befahl sie mit eisiger Stimme – es war

ein Befehl, keine Bitte. „Ich bin müde und will Euch wirklich nicht zu viel von Eurer Kraft rauben. Sicher wollt Ihr morgen sofort nach Weidenburg aufbrechen."

Wie vor den Kopf geschlagen setzte Lys sich auf die Bettkante, wandte ihr dabei den Rücken zu. Er hatte diesen Moment, in dem er die Ehe vollziehen musste, immer gefürchtet, sich aber nicht einmal in seinen finstersten Träumen ausgemalt, dass es so schrecklich werden könnte, bevor es auch nur begonnen hatte.

„Ich werde Euch nicht zwingen, Elyne", sagte er leise. „Wir haben Liebe geheuchelt, es würde nicht viel ausmachen, wenn wir auch hier betrügen." Er zog seinen Dolch mit dem Wappen der Corlins und legte ihn auf die Decke. „Schneidet mich, wohin Ihr wollt, um Jungfernblut vorzutäuschen."

„Seid Ihr ein Mann oder ein Hofnarr, Lyskir von Corlin?" Der Hass in ihrer Stimme zwang seinen Kopf herum, er starrte in ihre Augen, die sich in seine Seele brannten. „Nehmt mich endlich zur Frau und versucht nicht, Euch zu drücken. Oder bin ich so hässlich?"

„Nein! Nein, Ihr seid eine schöne Frau. Ich hatte nur den Eindruck, meine bloße Nähe ist Euch zuwider, also wollte ich Euch …"

„Lügt mich nicht an!", fauchte sie. „Ihr habt den ganzen Tag gelogen, vielleicht ist auch noch niemals ein aufrichtiges Wort aus Eurem Mund geflossen. Eure Fassade ist makellos, mein Gemahl, aber von innen seid Ihr völlig verfault und verdorben. Der Gehörnte selbst kann nicht finsterer sein als das, was Ihr Eure Seele schimpft!"

Sprachlos blickte er sie an, erschüttert von all dem Hass, der ihm entgegenschlug.

„Nun los, wenn Ihr Manns genug dafür seid! Vollzieht diese Ehe, damit wenigstens das Wahrheit sein darf, schwängert mich mit dem Sohn, den Ihr für Eure Intrigen braucht und lasst mich dann zufrieden. Ich will lieber selbst Euer Werkzeug sein als mir das Kind irgendeiner anderen Frau unterschieben zu lassen, falls Ihr das vorhattet."

„Ich verstehe nicht", murmelte Lys, obwohl er nur zu gut verstand. Sein zielstrebiger Griff nach politischer Macht schien sie glauben zu lassen, er sei völlig skrupellos, dabei aber zu feige, seine Untaten selbst zu begehen. So wie die meisten Adligen …

„Stellt Euch nicht dumm, ich habe durchaus bemerkt, dass Ihr kein Schwachkopf seid. Ihr würdet mir doch auch das Kind irgendeiner Bäuerin

in die Arme legen, nur um einen Sohn präsentieren zu können und damit noch meinen Vater in der Thronfolge zu überholen, nicht wahr? Ihr würdet jeden Preis zahlen, um so schnell wie möglich König zu werden. Meinetwegen lasst Maruv ermorden, wenn Ihr einen Helfer findet. Aber hier ziehe ich die Grenze, Lyskir von Corlin: Ich werde kein Kind mein eigen nennen, das ich nicht selbst geboren habe."
Sie begann zu weinen, wohl ebenso sehr aus Wut wie aus Verzweiflung. Lys wandte sich ihr zu, streckte zögernd die Hand nach ihr aus, um sie zu trösten, doch ihr flammender Blick hielt ihn zurück.
„So tut es doch endlich, quält mich nicht länger!", bettelte sie schluchzend.

„Und dann – habe ich es getan", flüsterte Lys an Kirians Schulter. „Ich wollte langsam vorgehen, um ihr Schmerzen zu ersparen, aber dafür verhöhnte sie mich nur noch mehr, also …"
„War sie denn noch unberührt?", fragte Kirian mit schwankender Stimme. „Oder stammt ihre Abscheu vielleicht aus bitteren Erfahrungen mit männlicher Gewalt?"
„Wenn, dann wurde sie dabei nicht an dieser Stelle berührt, sie war noch Jungfrau." Lys wollte diesen für sie beide schmerzhaften und demütigenden Akt einfach nur vergessen. „Sie hat keinen Laut von sich gegeben, erst danach hat sie geweint. Ich habe ihr geschworen, dass ich es niemals wieder tun werde, niemals. Wenn ich bei klarem Verstand gewesen wäre, hätte ich auch auf dieses eine Mal verzichtet. Der Himmel weiß, wie ich überhaupt dazu fähig war …"
Sie schwiegen eine Weile, Kirian in augenscheinlich finstere Gedanken versunken, Lys zu aufgewühlt und erschöpft zugleich, um noch reden zu können, den Tränen zu nah, die er nicht vergießen wollte. Es war einfacher, sich an diesen starken Körper zu klammern und Kraft zu schöpfen, ohne lügen oder sich verstellen zu müssen.
„Würdest du denn so weit gehen?", flüsterte Kirian schließlich. „Würdest du deiner Frau ein fremdes Kind in die Arme legen, um deine Machtposition zu sichern? Sobald du einen Erben präsentieren kannst, rückst du in der Thronfolge an erste Stelle, noch vor deinen Schwiegervater. Ist es das, was du willst?"

Lys seufzte tief, zu müde, um von dieser Frage verletzt zu sein. Kirian stand, zumindest im Augenblick, auf seiner Seite, doch was wussten sie schon voneinander?
„Die wirren Thronfolgegesetze haben für mehr Unglück und Blutvergießen gesorgt als der Krieg gegen die Rombruger. Dieser Unfug, dass alles von der Geburt eines Sohnes abhängen soll … ich könnte sogar Roban sein Erbe wegnehmen, sollte Elyne schneller einen Jungen zur Welt bringen als meine Schwägerin. Der König und mein Schwiegervater würden mich zu töten versuchen, sobald ein Sohn mir weitere Macht gibt. Diese Gesetze bringen uns alle in Lebensgefahr. Ich würde sie abschaffen, wenn ich jemals Gelegenheit dazu bekomme, Kirian, aber ich ziehe die gleichen Grenzen wie Elyne. Ich habe viel riskiert, um überhaupt in die Nähe des Throns zu gelangen, und einen hohen Preis dafür gezahlt. Ich habe noch mehr riskiert, um sowohl von Corlin als auch Lichterfels unabhängig leben zu können, ich habe gelogen, betrogen, intrigiert. Aber sollte ich jemals ein Kind in den Arm nehmen und es als mein eigenes anerkennen, dann sei gewiss, Kirian, dass es dem Schoss meiner mir angetrauten Frau entstammt. Ob ich es selbst gezeugt habe, wird allerdings nur sie dir sagen können."
„Dann hoffe ich für Onur, dass du einst die Krone trägst, und sei es nur, um diese Gesetze abzuschaffen." Kirian küsste ihm sanft auf die Stirn. „Du wirst viel Kraft brauchen, um diesen Weg gehen zu können. Um dich herum sind nur Feinde, Fürsten und Mächtige, die dich im Augenblick noch nicht ernst nehmen, dich für einen lächerlichen, liebestollen Schönling halten. Doch Maruv und Archym von Lichterfels sind bereits alte Männer, ihre Zeit kann jederzeit ablaufen, und sobald sie begreifen, was du wirklich planst, werden sie sich auf dich stürzen, um schon im Vorfeld zu verhindern, dass du jemals weiter aufsteigst."
Lys nickte nur und löste sich langsam von ihm.
„Ich bin froh, dass du für mich da warst, Kirian", flüsterte er. „Ich kann nicht sagen, wie dankbar ich dir bin. Aber du musst jetzt gehen. Es wird bald dämmern, und dann wird es zu gefährlich für dich."

Der Sheruk grinste nur. „Große Worte von jemandem, der gerade eine stille Revolution begonnen hat."
„Bitte. Ich weiß nicht, was das da zwischen uns ist. Es dürfte nicht einmal ein *uns* geben. Aber wie du schon sagtest, ich habe auf dieser Welt, abgesehen von meiner Familie, nur Feinde oder Gegner, die bald meine Feinde sein werden. Wenn ich mit ansehen müsste, wie du verhaftet und als Eindringling hingerichtet wirst, würde mich das zerstören."
Kirian zog ihn gewaltsam zu sich zurück und küsste Lys mit soviel Kraft, dass es für sie beide schmerzhaft war.
„Es gibt ein *uns,* und eines Tages werden wir wissen, was das bedeutet", zischte er wütend und krallte sich so fest in Lys' Schultern, dass der leicht in die Knie ging. „Ich gehe, niemand wird mich hinrichten, das schwöre ich dir. Und verlass dich darauf, dass ich wiederkommen werde. Nicht heute, nicht morgen – im Winter ziehen die Jungs und ich uns weit in den Süden zurück, und der Winter ist nah. Aber du gehörst zu mir. Ob du willst oder nicht." Noch einmal küsste er Lys, leidenschaftlich und besitzergreifend. Dann schwang er sich über die Brüstungsmauer des Balkons und verschwand in der Tiefe.
Lange Zeit stand Lys nur da, verfolgte den schlanken Schatten, der im Schutz der Dunkelheit ungesehen den Boden erreichte, sich gewandt, wie eine Katze über den Innenhof schlich und dann verschwunden war. Als die spätherbstliche Kälte ihn schließlich zurück in das Schlafgemach trieb, hob er die Hand und nahm in Gedanken Abschied von seinem Liebhaber.
Ich will es, Kirian. Bei den Göttern, ich will es mehr als irgendetwas sonst auf dieser Welt. Vergib mir, was ich getan habe, was ich Elyne antun musste. Sei gewiss, ich werde versuchen, auf deine Schwester aufzupassen …

7.

Der Angriff traf sie überraschend, aber nicht unvorbereitet. Mitten in der Nacht weckte sie der laute Pfiff, mit dem die Räuber sich gegenseitig warnten. Noch bevor die Ersten sich in der Dunkelheit orientieren konnten, rannte Kirian bereits voll bewaffnet in den Wald hinein. Schon seit Wochen suchten Soldatenpatrouillen nach ihnen, hatten sich offenbar nicht mehr davon täuschen lassen, dass die Bande in letzter Zeit ruhig geblieben war und einige harmlose Überfälle weit nördlich arrangiert hatte. Er fluchte innerlich, weil sie mit dem Winterlager kostbare Vorräte verlieren würden, doch jetzt ging es erst einmal um das nackte Überleben.

So schnell er nur konnte, rannte er dorthin, wo Bille Wache gestanden und sich durch den Warnpfiff selbst in Gefahr gebracht hatte. Dunkle Schatten rasten auf ihn zu, Kirian musste sich zu Boden werfen, um auszuweichen, schlug gleichzeitig mit dem Säbel und einem Jagdmesser um sich, ohne zu zielen. Warmes Blut spritzte ihm ins Gesicht, er hatte getroffen. Doch sofort griffen sie wieder an – drei Spürhunde waren es, und einer von ihnen kämpfte voller Wut über seine Verletzung.

Gib, dass die anderen sich an den Plan halten!, dachte er, und wappnete sich für Schmerz und Tod. In der Dunkelheit, auf hart gefrorenem Schnee, konnte er wenig gegen diese Tiere ausrichten. Mit schwungvollen Säbelhieben hielt er sie eine Weile auf Abstand, dann brach einer der Hunde durch seine Deckung, warf ihn mit seinem Gewicht um. Mehr durch Glück schaffte Kirian es noch, sein Jagdmesser hochzureißen und es dem Hund zwischen die Rippen zu treiben. Der jaulte kurz auf, dann verendete er, sein Blut tränkte Kirians Umhang. Das Tier wog mindestens halb so viel wie er selbst, er wusste sofort, dass er den schweren Leib nicht von sich schieben konnte, bevor die beiden anderen Hunde über ihn herfallen würden. Erst jetzt wurde ihm bewusst, dass einer der beiden sich in seinen Stiefel verbissen hatte; im gleichen Moment spürte er die Reißzähne, sein Bein wurde geschüttelt. Kirian schrie, doch das tote Gewicht auf seiner Brust drückte ihm die Luft ab, nur ein heiseres Krächzen war zu hören. Und der dritte Hund, wo war er? Hektisch trat er nach dem Tier, traf es, wie es schien, denn die Zähne gaben ihn frei. Bunte Kreise tanzten vor seinen Augen, er bekam keine Luft! Kirian kämpfte sich einen Arm frei, versuchte, den Kadaver von sich zu schieben. Da verschwand das Gewicht plötzlich, keuchend rollte Kirian sich zur Seite, aus purem Reflex – jemand stand über ihm, ein Mensch hatte ihn befreit, und es musste ein Soldat sein. Seine Leute waren, wenn alles gut gegangen war, längst in alle Richtungen geflohen, zum Ausweichlager.

„Beim Schattenfresser, ist das dein Blut?"

Kirian brauchte einen Moment, die Stimme zu erkennen, zu Atem zu kommen und zu verstehen, dass er nicht angegriffen wurde. Eine Fackel blendete ihn, er kniff die Augen zu und kämpfte sich mühsam in die Höhe.

„Albor, was machst du hier?", stöhnte er. Sein verletztes Bein brannte wie Feuer, er würde damit nicht schnell laufen oder lange kämpfen können. Er wagte einen flüchtigen Blick auf den zerfetzten Stiefel – zumindest spürte er noch etwas, ein gutes Zeichen!

„Hunde töten, Sheruks aufsammeln, was sich so ergibt", erwiderte Albor und packte ihn am Arm. „Nun sag schon, was davon stammt von dir? Du bist von oben bis unten voll Blut. Hast du noch beide Augen, alle Ohren, ja?"

„Mir geht's gut", knurrte Kirian gereizt. „Wo sind die anderen?"

„Alle weg. Ich dachte, du auch, wollte eigentlich nur kurz nach Bille sehen." Albor stockte, und Kirian fluchte lauthals. Ausgerechnet Bille! Warum musste es immer die Besten erwischen?

„Sind die Soldaten auch alle weg?"

„Ja, aber Kirian, du hinkst ganz schön, es ist weit bis zum Lager …"

„Ich will ihn sehen", beharrte er und humpelte entschlossen los. Die Bisswunde schmerzte bei jedem Schritt, der süßliche Ge-

stank des Blutes, das langsam auf seiner Haut gefror, widerte ihn an, und dennoch, er wollte kurz Abschied nehmen.
Bille musste schnell gestorben sein, mehrere Pfeile ragten aus seiner Brust. Ein schwacher Trost … Kirian kniete ächzend neben ihm nieder und trauerte für einen Moment. Bille war immer ruhig gewesen, unerschütterlich, egal ob im Kampf, während eines Überfalls oder wenn sich alle um ihn herum gestritten hatten. Sein ausgleichendes Wesen würde fehlen.
„Machs gut, alter Mann“, murmelte Kirian den Scherz, den er mit Bille geteilt hatte. Als sie sich zum ersten Mal getroffen hatten, trug Bille die Verkleidung eines Greises, im Begriff, den gleichen Steuereintreiber auszurauben, den Kirian anvisiert hatte. Gerne hätte er Billes Augen geschlossen, doch die Lider waren bereits von der Kälte starr gefroren.
„Hätte ich ihn retten können, wenn wir schon gestern zum Ausweichlager aufgebrochen wären?“, fragte er Albor, als er sich wieder aufgerichtet hatte und loshumpelte.
„Nein. Dann hätten sie uns eben da angegriffen. Wir müssen Fallen für diese verfluchten Hunde bauen, konnte ja keiner ahnen, dass die gleich so viele von den Biestern …“ Albor stockte, und auch Kirian hatte es gehört: Stimmen, von mindestens vier Männern.
„Verdammt!“ Sie wussten sofort, dass sie weder fliehen noch sich verstecken konnten, und bei Kirians Verfassung war an Kampf nicht zu denken. Sie blickten sich kurz an, wussten, dass sie beide den gleichen Plan hatten und handelten sofort. Albor löschte die Fackel im Schnee, half Kirian, so rasch wie möglich zurück zu Billes Leiche zu gelangen, wo er sich niederwarf und sein blutverschmiertes Gesicht präsentierte. Es fühlte sich richtig an, Billes Leib als Zuflucht zu nehmen. Albor versteckte sich derweil so, dass die Soldaten ihn als Erstes finden mussten, und genauso kam es auch. Ein Spürhund schlug an, nur Augenblicke später wurde er von zwei Soldaten aus dem Versteck getrieben.
„Sind hier noch mehr?“, herrschten sie ihn an.
„Nur Leichen. Ich wollte sie vor euch in Sicherheit bringen“, knurrte Albor. Der Spürhund leckte derweil winselnd über

Kirians Gesicht, das Blut mit der Witterung der toten Hunde lenkte ihn ab, so wie die beiden Räuber es erhofft hatten. Natürlich, lange würde das nicht vorhalten.

„Heilige Mutter, den hat's aber erwischt. Weg, Finro, weg! Hörst du wohl? Weg!", befahl eine harsche Stimme.

„Lass ihn doch fressen, wenn er hungrig ist, war doch nur ein Räuber", lachte einer der Soldaten, doch der Hundeführer reagierte wütend darauf: „Räuber oder nicht, das war einmal ein Mensch!"

„Na und?"

„Denk doch nach, Oniel! Wenn ich den Köter an Menschen nagen lasse, kommt der vielleicht auf den Geschmack, und dann wird er wertlos für uns. Zu gefährlich."

„So'n Unsinn", murrte Oniel, doch blieb dann ruhig.

„Hey, du! Hilf mit, die beiden da auf den Karren zu heben!"

Kirian verstand nun, warum die Soldaten sich hier herumgetrieben hatten, obwohl alle Räuber längst verschwunden waren: Sie hatten das Lager geplündert. Ein kleiner Holzkarren war mittlerweile freigeräumt worden, Albor musste nun erst Bille und dann Kirian mit hinaufheben.

„Selbst für Tote gibt's noch 'ne fette Belohnung!", frohlockte der Soldat, der sich Kirians Arme geschnappt hatte. „Beim Dreigehörnten, was für 'ne Sauerei, den Kerl ham'se wohl aufgeschlitzt, so wie der aussieht!"

Kirian hielt sich möglichst steif, zum Glück ekelte sich der Mann wohl so sehr vor all dem Blut, dass er nicht kontrollierte, ob seine Last wirklich tot war. Albor wurde anschließend an diesen Karren angebunden, er musste nebenher laufen. Kirian war ganz froh, dass er sein Bein schonen konnte, auch, wenn es mit der Zeit bitterkalt und das Ruckeln unangenehm wurde. Er dämmerte vor sich hin und sammelte seine Kräfte für den geeigneten Augenblick zur Flucht, wann auch immer der sich bieten würde.

~*~

Es wurde bereits hell, als sie auf eine zweite Soldatengruppe trafen und anhielten.
„Irgendwas gefunden?“
„Nein, Herr Hauptmann. Der Schnee ist hier so hart gefroren, dass es keine Spuren gibt, und die Bande scheint viele falsche Fährten gelegt zu haben. Die Hunde sind schon ganz verwirrt und erschöpft.“
„Gut. Holt alle her, die sich in Signalweite befinden, wir schlagen hier das Hauptlager auf, damit sich alle ausruhen können. Der Schattenherr möge das Adelspack fressen! Die hocken auf ihren Schlössern und wir frieren uns hier die Ärsche ab für ein paar armselige Räuber. Olif, du achtest auf den Gefangenen! Und wenn wir nichts finden, geht's nach Hause, verstanden? Rabenfurt soll zufrieden sein mit dem, was wir hier bringen.“
Albor wurde vom Wagen losgebunden und fortgebracht, das Maultier, das den Karren gezogen hatte, ausgespannt. Über die Leichen – die echte und die vermeintliche – wurde nachlässig ein Tuch geworfen; niemand dachte daran, sie bewachen zu müssen. Als alles um ihn herum still war, kletterte Kirian heraus.
„Nun heißt es aber wirklich Abschied nehmen, alter Mann“, flüsterte er Billes Leiche zu. „Du hast mich treu beschützt!“
Während der Fahrt hatte Kirian mit Albor einige Handzeichen ausgetauscht, sie waren sich einig: Kirian würde zum Ausweichlager fliehen und dann mit Verstärkung zurückkehren, um Albor zu befreien. Rabenfurt war die einzige größere Stadt hier im unwirtlichen südlichen Hochland und Stammsitz des hiesigen Landesherrn.
Hoffentlich irren wir uns nicht. Hoffentlich! Sonst könnte es sein, dass wir zu spät kommen, dachte Kirian, während er humpelnd entkam. Ein Glück, dass zumindest die Wunde aufgehört hatte zu bluten. *Halt durch, Albor, wir lassen nicht zu, dass sie dich hängen!*
Er schlug trotz der Schmerzen und der zunehmenden Schwäche noch einige Umwege, um falsche Fährten zu legen, auch wenn er davon ausging, dass man sein Verschwinden erst morgen früh bemerken würde, wenn die Spur längst kalt geworden war. Aber es war immer besser, sich nicht auf das Schicksal zu verlassen.

8.

„Lest die Anklage vor!"
Albor hörte die Stimme des Stadtobersten von Erlenbach, aber der Sinn der Worte entglitt ihm. Einen vollen Mondlauf hatte er ausgehalten, die erbarmungslose Folter ertragen, gewartet, gehofft. Jeden Tag ein bisschen weniger. Man hatte ihn nicht nach Rabenfurt gebracht, sondern hierher, mehr als hundert Meilen weiter nördlich. Den Grund hatte er vielleicht sogar gewusst, aber der war vergessen, verloren unter Schmerz, Kälte und Hunger. Verraten hatte er nichts, egal, wie sehr sie ihn quälten. Geweint, um Gnade gefleht, sich völlig entehrt, das ja. Aber die Bande hatte er nicht verraten.
Albor wusste, Kirian hatte überlebt. Der Folterknecht war kein wortgewandter Mann, der Lügen verdrehen konnte, bis sie nach Erlösung klangen. Albor hatte stets die Sicherheit gehabt, dass die Bande entkommen war. Alle, bis auf Bille und ihn selbst. Mehr als einmal war er dicht davor gewesen einfach aufzugeben. Alles zu sagen, was er wusste, und damit seine Freunde auszuliefern. Die einzige Familie, die er noch besaß. Kirian hatte ihn vor zehn Jahren gerettet, als er sich bis fast zur Besinnungslosigkeit betrunken von einem Felsvorsprung stürzen wollte. Damals hatte Albor sterben wollen, wie seine Frau und seine Kinder, hinweggerafft von einem Feuer. Ein Feuer, das Albor möglicherweise durch Nachlässigkeit selbst verschuldet hatte. Bis heute wusste er nicht, was wirklich in dieser Nacht geschehen war, aber durch Kirians Hilfe hatte er gelernt, mit dieser Ungewissheit und der Trauer zu leben. Die Narbe in seinem Gesicht, die er bei dem vergeblichen Rettungsversuch seiner Familie davongetragen hatte, sie erinnerte ihn daran, wie schnell all das ausgelöscht werden konnte, was man liebte. Egal, was der Knecht ihm antat, er hatte nichts verraten. Seine Schwäche, seine

Nachlässigkeit würde nicht noch mehr Menschen töten!
Nun lag er auf nackter Erde, zu schwach, um stehen zu können, und wartete, dass die sinnlosen Worte endlich alle gesprochen waren und man ihn hängen würde. Einige Hundert Menschen mochten um ihn herumstehen, ihn angaffen, sich darauf freuen, seinen Todeskampf mitanzusehen. Albor hörte sie. Es war ihm gleich. Er hatte dem Tod zehn kostbare Jahre abgetrotzt. Er hatte die Bande nicht verraten. Es war gut, jetzt Frieden zu finden.
„... für seine Taten gerichtet werden. Hat noch jemand etwas vorzubringen?“ Wieder der Stadtoberste. Ganz Erlenbach schwieg.
„So bringt den Verurteilten – was?“
„Ich habe etwas vorzubringen.“ Albor schlug mühsam die Augen auf. Er kannte diese neue Stimme, konnte sie aber keinem Gesicht zuordnen.
„Ich verlange, dass dieser Gefangene mir übergeben wird. Ich erhebe Anspruch auf sein Leben.“
Wer war das nur? Die Stimme, sie war so kalt, so befehlsgewohnt ... unterlegt von tiefem Hass.
„Und wer seid Ihr, edler Herr?“, fragte der Stadtoberste ärgerlich.
„Mein Name ist Lyskir von Corlin, Erbe von Lichterfels. Dieser Verbrecher hat geholfen, meinen Bruder, den Erben von Corlin, und mich gefangen zu nehmen.“ Albor gelang es, seine Augen zum Gehorsam zu zwingen, ihm statt verschwommener Schemen ein klares Bild zu zeigen. Etwa ein Dutzend Reiter drängten sich vor dem Richtplatz, vornehm in Schwarz gekleidet. Soldaten von Lichterfels, die eine einzelne, hochgewachsene Gestalt eskortierten, einen Mann, dessen fürstliche Erhabenheit von niemandem angezweifelt werden konnte, trotz seiner Jugend.
„Eure ...“ Der Stadtoberste verneigte sich hastig, stolperte über den Ehrentitel, der ihm wohl nicht einfiel, beugte sich gleich noch ein Stück tiefer und stammelte dann: „Edler Herr, ich, wir, nun, das ist ein Räuber einer Bande, der gefangen genommen

werden konnte, es ist mein Auftrag. Der Graf, Graf von Rabenfurt, meine ich, er verlangt, dass ich diesen Mann hinrichten lasse, ich habe meine Befehle, und Herr, ich, also, glaubt nicht, ich würde mich Euch …“

Lys hob die Hand, und sofort versiegte der Redefluss.

„Graf von Rabenfurt verlangte, dass dieser Mann sterben muss, richtig?“, fragte er ungeduldig. „Nun, er wird sterben, aber durch meine, nicht Eure Hand. Übergebt ihn mir!“

„Herr, edler Herr, vergebt mir, aber ich müsste erst eine Botschaft an …“

Wieder unterbrach ihn Lys: „Glaubt Ihr ernstlich, ich würde eine Woche warten, bis ein Bote nach Rabenfurt und wieder zurück geritten ist? Bis dahin ist der Räuber längst tot. Ich sage, liefert ihn mir aus. Euer Landesherr wird gewiss entzückt sein, dass der Tod dieses Mannes einem höheren Zweck dienen kann. Falls nicht, steht es Euch frei, die Schuld auf mich zu schieben, ich werde die Angelegenheit mit Rabenfurt zu klären wissen.“ Sein Tonfall ließ keinen Zweifel daran, dass er eine Anklage des Grafen nicht friedlich hinnehmen würde. Albor, für den all das losgelöst von ihm und der Welt stattfand, amüsierte sich über den armen Stadtobersten, diesen würdevollen, prunkvoll gekleideten Wicht, der sich unter den Worten des Fürstenbengels beugen musste wie ein Bettler.

„Nennt mir Euren Preis!“, befahl Lys plötzlich.

„Wie? Ich verstehe nicht.“

„Offensichtlich hattet Ihr hohe Ausgaben bei der Versorgung und Unterbringung dieses Verbrechers, und natürlich wird das Volk enttäuscht sein, dass ich es um das Vergnügen der Hinrichtung betrüge. Nennt mir den Preis, den ich als Entschädigung zahlen werde, zum Wohl Eurer schönen kleinen Stadt.“

Der Stadtoberste schwieg einen Augenblick, blickte über die versammelte, aufgeregt tuschelnde Menge. Dann räusperte er sich, richtete sich zu voller Größe auf und erwiderte: „Die Großzügigkeit der Corlins hat man mir bislang verschwiegen, edler Herr, ich werde Kunde über sie verbreiten, seid gewiss! Nun,

tatsächlich waren die Kosten immens, ich denke, zwö…, ahm, zehn Silberstücke wären angemessen."
Halb Erlenbach hielt den Atem an – für zehn Silberstücke konnte man zwei junge Bullen oder ein Pferd aus guter Zucht kaufen. Für einen Dieb, der bereits so gut wie tot war, ein mehr als unverschämter Preis. Doch der Fürstensohn, der so kalt und schön war wie ein Wintermorgen, und nicht weniger bedrohlich als ein nahender Sturm, zuckte nicht einmal mit der Wimper, sondern griff nach seinem Geldbeutel.
„Hier, das sind zwölf Silberne. Bringt mir den Gefangenen gewaschen, rundum versorgt und in wintertauglicher Kleidung zum Tor, in einer Stunde. Das Geld sollte für ein Lasttier reichen, das ihn tragen kann, falls nicht, wendet Euch an meinen Untergebenen, der die Sache beaufsichtigen wird."
Mit diesen Worten trieb Lys sein Pferd herum und ritt durch die Menschenmenge, die sich hastig vor ihm teilte. Seine Eskorte folgte ihm, lediglich ein Mann blieb zurück.
„Ein Lasttier?", stotterte der Stadtoberste verständnislos.
„Denkt nach", höhnte der Soldat. „Es sind zig Meilen von hier bis nach Weidenburg, wo mein Herr residiert. Wenn wir den Kerl hinter den Pferden herlaufen lassen, ist er nach zwei Meilen tot. Glaubt Ihr, der Erbe von Lichterfels zahlt so viel Geld für ein solch kurzes Rachevergnügen?"
Albor wurde derweil gepackt und auf den Karren zurückgeworfen, der ihn vom Gefängnis hierher gebracht hatte.
Also noch mehr Schmerz, noch mehr Leid … Gut, dass Kirian nicht hier ist, es hätt' ihm das Herz zerrissen … aber so ist's mit den hohen Herrn, so ist's eben. Sie herrschen, wir sterben für sie. So ist's, und so bleibt's …

9.

Es kostete Lys all seine Kraft und Beherrschung, sich nicht nach hinten umzuwenden. Er wusste, dass Albor schwer verletzt war, welche Qualen der Ritt ihm bereiten musste, selbst in diesem langsamen Schritttempo. Einer der Soldaten wachte darüber, dass der Gefangene nicht von seinem Pony fiel, Lys musste sich auf seinen Untergebenen verlassen. Das war schwer genug, denn die Männer, die Fürst Archym ihm zur Verfügung gestellt hatte, taugten alle nicht viel …

Noch immer kämpfte Lys gegen den Schock, den ihm der Anblick dieses elenden, ausgezehrten Geschöpfs bereitet hatte. Nur durch die Narbe hatte er Albor überhaupt erkannt, als man ihn von dem Karren zerrte. Eigentlich hatte er an Erlenbach, diesem vollkommen unwichtigen Städtchen, vorbei reiten wollen, doch sein Hauptmann hatte darum gebeten, hier kurz Rast einzulegen, da sich bei einem der Lastpferde ein Hufeisen gelockert hatte. Als die Männer dann sahen, dass eine Hinrichtung bevorstand, hatten sie so lange schweigend, aber sehnsüchtig auf den Galgen und die sich sammelnde Menge gestarrt, bis Lys ihnen die Erlaubnis gab zu bleiben. Wie hart hatte er mit sich selbst ringen müssen, geduldig zu warten, bis die verfluchte Anklage endlich vorgelesen war! Aber der richtige Augenblick war entscheidend gewesen, wie stets.

Sie befanden sich auf dem Heimweg, Lys hatte sich mit einigen Landesherren getroffen, in einer Burg weit im Nordosten von Onur. Die Gespräche wären jedem Außenstehenden als belanglos erschienen; tatsächlich aber war es ein wichtiger erster Schritt gewesen, sich politisch anzunähern. Jahrhundertealte Feindschaften konnten nicht mit einem Händedruck beendet werden. Sich auf neutralem Boden zu treffen und über das Wetter, die Jagd und die Freuden guten Essens zu unterhalten bedeutete einen immensen Fortschritt in dieser Hinsicht. Niemand war vorzeitig beleidigt abgereist, es hatte keinen Streit oder Vorwürfe gegeben.

So anstrengend dieser Tanz auf Messerspitzen auch gewesen sein mochte, Lys war froh über jeden Tag, den er fern von Zuhause verbringen konnte. Fern von Elyne.
Drei Wochen nach der Hochzeit hatte sich seine Frau über Übelkeit beklagt. Mit jedem weiteren Tag wurde sie mürrischer, erschöpfter und reizbarer, bis sie nicht einmal mehr versuchte, ihm gegenüber freundlich zu sein, damit die Bediensteten das Bild vom glücklich liebenden Paar weiter trugen. Sie blieb in ihren Gemächern, und erst, als wirklich jeder andere es bereits wusste, sah sie ein, dass sie schwanger war. Elyne weinte stundenlang, was jeder zum Anlass nahm, Lys trösten zu wollen – „Schwangere sind oft seltsam, das geht vorüber, Herr!"
Nur er wusste, dass Elyne weinte, weil sie das Kind in sich hasste. Weil es nun einmal von ihm stammte. Um die Fassade für die Welt aufrecht zu halten, besuchte er sie jeden Tag, nahm alle Mahlzeiten mit ihr gemeinsam ein. Sie an einem Ende des Raumes, er am anderen, die Türen fest verschlossen, damit niemand sie so sah.
„Ich ertrage dieses Spiel", hatte sie am ersten Tag gesagt. „Ich zeige mich als liebende Ehefrau, lächle, wenn Ihr das wollt, esse mit Euch gemeinsam. Ich weiß, was meine Pflicht als Pfand für das Bündnis unserer Familien ist, und erfülle sie in diesem Sinne. Aber verlangt nicht von mir, dass ich mit Euch rede wie mit einem Freund, sobald wir allein sind!" Mit diesem Vorsatz hatte sie ihre Brautnacht ertragen, und so wollte sie auch ihre Schwangerschaft hinter sich bringen. Eine Pflicht, die ihr als Adlige nun einmal auferlegt war.
Wenn sie jetzt noch aufhören würde, ständig darüber zu jammern, wie hart diese Pflicht doch ist, wäre das Leben eigentlich wunderbar!
Selbst, wenn es sich nicht um Albor, sondern irgendeinen anderen Gefangenen gehandelt hätte, Lys wäre dieser Anlass, sich langsam fortbewegen zu müssen, mehr als Recht gewesen. Er würde eine andere Lösung finden, um mit Elyne umzugehen, eine, die sie nicht beide zugrunde richtete. Sie überschüttete ihn nicht mehr ständig mit Beschimpfungen und Hohn, aber ihr Schweigen, im Wechsel mit Jammerei, war eher noch schwerer

zu ertragen.
Tausend Fragen zogen Lys durch den Sinn. Wo war Kirian? Was war geschehen? Was machte Albor so weit entfernt vom Lager der Bande? Wo waren die anderen? Lebte Kirian noch? Und wenn er noch lebte, warum hatte er Albor nicht versucht zu befreien?
„Herr?“, sprach Tomar ihn an, sein Hauptmann, ein unauffälliger, dunkelhaariger Mann im vierten Lebensjahrzehnt. „Herr, der Gefangene hat das Bewusstsein verloren.“
Lys drehte sich im Sattel, warf einen kurzen Blick über die Schulter, beherrschte seine Miene dabei. Nichts verriet, wie besorgt er war, als er beobachtete, wie man Albor von dem Pony herabzerrte. Gleichmütig nickte er Tomar zu. „Lasst ein Lager errichten, dieser Ort ist nicht schlechter als jeder andere, und in einer Stunde würde es sowieso dämmern. Der Gefangene erhält natürlich ein eigenes Zelt.“
„Herr?“
Ungeduldig starrte Lys diesen Mann an, der viermal wegen Trunkenheit im Dienst und Schlägereien bestraft worden war. Warum man ihn überhaupt noch bei der Burgwache belassen hatte, war ihm ein Rätsel. Gut, Tomar besaß von all den Trunkenbolden, Spielern und Schlägern, die Lys’ Eskorte bildeten, noch den meisten Verstand, aber eine wirkliche Auszeichnung war das nicht.
Wahrlich, verehrter Schwiegervater, ein ungeschickter Zug von Euch! Mich mit solch unfähigem Pack zu ärgern mag Euch erheitern und der Tradition entsprechen, aber bedenkt, es ist der Name Lichterfels, der darunter leidet!
Der Fürst von Lichterfels ließ mittlerweile keine Gelegenheit mehr aus, Lys’ Position zu schwächen, ohne sich dabei so offen gegen seinen Schwiegersohn zu stellen, dass das Bündnis mit Corlin gefährdet war. Es entsprach dem Gesetz, jungen Adligen, die einen eigenen Hausstand gründeten, erst einmal nur weniger taugliche Soldaten an die Hand zu geben. So wurde verhindert, dass übereifrige, noch unerfahrene *Spieler* Fehden gegen ihre Nachbarn und Feinde anzettelten und das Gleichgewicht im Land störten. Doch diese Truppe war mit Abstand das

Schlechteste, was Lichterfels zu bieten gehabt hatte. Mehr als einmal hatte es während der Reise kleine Zwischenfälle gegeben. Mittlerweile fürchten ihn die Soldaten, die anfangs geglaubt hatten, es mit einem verweichlichten Schönling zu tun zu haben, darum gehorchten sie nun jedem Befehl. Lys wendete keine Prügelstrafe an, brauchte es auch nicht – mit Worten demütigte er jene, die faul oder ungeschickt waren, auch wenn er sich dafür selbst verachtete; mit eiserner Härte begegnete er Aufsässigkeit, mit Selbstdisziplin und körperlichem Geschick erlangte er Respekt. Der Preis war hoch, Lys durfte sich keinen Moment der Schwäche erlauben, kein Lächeln, kein lobendes Wort, keine Vertraulichkeit. Er war der Herr, ob er wollte oder nicht.
Tomar erbleichte unter dem anhaltenden, schweigenden Starren und verneigte sich rasch.
„Vergebt mir meine Dummheit. Natürlich, der Gefangene erhält ein eigenes Zelt."
Lys sah, dass Tomar der Befehl nicht gefiel, und seufzte innerlich.
„Hauptmann, welche Jahreszeit haben wir?", fragte er mit schneidender Stimme.
„Spätwinter, Euer Edelgeboren." Tomar straffte sich unwillkürlich.
„Kann ein Mann also unter freiem Himmel schlafen, ohne zu erfrieren?"
„Möglicherweise, Euer Edelgeboren, nah am Feuer und mit Decken versehen." Tomar zögerte. „Herr, es ist ja nur, weil wir kein Zelt überzählig haben."
„Löst dieses Problem, Hauptmann. Ihr werdet dafür bezahlt, dass ich mich nicht selbst damit abmühen muss. Wenn Ihr den Gefangenen mit Euch in Eurem eigenen Zelt unterbringen möchtet, halte ich Euch nicht auf; ganz, wie Ihr es für richtig befindet."
Mit diesen Worten stieg Lys von seinem Pferd und führte es an einen nahe gelegenen Fluss. Seine Leute hatten sich mittlerweile daran gewöhnt, dass er niemandem erlaubte, sich um das Tier zu kümmern. Diesmal lenkte es ihn von der Sorge um den Ver-

wundeten ab. Albor hatte seine Entführung geleitet, ja er hatte ihn niedergeschlagen und mit dem Dolch gequält. Aber er war nie grausam geworden, hatte Roban nicht gewaltsam zum Schweigen gebracht, trotz dessen Unverschämtheiten, und auf dem Rückweg gut für sie beide gesorgt. Lys trug ihm nichts nach. Viel wichtiger aber war, Albor gehörte zu Kirian. Dem Mann, der noch immer Lys' Träume beherrschte …

„Herr, das Lager ist errichtet", meldete Tomar. „Der Gefangene scheint Fieber zu haben", fügte er hinzu.

„Dann gebt ihm ein passendes Heilmittel. Ich sehe später nach, ob er in der Verfassung für …" Lys stockte, als er Tomars Gesichtsausdruck sah. „Ihr müsst doch wissen, wie man einen Verwundeten versorgt", fauchte er wütend. Unfähig! All diese Narren, die sich stolz in einen Wappenrock hüllten, sie waren so unfähig!

„Vergebung, Euer Edelgeboren", flüsterte Tomar eingeschüchtert. „Man hat es mich nicht gelehrt. Ich war nie auf einem Feldzug dabei, auch keiner der anderen. Wenn auf der Burg jemand verletzt ist, rufen wir den Heiler."

Lys atmete tief durch und widerstand der Versuchung, Tomar zu schlagen. Es hätte ihm möglicherweise sogar noch mehr Respekt unter den Soldaten verschafft, aber auch jene Art von Verachtung, mit der die meisten Hochadligen heimlich betrachtet wurden.

Immer daran denken: Es ist nicht seine Schuld. Was man ihm nicht beibringt, kann er eben auch nicht leisten.

„Wartet hier", sagte er und eilte zu seinem Zelt. Man hatte seine Satteltaschen bereits hineingebracht, rasch suchte er den Beutel mit Heilkräutern, den er vorsorglich mitgenommen hatte – dass dieses Treffen so friedlich verlaufen würde, davon hätte er nicht einmal zu träumen gewagt, er hatte mit Kämpfen und überhasteter Flucht gerechnet. „Bringt mich zu ihm", verlangte er dann. Lys spürte die Blicke der Soldaten, ihr Entsetzen. Anscheinend glaubten sie, er würde den Gefangenen schon jetzt zu Tode foltern wollen.

Wenn ich zu viel Sorge zeige, werden sie allerdings misstrauisch. Das wird schwierig!

Albor war bei Bewusstsein, er blickte zu ihnen auf, als sie zu ihm kamen. Die Todesangst in seinen von Fieber glasigen Augen, als er ihn erkannte, drückte Lys das Herz ab.

„Helft ihm, sich auszuziehen", befahl er knapp.

„Wozu, Herr?"

„Sofort, Hauptmann!"

Tomar zuckte zusammen und mühte sich dann ungeschickt ab, Albor aus den Kleidern zu schälen, die viel zu groß für ihn waren.

„Heilige Mutter", fluchte er, als die fürchterlichen Wunden sichtbar wurden. Einiges war notdürftig verbunden worden, allzu viel Mühe hatte man sich nicht gegeben bei einem zum Tode verurteilten Mann.

Lys war froh, dass Tomar zu bestürzt war, um auf ihn zu achten, er konnte sich gerade noch genug beherrschen, nicht laut zu schreien. Doch seine Wut über die Grausamkeit der Menschen zeichnete sich sichtbar in seinem Gesicht ab.

Unzählige kleine Brandwunden, viele von ihnen eitrig, überzogen Albors Körper. Offenbar hatte derjenige, der die Folter übernommen hatte, langsamere Methoden bevorzugt und eine heiße Nadel oder ein ähnliches feines Instrument benutzt, statt, wie sonst üblich, ein Körperteil nach dem anderen mit glühenden Kohlen zu bedecken. Spuren von Peitschenhieben, ausnahmslos entzündet, und tiefe Fleischwunden, bei denen Lys sich nicht ausmalen wollte, wie sie entstanden waren ... Wenn man ihm während der Gefangenschaft Nahrung gegeben hatte, dann nicht viel, Albor war bis auf die Knochen abgemagert.

„Herr … Euer Edelgeboren … wäre es nicht angebracht … hat man ihn nicht genug gestraft …", stammelte Tomar. Lys riss sich mit aller Kraft zusammen.

„Ich entscheide, wann er genug gelitten hat und sterben darf", sagte er, mit so viel Kälte, wie er nur aufbringen konnte.

„Besorgt heißes Wasser für einen Tee, außerdem alles, was zum Waschen und Verbinden der Wunden notwendig ist. Eilt Euch!"

„Herr, ich kann keine Wunden versorgen“, wisperte Tomar verstört.
„Dann wird es Zeit, dass Ihr es lernt. Hinaus!“
Lys wartete, bis sein Hauptmann endlich fort war, dann kniete er neben Albor nieder. Angsterfüllt zuckte der vor ihm zurück, sein Arm fuhr hoch, in einer hoffnungslosen Geste, seinen Kopf zu schützen. Lys hätte schreien können über all diesen Wahnsinn, der ihn zwang, sich wie ein Tyrann zu benehmen.
Wie ein Fürst, ein Meister des Intrigenspiels!
„Tomar ist ein Idiot, er versteht keine andere Sprache“, flüsterte er, unsicher, ob sich Soldaten in Hörweite befanden.
„Hast es nich’ leicht, eh?“ Albor ließ den Arm sinken, doch er zitterte weiterhin vor Schmerz und steigendem Fieber, und die Furcht war nicht aus seinem Gesicht gewichen.
„Nein, es ist nicht leicht. Ich muss der Welt eine Fassade aus Eis präsentieren, damit ich in diesem Spiel überleben kann. Nur so kann ich dich schützen, Albor. Ich verspreche, dass ich dir kein Leid zufügen werde.“ Lys legte ihm eine Decke über und drückte ihm dann beruhigend die Hand. Ein schwaches Lächeln erhellte das zerschlagene, von Qual verzerrte Gesicht.
„Ich hatt’ Angst, du wärst so’n echter Fürst geworden. Oder schon immer gewesen. Du machst einem Angst, wenn du so bist.“
„Ich mache mir selbst Angst, Albor. Glaub mir, ich weiß nicht, was bei meiner Geburt schief gelaufen ist, aber ich gehöre nicht in diese Welt.“
„Lys …“ Albor packte ihn am Arm und krallte sich mit überraschender Kraft fest. „Lys, bitte, flick mich nicht zusammen, dass ich in einem Kerker verrotten muss!“ Er begann zu weinen, von unsagbaren Schmerzen zerrüttet. „Tu mir das nicht an, Kleiner. Mach ein Ende!“
Lys wartete, bis der Krampf vorüber war, aufgewühlt bis in die Tiefen seiner Seele. Erst jetzt sah er, dass man Albor an der linken Hand zwei Finger geraubt hatte, den kleinen und den Ringfinger. Die Stümpfe waren ausgebrannt worden. Als der Griff um seinen Arm sich lockerte und Albor kraftlos zurück-

sank, beugte Lys sich hinab und flüsterte ihm zu: „Ich flicke dich zusammen, damit du frei leben kannst, Albor. Ich schwöre, du wirst in keinem Kerker verenden müssen. Sollte ich es nicht schaffen, dich zu heilen, erlöse ich dich. Sollte ich dich nicht fliehen lassen können, dann auch. Vorher habe ich aber alles getan, was in meiner Macht steht."

Es brannte in ihm, nach Kirian zu fragen, doch das musste warten. Albor schloss die Augen, ohne ihm zu antworten, aber er drückte noch einmal Lys' Hand, bevor er das Bewusstsein verlor.

Als Tomar mit dem Wasser zurückkehrte, saß Lys weit entfernt von dem Verletzten und fertigte eine Heilsalbe an.

„Seht hin, Hauptmann, und lernt!" Herablassend erklärte Lys ihm Namen und Wirkweisen einiger Kräuter, und woran sie zu erkennen waren. Währenddessen ließ er bereits einen Tee in dem Becher durchziehen, den Tomar mitgebracht hatte.

„Diese Iqua-Wurzeln sind ein starkes Mittel, das nur bei schweren Verletzungen benutzt wird. Es nimmt Schmerzen und schenkt tiefen Schlaf. Wendet es nicht an, ohne einen fähigen Heiler zu befragen, denn nimmt man zu viel, erwacht der Verwundete niemals wieder. Dazu gebe ich noch zerstoßene Ulbirem-Blätter, um das Fieber zu senken und die Entzündungen von innen zu bekämpfen."

„Warum wollt Ihr ihm die Schmerzen nehmen?", fragte Tomar verwirrt.

„Ich will ihn lebend. Dieser Verbrecher wird lange leiden, aber dafür muss ich ihn erst einmal gesund pflegen, damit er den Weg nach Weidenburg übersteht. Verwechselt es nicht mit Mitleid oder weibischer Schwäche, dass ich ihn gut versorge!"

Tomar schwieg und beobachtete sichtbar staunend, mit welch ruhiger Hand Lys die Wunden des Räubers auswusch, welche Kenntnisse er besaß.

„Meine Mutter verstand viel von Heilkunde und hat es an mich und meinen Bruder weitergegeben", sagte Lys schroff. „Es ist unentbehrlich für jeden Soldaten, etwas über Wunden zu wissen. Nicht immer ist ein Heiler zur Hand, egal ob auf einer Burg oder dem Schlachtfeld."

Als er mit Albor fertig war, atmete der wesentlich leichter und seine von Schmerz verkrampften Muskeln entspannten sich.
„Zieht ihn an und gebt ihm reichlich zu trinken, Wasser und Brühe. Schafft Ihr das, oder braucht Ihr dafür auch Anleitung?“, fragte Lys spöttisch. Tomar schüttelte verbissen den Kopf. „Das ist gut“, sagte Lys mit gesenkter Stimme und legte dem gedemütigten Mann eine Hand auf die Schulter. „Ich brauche Euch, Tomar. Ich habe wenige Freunde und kaum zuverlässige Leute. Mein eigener Schwiegervater arbeitet gegen mich, versucht mich öffentlich bloßzustellen, damit ich keinerlei Unterstützung erhalte, ihn umzubringen. Zeigt, dass ich Euch vertrauen kann, und Ihr werdet es unter mir weit bringen. Leistet Euch zu viele Fehler, greift wieder zum Schnaps, und ich lasse Euch fallen. Ihr versteht?“
Tomar nickte eifrig. „Danke, Herr. Ich werde Euch nicht enttäuschen.“
„Gut. Achtet auf diesen Gefangenen, Ihr seid für ihn verantwortlich. Seht keinen Menschen in ihm, sondern ein Wertstück. Lasst Euch von Euren Leuten helfen, ein guter Hauptmann weiß Arbeiten zu delegieren. Ach, und sagt allen, dass wir morgen hier bleiben. Ich will sicher sein, dass meine Fracht die Reise übersteht.“
Ein letzter Blick voll flammenden Hass und Zorn auf Albors fieberglühendes Gesicht, dann verließ Lys das Zelt, am Ende seiner Kraft. Das beständige Verstellen, die Härte, die er zeigen musste, es fraß ihn auf. Würde er sich geben, wie er wirklich war, würden allerdings seine Feinde ihn auffressen, seine Untergebenen, seine Diener …

10.

Alle blickten auf, als Sveit zurückkam. Der aschblonde, stämmige Mann hatte Erlenbach erkundet. Niemand konnte sich so unauffällig unter das Volk mischen wie er. Egal ob in einer Hafenkneipe, auf einem Viehmarkt oder Volksfest, er passte überall hinein und fand stets schnell jemanden, der bereit war, mit ihm zu plaudern, ganz gleich über welches Thema. Seit Wochen folgte die Bande einer kalten Spur, auf der Suche nach Albor. Es war ein furchtbarer Schock gewesen, als sie sich in Rabenfurt eingeschlichen hatten und feststellen mussten, dass Albor niemals dort gewesen war. Kirian hatte getobt und ohne Rücksicht auf seine eigene Verletzung die Verfolgungsjagd begonnen. Wie durch ein Wunder war die Bisswunde mittlerweile verheilt. Schnell stand fest, dass die Soldaten die Suche nach ihnen aufgegeben hatten, wohl abgeschreckt von der rauen Witterung, vielleicht auch in der Hoffnung, dass der Gefangene wichtige Hinweise geben würde. Eine Stadt nach der anderen hatten sie ausgekundschaftet, hin und wieder Erzählungen von einem gefangenen Räuber aufgeschnappt, der Richtung Norden geschafft worden war, aber alles blieb vage. Bis ihnen schließlich bei einem heftigen Kampf ein Soldat in die Hände fiel, der bei dem Überfall auf ihr Lager dabei gewesen war. Kirian musste mit Gewalt daran gehindert werden, den Mann in Stücke zu reißen, der gar nicht schnell genug alles verraten konnte, was er wusste: Albor war nach Erlenbach gebracht worden, auf Befehl des Landesgrafen. In Erlenbach gab es das sicherste Gefängnis der Umgebung, und man hatte gehofft, dass die Bande, falls sie den Gefangenen nicht einfach zurückließ, zu lange brauchen würde, um herzufinden und einen Befreiungsversuch zu wagen. Vier Mann mussten Kirian festhalten, sonst hätte er den Soldaten erschlagen. Niemand hätte das wirklich bedauert, aber sie wollten nicht riskieren, dass die Suche nach ihnen wieder mit aller Macht vorangetrieben würde, wenn der Soldat verschwunden blieb. Sie hatten auch so schon genug Sorgen.

„Nun sprich endlich!“, befahl Kirian, als Sveit schweigend vor ihm stand.
„Er war hier“, sagte der schließlich und senkte den Blick. „Vor vier Wochen haben sie ihn hergebracht. Er war hier.“ Kirian erbleichte, und einige Männer fluchten – Sveits Wortwahl ließ wenig Zweifel darüber, was geschehen war. Doch der schüttelte den Kopf.
„Man wollte ihn gestern hinrichten, dazu ist es aber nicht gekommen.“ Er fixierte Kirian und wich einige Schritte zurück, bevor er weiter sprach: „Die hatten Al bereits auf den Marktplatz gebracht und den Strick in der Hand, als plötzlich jemand auftauchte und verlangte, dass der Gefangene ausgeliefert würde. Ein Adliger mit großer Eskorte. Hat Unsummen dafür gezahlt, dass er eine halbe Leiche mitnehmen konnte. Zwanzig Silberstücke, sagt man, vielleicht auch noch mehr.“
„Wer?“, fragte Kirian leise.
„Der Kerl hat ’ne Menge Eindruck gemacht. Die ganze verdammte Stadt redet von nichts anderem. Ein Fürst, noch erhabener als der König selbst, sagen sie. Furchterregend wie kein anderer, aber auch einer, der durchgreift und für Ordnung sorgt.“
„Den Namen!“, forderte Kirian mit gefährlichem Unterton in der Stimme. Sveit wich noch weiter zurück.
„Sheruk, die sagen, so viel Hass und Eiseskälte könnte selbst der Dreigehörnte nicht verströmen. Albor muss in furchtbarer Verfassung gewesen sein, trotzdem wollte der Kerl ihn haben, aus Rache, wie er sagte.“
„WER?“, brüllte Kirian, dass alle vor ihm zurückfuhren.
„Der junge Corlin, Sheruk, es tut mir leid“, flüsterte Sveit und floh hastig hinter einem Baum, bevor Kirians Dolch ihn treffen konnte.
„Lager abbrechen. Wir folgen ihm!“, befahl Kirian und riss seine Klinge aus dem Stamm. „Und wenn ich ihn finde, wird er mir viele Fragen beantworten müssen.“

~*~

Es dämmerte bereits, als sie das Lager erreichten, die Spur der Lichterfelser war leicht zu verfolgen gewesen. Ungeduldig warteten sie, bis es völlig dunkel geworden war, dann schlichen sie dichter heran, um die Soldaten belauschen zu können, die mit Vorbereitungen für das Abendessen und einem frühen Aufbruch am nächsten Tag beschäftigt waren.
„Hey, Tomar", rief einer, „wie sieht's aus?"
„Wir reisen morgen früh weiter, das steht fest", erwiderte der, nahm eine Holzschale mit Essen an und ließ sich auf einem umgestürzten Baumstamm nieder. „Himmelsvaters Gnade, ich habe noch nie so viel kalten Hass gesehen", stieß er hervor, zuckte dann zusammen und blickte sich schuldbewusst um.
„Der Corlin hockt in seinem Zelt, keine Angst, wir verpfeifen dich nicht", beruhigte ihn sein Kamerad und rückte etwas näher heran.
„Ist der wirklich so grausam? Klar, uns nimmt der ganz schön ran, aber ich dachte, er wäre so der harte, aber gerechte Typ."
Tomar erschauderte sichtlich. „Wer das glaubt, hat ihm noch nicht in die Augen geblickt. Almur, ich bin schon vielen schlechten Kerlen begegnet, habe so viele Adlige gesehen, die einfach nur furchtbar waren; aber der junge Corlin ist ganz anders. Kalt, ganz kalt. Ich glaube nicht, dass er irgendetwas fühlt, außer, wenn er jemanden hasst. Der wird es weit bringen. Wart's ab, der wird König, bevor wir dreimal gehustet haben."
„Seine Frau müsste im Sommer niederkommen, eh? Wenn's ein Junge wird, müsste man den wirklich schon frontal angreifen, um ihn noch aufzuhalten, dann erbt der gleich das ganze verdammte Land. Ich mein, es hat ja seine Gründe, dass Archym ausgerechnet uns als Eskorte schickt, der weiß auch, wie gefährlich der Corlin ist. Also, inzwischen bestimmt. Wieso er dem seine Tochter gegeben hat, wird er hoffentlich selbst wissen. Na ja, der Corlin hat ja früher so schwach getan. Gehörte wohl zum *Spiel*, damit die andern einen unterschätzen." Almur dachte einen Moment nach, dann fragte er leise: „Und du meinst nicht, es ist anders herum? Dass er sich grausam stellt und eigentlich weich ist?"

„Vergiss es!“, schnaubte Tomar. „Du müsstest den Blick sehen, mit dem er den Räuber jedes Mal anstarrt!“
„Was machen wir dann, wenn der die Krone trägt?“
„Für ihn kämpfen, was sonst? Almur, ich glaube, der wird ein guter König. Wenn er dich nicht hasst, musst du ihn nicht fürchten, und führen kann der gut.“
Er fuhr zusammen, als ein lauter Schrei aus einem der Zelte erklang, und verzog das Gesicht.
„Das arme Schwein da allerdings, dem wird's dreckig gehen. Was auch immer der mit den Corlinbrüdern angestellt hat, so was hat der nicht verdient. Hätte nicht gedacht, dass ich das mal über einen Räuber sagen würde …“
Alle blickten Kirian an, bereit, ihn niederzuringen, sollte er impulsiv ins Lager stürzen wollen, doch der Sheruk kauerte mit ausdrucksloser Miene und entspannten Muskeln am Boden. Lediglich in seinen Augen loderte das Feuer, das seinen Zorn verriet.
„Rückzug. Wir warten, bis alle außer den Wächtern schlafen. Dann gehe ich rein. Allein“, zischte er.
„Sheruk …“, begann Ramin, doch Kirian brachte ihn mit einer Handbewegung zum Schweigen.
„Nur ich. Da gibt es einen Fürstensohn, der mir einiges zu erklären hat.“ Seine Finger strichen über den Griff seines Dolches, der wie ein springender Löwe geformt war, und die Schatten, die das flackernde Lagerfeuer über sein Gesicht warfen, gaben ihm ein dämonisches Aussehen.
Die Männer blickten einander an, und jeder von ihnen empfand widerwillig Mitleid mit dem jungen Corlin. Egal, wie schrecklich und grausam dieser Mann geworden sein mochte, Kirian würde ihn übertreffen …

11.

Lys schlief unruhig, von finsteren Träumen gequält. Er schreckte auf, als er plötzlich herumgeworfen wurde. Ein schwerer Körper ging auf ihn nieder, seine Arme wurden schmerzhaft am Boden fixiert. Er wollte laut aufschreien, doch da presste sich bereits eine Hand auf seinen Mund, und er erstarrte, als er eine Klinge am Hals spürte. Mit wild klopfendem Herzen schlug er die Augen auf, sein schlaftrunkener Verstand brauchte einen Moment, um zu erkennen: Dies war kein Albtraum. Es war wirklich Kirian, der ihn angriff. Eine Schockwelle von zu vielen verschiedenen Gefühlen erfasste Lys: Panik über diese brutale Attacke, Erleichterung, Kirian lebend zu sehen, pure Freude darüber, in dieses Gesicht blicken zu dürfen, eisiger Schreck über den Hass, der in den Augen des Sheruks loderte, vom Widerschein des Lagerfeuers erhellt.

„Ich lasse dich jetzt los, aber wenn du um Hilfe rufst, schlitz ich dich auf“, drohte Kirian. Lys suchte vergeblich nach der Wärme und Zuneigung, die zwischen ihnen geherrscht hatte. Noch immer lag die Dolchklinge an seinem Hals, sie schnitt leicht in seine Haut. Nur ein wenig, sodass es brannte und warmes Blut hervorsickerte. Etwas in ihm zerbrach, als er nickte, jener Teil von ihm, der sich so lange nach Kirian gesehnt hatte, voller Verlangen und mit der schwachen Hoffnung, dass dieser Mann sein Versprechen halten würde. Dieser Mann, der ihm nun den Tod versprach und nicht zögern würde, ihm diesen zu bringen.

„Was hast du mit ihm gemacht?“, zischte Kirian. Als Lys nicht sofort reagierte, drückte er ihm mit der linken Hand die Kehle zu, schlug mit der Rechten gezielt in seinen Unterleib, wobei er sich mit den Knien auf den Unterarmen des jungen Mannes abstützte. Lys krümmte sich vor Schmerz, konnte nicht aufschreien, versuchte in Todesangst, sich loszureißen, um atmen zu können. Der Griff verstärkte sich, farbige Schlieren zuckten vor seinen Augen, das Herz hämmerte wie wild in seiner Brust. Ein zweiter Schlag, wieder in den Unterbauch, raubte ihm jegliche

Kontrolle über sich selbst. Er kämpfte gegen den erbarmungslosen Feind, versuchte sich freizuwinden, ihn abzuwerfen, den Kopf zu befreien. Zu atmen. Doch sein nach Luft gierender Körper versagte, ihm blieb keine Kraft. Nur flammender Schmerz und die Dunkelheit, die auf ihn zukroch, ihn erblinden ließ, bis er nichts als die frostige Glut in den Augen sah, so nah an seinem Gesicht. Langsam erschlafften seine Glieder, sein Widerstand erlahmte, obwohl er innerlich weiter schrie und seinem gepeinigten Leib befahl, sich zu wehren, den Tod nicht hinzunehmen. Er spürte seine Augen nach innen rollen, und gab den Kampf schließlich auf.

Bitte …

Da verringerte Kirian für einen Moment den Druck, gerade genug, dass Lys nicht erstickte. Es reichte, dass er hastig nach ein wenig Luft schnappen konnte, doch die Hand blieb an seiner Kehle und verhinderte Hilferufe.

„Das können wir die ganze Nacht spielen, Kleiner, aber so dumm bist du nicht. Antworte jetzt, was hast du Albor angetan? Und warum hast du ihn überhaupt mitgenommen?“ Er gab ihn frei, sehr langsam.

Tränenblind rang Lys um Atem, spürte dabei die Ungeduld, den Zorn des Mannes, dem er hilflos ausgeliefert war. Es dauerte eine Weile, bis er fähig war zu denken. In das von Hass und Abscheu verzerrte Gesicht zu blicken.

„Also?“

„Nichts, ich habe ihm nichts getan“, wisperte Lys rasch; er wusste, was diese Antwort für Folgen haben würde. Wieder wurde ihm die Luft geraubt, diesmal traf ihn der Schlag zwischen den Beinen. Glühender Schmerz durchfuhr seinen Leib, kochte in seinen Adern, innerlich brüllte er auf und verlor sich in dieser Qual. Vergeblich kämpfte er um Atem, zuckte unkontrolliert unter den Händen um seinen Hals. Seine Arme wurden freigegeben, doch er konnte sie nicht bewegen, das Kribbeln wie von tausend Ameisen, als das Blut wieder ungehindert fließen konnte, vervielfachte seine Schmerzen und die Panik. Schläge hagelten nun in rascher Folge auf ihn nieder, trafen gezielt dorthin, wo es schmerzte, ohne ihn ernstlich zu verletzen. Stummes Schluchzen erschütterte seinen Körper, er konnte nicht einmal weinen, keinen Laut geben. Nicht atmen. Erneut strömte die Finsternis auf ihn zu, bereit, ihn zu verschlingen, und erneut ließ Kirian erst dann ein wenig locker, als Lys fast schon das Bewusstsein verloren hatte. Eine Ewigkeit rang er nach Luft, halb wahnsinnig vor Schmerz, dann sah er zu Kirian auf. Kein Mitleid, nicht das geringste Bedauern stand in diesen brennenden Augen. Kirian würde ihn zu Tode foltern, wenn es sein musste, ohne Reue.

„Reicht es? Du kannst so viel davon haben, wie du willst.“ Der Sheruk verlagerte sein Gewicht zurück auf Lys’ Arme, was heiße Schmerzwellen in seine Schultern jagte. Mühsam schüttelte er den Kopf und flüsterte heiser: „Bitte nicht!“ Er schämte sich für die Tränen, die über sein Gesicht flossen, für die Schwäche, die ihn so rasch aufgeben ließ. Kirian wartete nur kurz, dann knurrte er:

„Antworte endlich!“ Drohend schlossen sich die Finger wieder um seinen Hals.

„Geh zu ihm“, keuchte Lys, schluchzte unterdrückt bei dem bloßen Gedanken, noch einmal gegen das Ersticken kämpfen zu müssen. „Drittes Zelt, rechter Hand. Geh zu ihm. Du glaubst vielleicht ihm.“

Kirian verharrte, beobachtete ihn scharf. Dann griff er nach einem Seil und einem Stoffstück, die er mitgebracht haben musste, und hielt beides hoch.

„Deine Soldaten rühmen deine Kaltherzigkeit, deinen Hass, deine Grausamkeit“, flüsterte er. „Ich weiß, dass du so nicht warst, als ich dich zum ersten Mal sah, aber ich weiß nicht, was inzwischen aus dir geworden ist. Was das Spiel aus dir gemacht hat. Ob du einen hilflosen Menschen opfern würdest, um deinen Weg zur Macht zu ebnen, nur damit man dich als harten Kämpfer für die Ordnung respektiert. Ist es so? Dachtest du, bei Albor wäre es egal, da er schon fast tot war?“ Als Lys nicht reagiert, zwang Kirian ihm mit brutaler Kraft den Kiefer auf, schob ihm den Knebel tief in den Rachen, bis der junge Mann

würgen musste. Dann drängte er ihn herum, fesselte ihn so an Händen und Füßen, dass Lys sich selbst den Strick tief ins Fleisch schneiden würde, sobald er sich bewegte. Als Kirian fertig war, packte er ihn bei den Haaren, und riss ihm den Kopf hoch. „Ich kann dir nicht vertrauen, Lys. Wenn es nur um uns beide ginge, würde ich es vielleicht wagen, aber das Leben meiner Leute steht auf dem Spiel. Ich werde Albor suchen und dann wiederkommen. Wenn du ihm etwas getan hast, ich schwöre es dir, dann wirst du dafür einen hohen Preis zahlen!"
Die Qual in dem tränennassen Gesicht, der verletzte, verständnislose Ausdruck in den Augen berührte Kirian, tief in seinem Inneren, doch er ließ sich davon nicht beirren. Die Stimme, die in ihm schrie, für jeden Schlag, den er Lys versetzte, er wollte nicht auf sie hören. Das Verlangen, sich lieber selbst in Stücke zu schneiden als diesem Mann Leid zuzufügen, er unterdrückte es. Die Sehnsucht, ihn noch ein einziges Mal küssen zu dürfen, musste unerfüllt bleiben. Kirian stieß Lys gewaltsam zurück zu Boden und verließ das Zelt, lautlos und ungesehen. Noch einmal zögerte er kurz, als er ihn unterdrückt röcheln und wimmern hörte, doch diese Laute waren so leise, dass keiner der Soldaten sie bemerken würde. Er floh, um nichts mehr hören zu müssen. Um nicht umzukehren und Lys zu befreien, sich selbst und all seine Männer damit in tödliche Gefahr zu bringen.
Warum nur, Lys? Warum zwingst du mich dazu? Warum hast du dich von der Macht verderben lassen?
Kirian biss sich in die eigene Faust, um nicht vor Wut und Enttäuschung aufzuschreien. *Und warum nur musstest du mich so ansehen, als wärst du immer noch wie zuvor?*
Er zitterte, betete zu den Göttern, dass er sich nicht geirrt haben mochte. Wenn Lys es irgendwie geschafft hatte, alle Welt von seiner Grausamkeit zu überzeugen, ohne dabei einen Finger an seinen Gefangenen zu legen – aber das war vollkommen unmöglich. Kein Mensch konnte so etwas vorspielen! Oder etwa doch?
Wenn du die Wahrheit gesagt hast, befreie ich dich. Vergeben wirst du mir

wohl nicht, aber das ist dann der Preis, den ich zahlen muss. Das Leben eines Freundes für einen Traum, der sich niemals erfüllt hätte …

~*~

Eine Stunde später lag Kirian im Gras verborgen und fluchte innerlich. Es war so leicht gewesen, in Lys' Zelt einzudringen und ungesehen wieder daraus zu entkommen, und auch Albors Zelt hatte er ohne Schwierigkeiten betreten können. Die Wachen rechneten mit keinem Angriff oder irgendeiner Gefahr.
Der Anblick seines ältesten Freundes war ein Schock gewesen, von dem er sich immer noch nicht ganz erholt hatte – so dünn war er, so ausgezehrt! Doch Kirian hatte auch sofort die frischen Verbände, die Heilkräuter, den Becher mit Brühe bemerkt, der griffbereit am Boden stand, und den typischen bitteren Geruch von Iqua-Wurzeln. Erleichterung mischte sich mit Schuld – Lys hatte Albor nicht gequält, sondern versucht, ihm zu helfen, und trotzdem seine Soldaten glauben lassen, diese Fürsorge sei grausame Folter. Der Himmel mochte wissen, wie das möglich war!
Nun versuchte er bereits seit einer Stunde, mit dem Verletzten zu fliehen, doch jedes Mal, wenn er glaubte, die Gelegenheit sei günstig, drehte sich der Wachhabende wieder in seine Richtung. Mit Albor an seiner Seite, der die ganze Zeit über bewusstlos gewesen war, kauerte er im Schatten vor dem Zelt und wartete weiter.
„Kir…", wisperte Albor plötzlich, starrte ihn aus weit aufgerissenen Augen an.
„Leise!", hauchte Kirian ihm hastig ins Ohr. „Ich hol dich hier raus, bleib leise!"
„Kirian, der Junge hat's nich' getan."
„Das klären wir nachher, Albor, ruhig!"
„Er wollt' mich freilassen, glaub den Soldaten nicht. Die denken, der flickt mich zusammen, damit er mich nachher in der Burg foltern kann. Er is' so finster, wenn er lügt, die glauben alles."
„Wenn du nicht still bist, schlag ich dich nieder", flüsterte Kirian fast unhörbar. Albors Worte zerrissen ihm das Herz. Wenn er

Lys doch nur vertraut hätte! – Aber dafür hatte einfach zu viel auf dem Spiel gestanden.
Es dauerte noch weitere endlose Minuten, bis der Fluchtweg endlich frei war. Sofort kroch Kirian durch das Gras, zog Albor dabei mit sich, bis sie endlich bei den anderen angekommen waren. Er hatte an Heilkräutern und Salben mitgenommen, was er zu packen bekommen hatte und reichte alles weiter.
„Nehmt ihn und lauft Richtung Sommerlager, so schnell ihr könnt", befahl er. „Ich komme nach."
„Wo willst du hin?", fragte Onkar vorsichtig.
„Versuchen, einen schweren Fehler wieder gutzumachen."
Kirian war schon halb auf dem Weg zurück, als Sveit ihn aufhielt.
„Hör zu, was immer es da zu klären gibt, kann das nicht warten? Das wird bald hell und Albor braucht dich."
Zögernd blickte Kirian zwischen dem Lager und seinen Leuten hin und her. Lys würde spätestens in der Morgendämmerung von seinen Soldaten gefunden und befreit werden. Sich jetzt noch einmal in das Zelt zu wagen, war gefährlich, wahrscheinlich würde Lys vor Schmerz brüllen, wenn er erst einmal den Knebel los war. Diese Schmerzen brachten ihn vorerst sicherlich nicht um, auch wenn Kirian den Gedanken hasste, ihn noch länger leiden zu lassen.
Ich muss an die Jungs denken, Lys kommt auch ohne mich klar.
Noch einen Augenblick lang rang er mit sich, dann traf er seine Entscheidung.

~*~

Lys kämpfte um jeden Atemzug. Die Tränen, die er vor Schmerz und Todesangst vergossen hatte, drohten ihn jetzt umzubringen, denn sie hatten auch seine Nase zum Laufen gebracht. Durch den Knebel konnte er nicht atmen, durch seine zunehmend verstopfte Nase genauso wenig. Sein gesamter Körper schmerzte unerträglich, das Seil, das seine Gliedmaßen zusammenschnürte, war so fest verknotet, dass er nicht einmal den Kopf bewegen konnte, ohne sich selbst zu verletzen. Schlimmer als die körperlichen Qualen aber schmerzte der Hass, mit dem Kirian ihn gefoltert hatte.

Was hast du erwartet? Da war ein hitziges Liebesabenteuer, ein kurzer Moment der Hoffnung auf einem Balkon. Sonst nichts. Kein „wir", kein „uns". Er muss sich um seine Leute kümmern.

Die Zeit verstrich unendlich langsam. Lys versuchte, seinen rasenden Herzschlag zu zählen, an irgendetwas zu denken, was ihn ablenken konnte, ihm half ruhig zu werden. Er bekam kaum noch Luft, konnte weder ein- noch ausatmen.

Ganz ruhig. Er wird wiederkommen. Er wird mit Albor reden, ihn befreien und dann zu dir kommen.

Sein gequetschter Kehlkopf brannte, jeder einzelne Muskel schien in Flammen zu stehen. Lys konnte die Panik, die Schmerzwellen kaum noch ertragen. Ihm war so schlecht, er kämpfte darum, sich nicht übergeben zu müssen, denn dann wäre er verloren. Warum nur dauerte das so lange?

Selbst, wenn Albor an seinen Verletzungen gestorben ist, Kirian wird kommen. Entweder befreit er dich oder er tötet dich. Egal wie, das hier geht vorbei, sagte er sich immer wieder, bis er es nicht mehr glaubte.

Unter größter Anstrengung gelang es ihm, den Kopf ein wenig zu drehen, so konnte er besser atmen. Nicht viel, aber es wurde etwas erträglicher, der Druck auf den Ohren nahm ab, die Faust um seine Brust lockerte sich. Luft, alles, was er noch wollte, war Luft!

Er hörte den Wachwechsel seiner Eskorte und schrak zusammen – anscheinend war er zwischendurch bewusstlos geworden, ohne es zu bemerken, lag schon lange so hier. Viel länger, als es dauern konnte, drei Zelte weiter zu kriechen.

Panik hämmerte gegen seine Selbstbeherrschung, mit aller Macht.

Narr! Er wird Albor mitnehmen und fliehen! Denken, dass die Soldaten dich morgen früh finden. Wozu alles riskieren, er ist der Bande verpflichtet. Ein Räuber, ein Mörder, vergiss das nicht! Er hasst dich. Das Monster, das du für die Welt bist. Der Preis für den Griff nach Macht, er ist zu hoch …"

Lys konnte es nicht aufhalten, die Gewissheit, dass Kirian ihn zurückgelassen hatte, dass jede Hoffnung auf Liebe und Rettung verloren war. Das neuerliche Schluchzen, das ihn durchschüttelte und unvorstellbare Qualen erzeugte. Die Angst, als er mit jedem Atemzug weniger Luft bekam, und immer weniger, bis das Ringen gegen den Untergang sein gesamtes Bewusstsein erfüllte. Er riss an seinen Fesseln, konnte einfach nicht damit aufhören, egal, wie tief sie einschnitten. Zorniges Rot pulsierte vor seinen Augen, das Herz schlug viel zu rasch. Noch einmal steigerte sich die Intensität des Schmerzes, eruptierte wie ein Vulkan in seinem Inneren. Dann versank die Welt in Dunkelheit, und er wusste nichts mehr, fühlte nichts mehr, ersehnte nichts mehr, außer den Tod, der ihn nun sanft in die Arme nahm.

12.

Erwachen war schwierig.
Lys spürte, wie man ihm Luft in die Lungen blies, einen warmen Mund an seinen Lippen. Er hörte flehentliches Wispern, ohne die Worte zu verstehen. Konnte man ihn denn nicht einfach schlafen lassen?
Träge dämmerte sein Verstand dahin, doch sein Körper wurde durchgeschüttelt, also mühte er sich zu begreifen, wo er überhaupt war.
„Lys, bitte, komm zurück zu mir“, flüsterte eine Stimme. „Geh nicht, bitte, ich wollte das nicht!“ Er kannte sie und liebte ihren Klang, doch im gleichen Moment, als ihm das bewusst wurde, spürte er den vernichtenden Schmerz, der seinen gesamten Leib verbrannte und er erinnerte sich an all das, was geschehen war. Er riss die Augen auf, wollte schreien, aber nur ein heiseres Stöhnen rang in seiner Kehle. Der Knebel war fort, genau wie seine Stimme.
„Lys? Sieh mich an!“ Seine Augen wollten nicht gehorchen,

irrten blicklos umher. Da legte sich eine Hand an seine Wange, gab ihm Halt und Wärme. Qualvoll keuchend versuchte Lys zu schlucken, sein Hals war völlig ausgetrocknet. Dann blickte er auf, zu erschöpft, um sich noch vor Kirian fürchten zu können. Doch das Eis war geschmolzen, er sah nur Sorge und Erleichterung in den brennenden Augen. Und Schuld.

„Vergib mir", wisperte Kirian, drückte den zitternden Mann an sich. Er hätte beinahe geschrien, ohne sich um die Folgen zu kümmern, als er Lys gefunden hatte – leblos, das Gesicht aschfahl, nur noch einen schwachen, flatternden Herzschlag spürte er unter seinen Fingern. Nur wenige Minuten später hätte nichts mehr Lys retten können, und an dieser Schuld wäre Kirian zerbrochen.

„Ihr Götter! Vergib mir. Ich hätte dich fast umgebracht, es tut mir so leid." Kirian massierte ihm die Hände, um den Blutfluss in den Gliedern anzuregen und so wenigstens einen Teil der Schmerzen zu lindern. An Hand- und Fußgelenken hatte Lys tiefe Wunden davongetragen, die Kirian nur notdürftig abgedeckt hatte, an Armen und Hals war die Haut fast schwarz verfärbt und geschwollen, ähnlich wie auch am Unterleib. Kirian wollte ihn richtig verbinden, zumindest die Blutungen stoppen, doch Lys wehrte ihn so energisch ab, dass er wartete, ihn einfach nur festhielt und beruhigend auf ihn einsprach. Es dauerte lange, bis Lys sich in seinen Armen ein wenig entspannte und freier zu atmen begann. Dann flüsterte er etwas, das Kirian nicht verstand. Hastig beugte er sich tiefer, las das Wort von seinen Lippen: „Geh!"

Kirian blickte zur Seite; er fühlte sich, als wäre er in Eiswasser getaucht worden.

„Natürlich", erwiderte er, erfüllt von Trauer. Er hatte gewusst, der Preis würde hoch sein. Wenigstens hatte er die richtige Entscheidung getroffen und damit Lys' Leben gerettet. Behutsam bettete er ihn nieder und wollte ihn verlassen, doch dann sah er, dass der junge Mann um weitere Worte kämpfte.

„Schon gut, es ist alles gut. Ich habe Albor zu den anderen gebracht, sie sind bereits weit weg. Danke, dass du ihn gerettet, für alles, was du für ihn getan hast. Ich weiß, wie schwer das für dich gewesen sein muss."

Lys schüttelte den Kopf, griff kraftlos nach Kirians Hand.

„Flieh", wisperte er schließlich stockend. „... nicht finden."

Kirian starrte auf ihn nieder, wagte nicht zu hoffen, was das bedeuten könnte.

„Flieh", stöhnte Lys. „Komm wieder, wenn du willst und kannst. Komm ..."

„Das werde ich." Kirian beugte sich vor, wie betäubt vor Erleichterung, und küsste ihm sanft die Lippen. „Ich schwöre, ich werde zu dir kommen und dich auf Knien um Vergebung anflehen. Vielleicht habe ich mir bis dahin selbst verziehen – nein, ich werde es mir nie verzeihen." Dann löste er sich widerstrebend. Es dämmerte bald. Wenn die Soldaten ihn hier erwischten, würde es Tote geben.

„Soll ich dir nicht doch mit den Wunden helfen?", fragte er besorgt, denn Lys blutete immer noch. Doch der schüttelte den Kopf, also fügte sich Kirian. Gewiss hatte er seine Gründe, warum er riskierte, so viel Blut zu verlieren. Er sah, wie Lys die zerschnittenen Reste der Fessel zusammensuchte, mit zittrigen Fingern nach seinem Dolch griff, und verstand.

„Du nutzt auch jede Gelegenheit für einen Teilsieg, nicht wahr?", lachte er leise, und erntete ein mattes Grinsen. Als er gerade das Zelt verlassen wollte, hörte er Lys noch etwas murmeln.

„...be dich."

Kirian verharrte, schluckte die Tränen herunter: „Ich liebe dich auch, Lys." Danach beeilte er sich, das Lager endlich zu verlassen.

Ja, ich liebe dich. Ich hätte dir vertrauen müssen! Dass du mich jetzt überhaupt noch ... Ich sollte mich von dir fernhalten, für unser beider Wohl, aber die Götter wissen, das kann ich nicht. Ich kann es einfach nicht ...

13.

Tomar durchlitt Todesängste. Sein entsetztes Geschrei, als er in der Morgendämmerung nach dem Gefangenen sehen wollte und nur ein leeres Zelt vorfand, hatte das gesamte Lager geweckt. Schnell entdeckte man Spuren von mindestens zwei Männern, die längere Zeit hinter dem Zelt am Boden gekauert hatten. Betroffen standen alle Soldaten nur da, sie wussten, ihr Versagen würde schlimme Folgen haben. Die vier Männer, die in dieser Nacht Wache gestanden hatten, sahen aus, als würden sie am liebsten weglaufen, nur Tomars energische Befehle hatten sie bislang daran gehindert. Ihn selbst, da machte er sich keinerlei Illusionen, würde der Zorn des jungen Fürsten am Schwersten treffen. Er war der Hauptmann, verantwortlich für alles hier im Lager. Er war beauftragt worden, den Gefangenen wie einen Schatz zu hüten, und hatte ihn verloren.
Schlimmer aber als diese Ängste war das steigende Unbehagen darüber, dass sein Herr noch nicht erwacht war. Für gewöhnlich stand der junge Corlin schon bei Anbruch der Dämmerung auf den Beinen, warum nicht auch heute, zumal bei dem Aufruhr im Lager?
Zögernd näherte er sich dem Zelt. Sein Herr hasste es, gestört zu werden, aber diese Angelegenheit war wichtig. Wichtiger als Schlaf.
„Du kannst da nicht rein!“, zischte Almur, versuchte ihn aufzuhalten.
„Ich muss! Wir müssen die Räuber verfolgen, und es ist nicht richtig, dass der Herr noch schläft. Nicht um diese Zeit. Wenn etwas geschehen ist …“
„Es war schon Wahnsinn, den Gefangenen zu befreien, wer sollte da noch riskieren, den Corlin anzugreifen? Also, nur ihn und nicht uns alle?“
„Almur, ich weiß es nicht. Aber durch das Wappenschild da ist es leicht das Zelt des Fürsten zu erkennen, und es liegt ein wenig abseits von unseren. Wenn die Räuber wirklich irrsinnig genug

waren …" Tomar schluckte und kniete am Zelteingang nieder. „Edler Herr?", krächzte er nervös. „Euer Edelgeboren, ich muss jetzt hereinkommen. Es ist etwas geschehen." Das Schweigen, das ihm antwortete, festigte seinen Entschluss. Noch einmal schluckte er heftig, dann schlug er die Zeltplane zur Seite und trat ein.

Es dauerte einen Moment, bis seine Augen sich an das Dämmerlicht gewöhnt hatten, doch er wusste sofort, dass ihn ein schlimmer Anblick erwarten würde – der süßlich-metallische Geruch, der in seine Nase stach, war nicht zu verkennen. Sein Blick irrte über die Ausrüstung seines Herrn, hin zum Schlaflager. Überall war Blut. Tomars Beine gaben nach, als er zu Lys hinwankte. Blut klebte auf den Decken, der zerrissenen Kleidung, in den Haaren, auf dem stillen, wachsbleichen Gesicht, das unnatürlich angeschwollen war. Der Hals zeigte schwarze Würgemale. Er wimmerte, ohne es zu bemerken, innerlich wie erstarrt über die Gewissheit, vor der Leiche seines Herrn zu stehen und die Schuld daran zu tragen. Ein zerschnittenes Seil lag am Boden, verwirrt hob er es auf. Dann bemerkte er den Dolch neben Lys' Hand, hörte die schweren Atemzüge, sah, wie sich seine Brust hob und senkte.

Er lebt! Den Göttern sei dank, er lebt!

Endlich fand Tomar seine Stimme wieder, er brüllte laut: „HILFE! HELFT MIR!" Dann kniete er neben seinem Herrn nieder und rüttelte ihn durch, damit der endlich erwachte und ihm sagen konnte, was er jetzt zu tun hatte.

~*~

Ein nicht enden wollender Hustenanfall schüttelte den schlanken Körper wie eine eiserne Faust. Tomar hatte nie bemerkt, wie jung sein Herr wirklich noch war. Hilflos hielt er den Fürst an den Schultern, wagte kaum, ihn zu berühren. Einen solch erhabenen, stets so beherrschten Mann anzufassen, dass stand ihm nicht zu, nicht ihm, Tomar dem Säufer! Es erschütterte ihn bis ins Mark, seinen Herrn so zu sehen, so schwach, in seinem

eigenen Blut schwimmend, mit tränenüberströmtem Gesicht. An den abgewandten, entsetzten Blicken seiner Kameraden erkannte er, dass es ihnen ähnlich erging.
Noch immer hustete Lys, rang dabei wie ein Ertrinkender nach Luft.
„Wasser", rief Tomar, „bringt mir Wasser!" Gleich vier Mann rannten gleichzeitig los, dankbar, irgendetwas tun zu können.
Als Tomar den Becher erhielt, starrte er ihn einen Moment lang unschlüssig an. So falsch es auch zu sein schien, er musste es tun, eine andere Möglichkeit gab es nicht – also schob er einen Arm unter Kopf des Fürsten, hob den in kalten Schweiß gebadeten, halb bewusstlosen Mann an und mühte sich, ihm etwas Wasser einzuflößen. Es half zumindest insoweit, dass der Hustenanfall aufhörte. Lyskir trank ein wenig, verzerrte bei jedem Schluck das Gesicht vor Schmerz. Schon bald sank sein Kopf kraftlos zurück, er stöhnte, zitterte ohnmächtig.
„Was sollen wir bloß tun?", wagte Almur zu fragen.
Für einen irrwitzigen Moment lang konnte Tomar sich selbst und seine Kameraden so sehen, wie der Herr sie wahrnehmen musste – ein Haufen unfähiger Männer, die ihre Soldatentracht mehr entehrten als auftrugen, die ohne Befehl handlungsunfähig waren. Eben das, was man ihnen beigebracht hatte zu sein. Versager, deren Nutzen darin bestand, einen aufstrebenden jungen Adligen zu blamieren.
Trotzdem hat er mir eine Gelegenheit geboten, mich zu beweisen. Nicht wie Fürst Archym, dem es egal war, ob ich meine Pflicht erfülle oder nicht.
Tomar schob alle unliebsamen Erinnerungen an Prügel und Kerkerstrafen, an die vergeudeten Jahre seiner Trunksucht beiseite und riss sich zusammen. Sein Herr brauchte ihn.
„Heißes Wasser und saubere Tücher, und alles an Verbänden, was die Räuber nicht gestohlen haben", stieß er hervor.
In diesem Moment ging ein Ruck durch den Körper, den er noch immer stützte. Der junge Fürst schlug die Augen auf und blickte verständnislos auf die vielen Männer um sich herum. Dann begriff er wohl, wo er sich befand und was geschehen war, sah mit qualvoll verzerrtem Gesicht zu Tomar hoch.

„Alle raus“, wisperte er, so heiser, dass nur Tomar ihn verstehen konnte. „Du bleibst.“
So vorsichtig wie nur möglich half Tomar ihm, sich wieder hinzulegen, dann nickte er seinen Kameraden zu. „Er will, dass ihr geht. Bringt, was hier gebraucht wird, und lasst es im Zelteingang.“
Alle tauschten betroffene Blicke, wandten sich schweigend ab. Almur legte ihm kurz die Hand auf die Schulter, wünschte ihm stumm Glück, und verließ dann ebenfalls das Zelt.
Tomar schloss kurz die Augen. Er sammelte all seinen Mut und stellte sich dann seinem Herrn.
„Euer Edelgeboren, es ist meine Pflicht Euch mitzuteilen, dass jene Räuber, die Euch das angetan haben, auch den Gefangenen mitnahmen. Für dieses Versagen übernehme ich die volle Verantwortung“, sagte er und war stolz, dass er nicht einmal gestockt hatte. „Ich bitte Euch, die Wachen der vergangenen Nacht mit Nachsicht zu behandeln. Es war meine Nachlässigkeit, dass dies hier überhaupt geschehen konnte.“
Verängstigt blickte er auf Lyskir herab, als er keine Antwort erhielt, fürchtete, sein Herr könnte wieder bewusstlos geworden sein. Doch der studierte ihn nur schweigend, mit einem ernsten Ausdruck, den Tomar noch nie bei ihm gesehen hatte. Erst jetzt wurde ihm klar, was so anders war, warum Lys so jung auf ihn wirkte: Die Aura von unerschütterlicher Beherrschtheit, Macht und Gefühlskälte fehlte. Dort lag ein verletzter junger Mann, kein erhabener Fürst.
Verwirrt beeilte sich Tomar, seine Selbstanklage zu beenden: „Da Ihr selbst die Strafe nicht ausführen könnt, werde ich, mit Eurer Erlaubnis, einen der Männer dafür wählen. Als meinen Nachfolger schlage ich Almur vor. Solltet Ihr mich nicht hinrichten, sondern inhaftieren oder auspeitschen wollen, wird er das veranlassen.“
Ihr Götter, ich habe es gesagt …
Er erwartete mühsam beherrscht sein Urteil, wandte dabei den Kopf ab, um nicht länger auf den Beweis seiner Unfähigkeit blicken zu müssen.

„Tomar …“ Lys quälte sich hörbar, kaum fähig, einen Laut hervorzubringen. „Keine Strafe. Ihr tragt keine Schuld“, wisperte er schließlich.
„Herr, ich ...“
„Nein. Es war – meine Schuld.“
Ungläubig starrte Tomar ihn an. „Herr, ich war verantwortlich für den Gefangenen, die Sicherheit des Lagers! Ihr wurdet hier fast umgebracht, ohne dass ich es auch nur bemerkte!“
„Nein. Meine Schuld. Habe die Räuber unterschätzt. Hilf mir!“
Das Flehen in den weit aufgerissenen Augen, der überwältigende Schmerz, den Lys ausstrahlte, berührte Tomar tief. Erst jetzt wurde ihm bewusst, dass sein eigener Sohn genauso alt war wie sein Herr. Mit wackligen Knien erhob er sich und holte das Wasser und die Verbände. Almur war vor dem Zelt geblieben, er wagte es als einziger, den Kopf hereinzustrecken.
„Todesstrafe?“, fragte er ahnungsvoll.
„Nein. Bis jetzt gar keine Strafe. Bleib in der Nähe.“
Damit kehrte Tomar an Lys’ Seite zurück. „Herr, wenn Ihr erlaubt, rufe ich mir einen Helfer.“
„Nein!“ Lys packte ihn hart am Arm. „Nein. Es ist nicht gut, wenn sie mich so sehen, schwach, entehrt ... Nur du, Tomar, bitte, nur du.“
Die vertrauliche Anrede, das Betteln des jungen Fürsten erschreckte ihn ebenso wie die ganze furchtbare Situation; also schob er entschlossen alle Gedanken beiseite, half seinem Herrn aus den blutgetränkten Kleidungsstücken und begann, ihn zu waschen. Dabei stellte er sich vor, es wäre sein Sohn, der zerschlagen vor ihm lag und fand es so deutlich leichter, alles Notwendige zu tun.
„Was ist nur geschehen?“, fragte er, als er die tiefen Schnittwunden reinigte, um den Verletzten von den Schmerzen abzulenken.
„Der Anführer der Bande griff mich an“, flüsterte Lys. „Er presste heraus, wo der Gefangene war, verhöhnte und schlug mich. Kirian. Vergiss diesen Namen nie wieder. Er ist kein normaler Mann. Die anderen müssen das auch erfahren. Kirian

schaffte es, wie ein Schatten hier einzuschleichen. Ihr tragt keine Schuld. Er wäre gekommen, selbst wenn ihr alle Wache gestanden hättet."
Atemlos lauschte Tomar den mühsam hervorgestoßenen Worten. Ja, so ergab es Sinn. Kein einfacher Räuber hätte in das Lager eindringen und all das hier unbemerkt anrichten können!
„Ich wusste, Kirian ist gefährlich, und habe ihn doch unterschätzt … ich wollte ihn mit dem Gefangenen nach Weidenburg locken, ihm dort eine Falle stellen. Nie hätte ich gedacht, er könnte mich schon auf dem Weg dorthin finden."
Verwirrt hielt Tomar in der Bewegung inne. „Aber Herr, Ihr wolltet doch Rache an dem Gefangenen nehmen?"
Lys schnaufte nur verächtlich. „Jeder sollte das denken, vor allem Kirian. Sehe ich so gelangweilt aus, dass ich einen bereits zerbrochenen Mann zusammenflicke, nur um ihm dann noch mehr anzutun? Selbst wenn, er wäre doch nach wenigen Minuten geistig wie körperlich zerrüttet gewesen. Er sollte nur der Köder sein und dann erlöst werden. Ohne Folter, ohne Leid. Davon hatte er genug. Ich hätte es nicht gekonnt, selbst wenn es anders gewesen wäre."
Erschüttert arbeitete Tomar weiter an den Verletzungen, hasste sich selbst für seine Ungeschick, das nur noch mehr Schmerz und Schaden verursachte. Tiefes Mitleid erfasste ihn für seinen jungen Herrn, der sich hinter der Maske eines grausam kalten Tyrannen verbergen musste, um gegen seine Feinde zu bestehen, obwohl sein wahres Wesen von Sanftmut geprägt schien. Er schämte sich, dass er selbst ihn so verkannt hatte.
„Er hat mich gefesselt", wisperte Lys fast unhörbar. „Gefesselt, geknebelt und geschlagen, damit ich mich selbst verletze und er mir dabei zusehen konnte. Er hat es genossen … und dann wollte er mich erwürgen. Etwas muss ihn abgelenkt haben, dass er zu früh aufhörte … ich erwachte und schaffte es, mich selbst mit dem Dolch zu befreien."
Tomar fluchte lästerlich und half seinem Herrn dann in frische Kleidung hinein.
„Herr, Ihr solltet mich trotzdem bestrafen. Es schadet Eurem

Ansehen, wenn Ihr selbst die Schuld auf Euch nehmt“, sagte er widerstrebend.
„Ich kann nicht, Tomar. Ich kann nicht.“ Lys schüttelte müde den Kopf. „Du hast mein wahres Gesicht gesehen. Ich bin der Schwächling, für den alle mich immer gehalten haben. Ich kann keinen Mann in den Tod schicken oder auspeitschen lassen. Hundert Mal hätte ich Grund dafür gehabt auf der Reise, bei all dem Ungehorsam, den ihr euch geleistet habt. Ich konnte es nicht, habe immer nur mit Worten gespielt, um diese Schwäche zu verdecken.“ Er biss sich auf die Lippen, errötete voller Scham über dieses Geständnis, das er vermutlich nie hatte aussprechen wollen.
„Herr.“ Tomar rang um Fassung, suchte nach der richtigen Antwort. „Herr, Ihr seid alles, aber gewiss nicht schwach. Ihr habt uns mit Worten beherrscht, mit Blicken, mit Gesten. Ihr habt die Fürsten und das andere hohe Volk zusammengehalten, ich habe es gesehen! Wann immer sich Streit anbahnte, habt Ihr mit einem leichten Scherz, Spott oder irgendeiner Ablenkung dafür gesorgt, dass alles sich entspannte. Ihr habt den Mob um eine Hinrichtung betrogen und es so gedreht, dass alle Euch dafür bewundert und gefürchtet haben. Ihr seid nicht schwach.“
„Lügen, Tomar. Alles Lügen. Sie ändern nichts an meiner Schwäche.“ Das viele Sprechen hatte Lys’ Stimme nun vollends erschöpft, Tomar musste ihm die Worte regelrecht von den Lippen lesen. Er sah die bitteren Tränen, die Schmerzen, die sein Herr litt, spürte seine tiefe Verzweiflung.
„Ihr müsst nur ausruhen, Herr, danach werdet Ihr Euch wieder allen Feinden stellen können. Vielleicht sind es Lügen, aber nur so könnt Ihr überleben! Ihr seid der mutigste Mann, den ich kenne, ich bin stolz, Euch dienen zu dürfen.“
Lys wandte sich von ihm ab, Resignation und Verneinung spiegelte sich in seinem Gesicht.
„Herr? Gebt nicht auf, bitte! Ich folge Euch, wohin Ihr wollt, ich werde Euch dienen, ganz gleich, ob Ihr König oder Provinzverwalter oder ein Bettler seid. Ihr müsst mich für meine Nachlässigkeit bestrafen, Herr, es ist wichtig!“

„Du scheinst den Stock zu lieben …“, wisperte Lys mit einem schmalen Lächeln. Tomar schüttelte hastig den Kopf.
„Nein, ich sehne mich nicht nach Schlägen, ich will bloß nicht, dass Eure Mühen umsonst waren. Dieser Kirian soll Euer Werk nicht vernichten, Euch nicht den Respekt der Männer stehlen.“
„Du bist ein guter Mann, Tomar. Sag den anderen, ich strafe dich nicht, weil du der einzige bist, der meine Wunden pflegen kann. Die Strafe für die anderen ist ausgesetzt, bis ich wieder erholt bin. Wenn ich sie dann vergesse, ist es unnötig, mich zu erinnern …“
Tomar erwiderte das kurze verschmitzte Lächeln, das ihn schon wieder an seinen Sohn denken ließ. Ein guter Junge, und der einzige Grund, warum Tomar trotz all seiner Verfehlungen und Schwächen immer noch in der Burgwache von Lichterfels bleiben durfte. In seiner Jugend war Tomar ein gut aussehender Mann gewesen, der sogar für kurze Zeit die Aufmerksamkeit der Fürstin erregt hatte. Untreue war nichts Ungewöhnliches in Adelskreisen, in denen nur selten aus Liebe geheiratet wurde. Lediglich eine gewisse Diskretion war erwünscht, vor allem, wenn der Ehebruch bleibende Folgen hatte, wie auch in diesem Fall. Die Frucht dieser unstandesgemäßen Aufmerksamkeit war nicht von Archym anerkannt worden, deshalb hatte Tomar den Jungen zu sich genommen und gemeinsam mit seiner späteren Frau großgezogen.
Er riss sich zusammen. Die Fürstin, die er geliebt hatte, war tot. Sein Sohn arbeitete in der Burgküche und hatte längst eine eigene Familie gegründet. Seine Frau war vor Jahren an einem Fieber gestorben. An Lys musste er jetzt denken! Der war mittlerweile eingeschlafen, sein verkrampfter Körper entspannte sich.
Die Götter mögen Euch schützen, Herr. Ich wünschte, ich könnte diesen Kirian in Stücke reißen für das, was er Euch angetan hat!

„Im Moment noch keine Strafen“, verkündete Tomar den anderen später und erzählte ihnen von Kirian, dem Tollkühnen, wie knapp ihr Herr dem Tod entgangen war und von seiner

Tapferkeit, mit der er alles ertrug.
„Was ist da wirklich abgelaufen? Gestern hast du ihn gefürchtet, jetzt bewunderst du ihn", fragte Almur, als sie einen Augenblick für sich waren.
„Ich habe erkannt, dass er kein Dämon ist, sondern ein guter Mann. Beobachte ihn, Almur, und du wirst vielleicht verstehen, was für ein Spiel er treibt. Er ist mehr als bewundernswert. Für ihn würde ich sterben."

~*~

Lys spürte schon bald, dass die Einstellung der Soldaten sich grundlegend geändert hatte. Er gönnte sich nur wenige Tage Ruhe, bevor er den Befehl zur Weiterreise gab, auch wenn ihn das viel Kraft kostete. Die Männer begegneten ihm mit Respekt, der schon fast an Verehrung grenzte. Sie gehorchten jedem Befehl, beobachteten ihn, um seine Wünsche schon im Voraus zu erahnen. Ähnliches kannte er bislang nur von Robans Männern, die mit seinem Bruder zusammen in den Krieg gezogen waren.
Und zum ersten Mal glaubte er wirklich daran, dass er dieses Spiel möglicherweise überleben würde – falls Kirian ihm verzieh, dass er ihn nun ebenfalls für seine Intrigen missbrauchte.

14.

Nach ereignisloser Reise erreichten sie endlich Weidenburg. Lys atmete tief durch. Er hatte sein Pferd dem Knecht übergeben, seine Eskorte verabschiedet, seine Bediensteten begrüßt. Nun musste er sich Elyne stellen.

„Wie geht es meiner Gemahlin?“, fragte er Tyore, den Burgverwalter, der nicht von seiner Seite gewichen war. Gemeinsam eilten sie durch die Gänge der Burg, die ihren Namen nicht umsonst trug: Der gesamte Burggraben wurde von Trauerweiden gesäumt.

„Eure Gemahlin, nun, sie hat Euch sehr vermisst, jeden Tag fragte sie, ob es Nachricht von Euch gibt.“

„Das freut mich zu hören. Wie geht es ihr?“, wiederholte Lys geduldig.

„Das Kind ist wohlauf, der Bauch Eurer Gemahlin wächst und wächst, man kann dabei zusehen.“

Lys blieb stehen und starrte den grauhaarigen, vom Alter gebeugten Mann stirnrunzelnd an, bis dieser den Blick senkte. Tyore gehörte nicht zu jenen Bediensteten, die ihm sein Vater geschickt hatte. Bislang hatte Tyore auf Schloss Amura gedient, das von Roban verwaltet wurde. Sein Bruder hatte sich persönlich dafür eingesetzt, dass Tyore hierher kam. „Ein Stück Corlin für dich, auch wenn der Alte schon recht langsam geworden ist – damit du schneller heimisch wirst!“

Tyore hüstelte verlegen.

„Sie ist auf der Treppe gestürzt, Euer Edelgeboren, eine Woche nach Eurer Abreise. Dem Kind ist nichts geschehen, aber sie hat sich ein Bein gebrochen und ist seither ans Bett gefesselt. Seid versichert, sie ist gut umsorgt und müsste auch bald wieder genesen sein.“

Lys seufzte. Er konnte sich nur zu gut vorstellen, wie die Bettruhe und damit verbundene Langeweile sich auf Elynes Gemüt ausgewirkt hatte.

„Sicher habt Ihr noch viel zu tun“, verabschiedete er den Ver-

walter und eilte allein weiter. So unangenehm dieser Pflichtbesuch auch werden würde, er wollte ihn hinter sich bringen. Seine Verletzungen waren noch nicht völlig geheilt, er war ausgezehrt von der langen Reise und dem, was er sich selbst abverlangt hatte.
Elyne schlief, als er eintrat. Lys setzte sich auf einen Stuhl nahe am Bett und betrachtete sie.
Es war kein Fehler, sie zu heiraten, aber ich würde es gerne rückgängig machen. Ihr Götter, wenn sie schläft, ist sie wirklich erträglich!
Sie schlug die Augen auf, sofort verfinsterte sich ihr Gesicht, als sie ihn erkannte. Bevor sie ihn mit Gemeinheiten überschütten konnte, ergriff Lys hastig das Wort.
„Es ist schön, Euch wiederzusehen, ich habe Euch sehr vermisst. Euer Unfall tut mir leid, ich hoffe, Ihr leidet nicht zu sehr?“
Verblüfft wusste sie kaum, ob sie nicken oder den Kopf schütteln sollte.
„Ich wollte Euch etwas mitbringen, war mir aber nicht sicher, welches Geschenk Euch gefallen könnte. Deshalb dachte ich, es wäre besser Euch zu fragen, was Ihr Euch wünscht. Was würde Euch erfreuen?“
„Warum gebt Ihr nicht endlich auf, so zu tun, als würden wir uns lieben? Belauscht uns jemand?“, wisperte sie abweisend.
„Nein, wir sind unter uns. Ich denke aber, wir können freundlich miteinander umgehen, auch wenn wir gerade niemanden anlügen müssen.“
„Dann denkt Ihr falsch!“, fauchte sie, drehte sich mühsam zur Seite und wandte ihm den Rücken zu.
Erschöpft lehnte Lys die Stirn an den Bettpfosten.
„Wenn das Kind geboren ist, Elyne, möchte ich, dass Ihr zu Eurer eigenen Sicherheit Weidenburg verlasst. Egal, ob es ein Junge oder ein Mädchen wird, ob es lebt oder stirbt, es wird gefährlich werden für Euch. Der Beweis, dass unsere Ehe fruchtbar ist, gefällt keinem meiner Feinde, man wird verstärkt gegen mich intrigieren, und Anschläge auf Euer Leben sind nicht auszuschließen. Weidenburg ist nicht sicher genug geschützt.“

„Ihr wollt mich also loswerden? Sehr bequeme Ausrede! Aber ich bleibe hier, wie es sich für eine liebende Gemahlin gehört"; zischte sie entschieden.
„Wenn ich Euch nur begreifen könnte! Elyne, bin ich freundlich zu Euch, verhöhnt Ihr mich. Bin ich es nicht, greift Ihr mich an. Bei jeder Gelegenheit zeigt Ihr mir, wie sehr ich Euch anwidere, aber biete ich Euch die Gelegenheit, mir zu entkommen, werdet Ihr wütend." Er schlug rhythmisch mit dem Kopf gegen das Holz, es beruhigte ihn ein wenig. „Sagt mir doch bitte, was ich Euch jemals getan habe, dass ich solchen Hass verdiene", bat er verbittert.
Langsam wandte sie sich ihm wieder zu, Tränen füllten ihre Augen.
„Ich … ich hasse Euch nicht", flüsterte sie. „Es ist nur … ich …"
„Elyne, ich will, dass Ihr Weidenburg verlasst, sobald es Euch möglich ist. Mir ist vollkommen egal, wohin, ob nach Lichterfels, Corlin oder irgendein Anwesen, das Euch gefällt, solange es gut verteidigt wird. Ich kann und will so nicht weiterleben."
Lys erhob sich, um zu gehen, doch sie hielt ihn auf.
„Wartet! Bitte, ich hasse Euch nicht."
„Warum behandelt Ihr mich dann wie einen Verbrecher? Hasst Ihr Männer im Allgemeinen? Ich verstehe Euch nicht."
„Ich hasse nicht alle Männer. Ich hasse Menschen, die die Macht haben, andere zu zerstören", flüsterte Elyne. „Ich kann das nicht erklären."
Nachdenklich nickte Lys ihr zu. Er sah die Gelegenheit, nach Kirian zu fragen, auf die er zu lange gewartet hatte, und wagte es: „Euer Bruder? Ist es das? Ich weiß nicht genau, was damals geschehen ist, aber irgendjemand hatte ihn angeklagt, einen Diebstahl begangen zu haben, nicht wahr?"
„Er hatte es nicht getan!", schrie sie verzweifelt. „Er hätte es niemals getan! Es war einfach nur dieses verdammte Intrigenspiel, das uns alle vernichtet. Jeder Adlige muss sich ihm unterwerfen, sonst wird er umgebracht oder von anderen für ihre Zwecke missbraucht, und nur die Stärksten überleben, oft genug

aber auch sie nicht! Mein Bruder war ein guter Spieler, niemand konnte ihm etwas anhaben. Ich war noch zu jung, ich weiß nicht, wer ihn angeklagt hat. Es war eine vollkommen hinterhältige, unwürdige Attacke! Mein Vater versuchte, seine Unschuld zu beweisen und konnte es nicht, dieser Ring wurde in Stefárs Räumen gefunden. Also musste Vater ihn auspeitschen lassen und verstoßen, wie das Gesetz es verlangt."
Die Worte stürzten nur so aus Elyne heraus, als hätte sie zehn Jahre lang auf diesen Augenblick gewartet. „Seitdem sagen alle, mein Bruder sei tot. Und so muss es sein, denn sonst hätte er mir ein Zeichen geschickt. Er hätte mich nicht so lange warten lassen."
Lys haderte mit sich. Sollte er es ihr sagen? Aber konnte er sich wirklich sicher sein, dass Kirian ihr verschollener Bruder war? Er hatte doch nur Vermutungen, keine Beweise in der Hand! Und wer wusste schon, welchen Grund Kirian hatte, sich ihr nicht zu offenbaren?
„Vielleicht wollte er Euch schützen und schweigt deshalb?", fragte er schließlich.
„Niemals! Er hätte mir ein Zeichen geschickt. Er muss dort draußen umgekommen sein. Vielleicht hat er auch Selbstmord begangen, er war sehr stolz." Sie wischte sich mit dem Ärmel ihres Nachtgewandes über das Gesicht, ohne es auch nur zu bemerken.
„Seither hasse ich jeden, der in diesem Spiel Macht besitzt. Und Ihr, Lyskir von Corlin, seid ein besserer Spieler als jeder andere, das ist mir spätestens seit Eurem Getue während der Trauung klar. Aber ich will nicht fortgeschickt werden, versteht Ihr? Mein Vater würde mich dafür verachten, er wüsste sofort, dass ich meine Pflicht nicht erfülle. Das tue ich aber, egal wie unangenehm und schwer es ist. Ja, es ist schwer …"
Ratlos starrte Lys auf diese seltsame Frau nieder, die so irrational war wie ein kleines Kind, obwohl sie einen überaus scharfen Verstand besaß.
„Wenn es Euer Wunsch ist, dann bleibt, ich werde Euch mit allen Mitteln beschützen, die ich habe. Aber ich bitte Euch,

wenigstens zu versuchen, mich nicht als Euren Feind anzusehen. Ich betrachte Euch weder als Wertgegenstand noch als Gebärerin meiner nutzbringenden Kinder. Ihr seid eine Figur in meinem Spiel, ja, aber Ihr seid auch ein Mensch und meine Frau. Ich tanze nicht auf Messerspitzen, um alle anderen zu vernichten, bitte glaubt mir das."

„Was ist mit meiner Familie?", schluchzte sie. „Ihr werdet meinen Vater töten, sobald ich Euch einen Sohn geboren habe, nicht wahr? Er hat Euch inzwischen auch durchschaut."

Lys zwang sich, mit dem Kopfschlagen aufzuhören und ihrem Blick zu begegnen.

„Ich schwöre Euch, dass ich niemals einen Menschen töten werde, nur um rascher an Macht zu gelangen, niemals! Und ich werde auch nicht den Befehl an andere geben. Euer Vater wie auch Maruv, unser wenig geliebter König, sind beide alte Männer, dem siebten Lebensjahrzehnt nahe. Warum sollte ich sie ihrer letzten Jahre berauben? Gewiss, auch ich kann schon morgen tot sein, gerade das ist aber ein Grund, respektvoll mit dem Leben umzugehen. Eure Familie hat vor mir nichts zu befürchten, auch wenn niemand mir das glaubt. Das Blut Eurer Eltern wie auch Eures königlichen Großonkels wird nicht an meinen Händen kleben – es sei denn, einer von ihnen bedroht Euer Leben oder das Eures Kindes. Versteht Ihr?"

Er verließ den Raum, ohne ihre Antwort abzuwarten. Elyne kostete ihn mehr Kraft, als er besaß.

15.

Wenige Wochen später herrschte wieder Alltag auf Weidenburg. Lys hatte schon bei seinem Einzug Befehl gegeben, die Verteidigungsanlagen, die teilweise verfallen oder von Unkraut überwuchert waren, zu erneuern und auszubauen. Im Winter hatten viele Arbeiten ruhen müssen, doch nun wurde das Wetter milder, auch wenn der Frühling noch in weiter Ferne lag. Seinen wenigen Soldaten legte er harte Übungspflichten auf, denen er sich allerdings auch selbst unterwarf und dadurch Unmut verhinderte. Gleichzeitig plante er unentwegt im Voraus, seine vielfältigen Ziele stets vor Augen.
Er spürte die Erschöpfung in allen Knochen, als er sich an diesem Abend früh in sein Schlafgemach zurückzog. Das durchgeschwitzte Hemd ließ er zu Boden fallen und tauchte den Kopf kurzerhand in die Waschschüssel, genoss die Kälte des Wassers, und wusch sich dann allen Schmutz und Schweiß ab. Das Gefühl, nicht allein zu sein, warnte ihn. Lys trocknete sich weiter ab, griff dabei jedoch wie zufällig zu seinem Dolch, die einzige Waffe, die er bei sich hatte. Bevor er sie allerdings erreichen konnte, wurde er von hinten gepackt – doch die Hände hielten ihn nur und verletzten ihn nicht. Kirian! Lys blieb still stehen, wagte nicht, sich umzuwenden, von plötzlicher Angst erfüllt, die er nicht beherrschen konnte.
„Zitterst du vor Kälte, aus Vorfreude, oder weil du mich fürchtest?“, flüsterte die Stimme, die er so sehr liebte.
„Alles zugleich“, erwiderte er ebenso leise, ließ zu, dass er umgedreht wurde. Er wollte aufblicken und konnte es nicht, die Erinnerung an die Stunden voller Schmerz und Todesangst, an das eisige Feuer des Hasses, das in Kirians Gesicht gebrannt hatte, war zu stark.
Eine plötzliche Bewegung ließ ihn zusammenfahren – Kirian war vor ihm auf die Knie gesunken, beugte den Kopf zu Boden. Mehrere Augenblicke lang starrte Lys ihn nur an, dann kniete er

sich zu ihm nieder, strich ihm das schwarze Haar aus dem Gesicht.
„Nicht“, wisperte er, „tu das nicht. Du demütigst dich vor niemandem!“
„Das habe ich auch immer gedacht, aber du bringst meine Welt durcheinander. Ich habe nicht einmal vor dem König gekniet, aber bei dir …“ Ihre Blicke begegneten sich, und Lys verlor sich einmal mehr in der dunklen Glut, die von Traurigkeit erfüllt war.
„Vergib mir, Lys. Ich hätte dir das nicht antun dürfen.“
„Es war mein Fehler. Ich wollte diesem unfähigen Haufen, mit dem mein Schwiegervater mich gestraft hat, zu sehr beweisen, dass ich ein Fürst sein kann. Die ganze Welt sollte sehen, dass ich das Spiel beherrsche. Ich habe meine Rolle zu gut gespielt.“ Er zog Kirian an seine Schulter, strich ihm über den Kopf und hielt ihn einfach nur fest in den Armen. „Wie geht es Albor? Er ist doch hoffentlich …?“
„Der ist wohlauf, schlägt jeden, der auch nur mitleidig in seine Richtung zu blinzeln wagt, mit seinem Gehstock. Er schickt dir Grüße und seinen innigsten Dank.“ Sie blieben lange so sitzen. Es war ungewohnt für sie beide, dass Kirian tröstend gehalten wurde und auf Gnade hoffte, und schließlich beschloss Lys, dass es Zeit war, ihn zu erlösen. „Versprich mir etwas, und ich vergebe dir“, flüsterte er, während er ihm Wange und Stirn mit Küssen bedeckte. „Sollte ich mich jemals in meiner Rolle verlieren und ein echter Fürst werden, ohne Herz und Gnade, und dich, deine Leute oder irgendeinen anderen Menschen opfern, weil es nützlich für mich ist, dann schlage mich so lange auf eben diese Weise wie in eben dieser Nacht, bis ich wieder bei Verstand bin.“
Verblüfft starrte Kirian ihn an, dann lachte er leise, hob Lys ohne weitere Mühe hoch und trug ihn zum Bett.
„Ich schwöre es“, sagte er, und küsste ihn innig, genoss, wie dieser Mann widerstandslos dahin schmolz. Die Furcht aus seinem Blick verschwand.
„Warum müssen wir eigentlich so leise reden? Die Wände deiner Burg sind doch recht dick?“, fragte er rasch, um sich selbst von

diesem Albtraum abzulenken.
„Mein Kammerdiener“, murmelte Lys. „Wie so ziemlich alle meine Bediensteten ist er mindestens so alt wie die Sonne und sturer als ein Esel. Bitte ich ihn, etwas zu tun, stellt er sich taub. Er erfüllt seine Pflichten nur, wenn man ihm mit Mord droht. Niese ich allerdings nachts im Schlaf dreimal ins Kissen, ohne aufzuwachen, wohlgemerkt, steht er auch schon mal mit Extradecken, Hustentee und Brokla-Saft an meinem Bett. Ich hasse Brokla-Saft.“
„Wer nicht?“ Kirian schüttelte sich bei der bloßen Erinnerung an den bitteren Sud, mit dem man Kleinkinder quälte, die im Regen oder Schnee gespielt hatten und möglicherweise eine Erkältung bekommen könnten. „Nun, dann musst du wohl leise sein, obwohl ich deine Lustschreie wirklich sehr schätze“, fuhr er fort und drehte Lys schwungvoll auf den Bauch. Der stöhnte vor Schmerz auf. „Was?“, fragte Kirian besorgt.
„Schon gut – ich habe heute sechs Stunden lang an Schwert und Bogen geübt, und dazu noch meine Frau getragen. Elyne hat sich ein Bein gebrochen und über vier Wochen still im Bett gelegen. Sie sah so blass und krank aus, da hab ich sie heute gepackt und in die Sonne geschleppt. Sie war nicht allzu kooperativ, der Weg über Gänge und Treppen ziemlich weit, und sie hat ordentlich Gewicht zugelegt.“
„Wolltest du damit den Dienern beweisen, wie fürsorglich du bist?“, fragte Kirian und massierte ihm die steinharten Schultern. „Und bist du sicher, dass das hier Muskeln sind, oder hast du dir ein wenig Stahl einbauen lassen?“
Lys wand sich lachend unter ihm. „Ihr Götter, nicht so fest, sonst werde ich laut“, wisperte er, „und ja, ich wollte natürlich der Welt beweisen, dass ich meine Frau auf Händen trage. Aber ich hatte auch Sorge um ihr Wohlergehen.“
„Gibt es auch etwas, dass du nicht gleichzeitig aus Berechnung wie auch echtem Gefühl tust?“
„Schlaf mit mir, dabei bin ich voll und ganz ausschließlich Gefühl.“
Aufgewühlt drehte Kirian ihn zurück, um ihn küssen zu können.

Er spürte die gleiche Ungeduld in Lys, die auch ihn zermürbte. Hastig zogen sie einander aus, dann zerrte er Lys bis an den Bettrand, ließ sich von den langen, muskulösen Beinen umschlingen und drang mit einem Seufzer in die wunderbare Enge ein. Sehr langsam, damit Lys sich ihm schmerzlos öffnen konnte. Es war eine harte Prüfung, so lange hatte er sich danach gesehnt, dass er seine Lust kaum zügeln konnte. Doch zu beobachten, wie sein Geliebter sich unter ihm wand, vor Sinnlichkeit schier bebte, die Luft anhalten musste, um nicht laut zu stöhnen, das war soviel schöner, als einfach nur rasche Befriedigung zu suchen. Stundenlang hätte Kirian ihm zusehen können, wie er um Selbstbeherrschung kämpfte, sich auf die Lippen biss, um keinen Laut entschlüpfen zu lassen. Nur ganz langsam bewegte er sich in ihm, kostete jeden Fingerbreit aus, liebkoste dabei mit beiden Händen jeden Flecken Haut, den er erreichen konnte. Immer wieder erschauderte Lys vor Lust und spannte dabei alle Muskeln an, was Kirian an den Rand seiner Kontrolle trieb. Der Anblick hingebungsvoller Erregtheit in diesem vertrauten Gesicht, das rasche, keuchende Wimmern, wann immer Lys nach Atem rang, die Art, wie seine Hände zuckten und sich in die Decke krampften, war beinahe mehr, als er ertragen konnte. Er drängte seine Arme unter Lys' Rücken und hob den schlanken Körper hoch, ohne sich aus ihm zu lösen. Lys umarmte ihn wohlig seufzend, ließ sich gegen die Wand lehnen, die Beine fest um Kirians Hüften geschlungen.

„Ihr Götter und Dämonen, wie sehr habe ich dich vermisst", stöhnte Kirian, stieß nun heftiger und schneller vor. Sein Bauch rieb über das Geschlecht seines Geliebten, was Lys ekstatisch stöhnen und zucken ließ. Rasch versiegelte er ihm die Lippen mit einem festen Kuss und fiel dann in einen wilden Rhythmus, der ihnen beiden Erfüllung schenkte.

„Ich liebe dich", flüsterte er, als sie wieder zu Atem kamen, zog sich vorsichtig zurück und sank dann mit Lys zusammen zu Boden. Das Leuchten in den Augen dieses Mannes, den er beinahe umgebracht hatte, war die einzige Erwiderung, die er brauchte. Er küsste ihn sanft, trug ihn dann zurück zum Bett

und kuschelte sich mit ihm unter die Decke.
Nach einer zeitlosen Unendlichkeit voller Zärtlichkeiten, Küsse und auch härterer Spiele wurden sie beide müde und mussten sich wieder der bitteren Wirklichkeit stellen. Einer Welt, in der sie nicht zusammenleben und sich lieben durften, sich von Rechts wegen nicht einmal im gleichen Raum aufzuhalten hatten.
„Was planst du jetzt, Lys? Und warum flüstert man meinen Namen plötzlich in den Straßen und Tavernen?", fragte Kirian leise.
„Vergib mir." Lys wurde abwechselnd rot und blass, wagte nicht, zu ihm aufzublicken. „Ich hätte die Wachhabenden dieser einen Nacht alle hinrichten lassen müssen, oder zumindest sehr, sehr hart bestrafen. Das konnte ich nicht. Also habe ich getan, was ich schon vorher für sinnvoll gehalten hatte, ohne dich fragen zu können: Ich habe deine Legende erschaffen."
„Und warum soll das sinnvoll sein? Ich habe mich jahrelang bemüht, unsichtbar zu bleiben." Er studierte den beschämten, leicht verängstigten Ausdruck seines Geliebten und grinste spöttisch. „Nun lass es schon heraus, was für einen genialen Plan hast du diesmal, um dich politisch voranzubringen, absolut jeden in deiner Umgebung als Spielfigur zu missbrauchen, ohne dass jemand dabei beschädigt wird, von dir selbst abgesehen?" Kirian drehte dabei Lys' Arme so, dass die Narben sichtbar wurden, die von der Fessel geblieben waren. Auch am Hals befand sich eine feine, kaum erkennbare Narbe, wo Kirians Dolch eingeschnitten hatte, und das Würgemal war noch nicht völlig verblasst.
„In drei Wochen habe ich Geburtstag", begann Lys widerwillig.
„Ah, du warst also ein Frühlingsgeschenk?"
„So haben meine Eltern das vielleicht nicht gesehen, aber nun gut. Hör auf mich zu kitzeln, vor allem *da*, sonst sage ich nichts mehr!" Kirian zog unschuldig lächelnd die Hand weg. Seit er vorhin entdeckt hatte, dass Lys ungemein kitzelig in der Leiste war, konnte er kaum an sich halten, es nicht wieder und wieder zu tun.
„Maruv stellt mir großzügig das Königsschloss zur Verfügung, damit ich dort eine Feier ausrichten kann. Weidenburg ist zu

klein, zudem immer noch im Aus- und Umbau, dazu ist die Gesundheit meiner Gemahlin von der Schwangerschaft angegriffen."
„Zu klein also?" Kirian grinste wölfisch. „Wen hast du alles eingeladen?"
„Alle."
„Alle?"
„Absolut alle. Auf der Einladung stand, jeder meiner Freunde ist willkommen, diesen Tag mit mir zu verbringen."
„Geschickt gelöst, ich wette, das werden von nun an alle so halten. Niemand wird ausgeschlossen, jeder kann selbst entscheiden, ob er dein Freund ist, so tut, als wäre er dein Freund, ob er sich wortreich mit plötzlicher Erkrankung entschuldigt oder die Einladung ganz ignoriert."
„Das war der Plan." Lys lächelte wieder hintergründig. „Der versammelte Hochadel wird unterhalten und abgefüttert, und ich erzähle Horrorgeschichten von der Nacht, in der ich beinahe brutal getötet wurde. Narben können so viel Eindruck schinden, gerade bei den zartbesaiteten Hofdamen … die dann selbstverständlich ihre Favoriten antreiben werden, den fürchterlichen Sheruk Kirian zu jagen, diese Gefahr für Leib und Leben."
„Ich finde noch nicht den Sinn, mein Lieber. Warum sollte es hilfreich sein, wenn sich ganz Onur an meine Fersen hängt?"
„Niemand weiß, wie du aussiehst. Es war doch so dunkel in dem Zelt, ich konnte nur deine unmenschliche Kraft fühlen, deine riesigen Hände, denen ich nichts entgegenzusetzen hatte, und ja, vielleicht war es ja nur der Widerschein des Lagerfeuers, aber dort, wo deine Augen gewesen sein müssen war ein gelbes Leuchten. Lautlos wie ein Schatten bist du über mich gekommen, lautlos wieder verschwunden und mit dem Gefangenen entflohen, von dem mittlerweile jeder weiß, dass ich ein Vermögen für ihn zahlte."
„Du vergisst Roban!"
„Keineswegs. Mein Bruder hat dich nur zweimal ganz kurz erblickt. Beim ersten Mal war er wütend, dass irgendjemand es gewagt hat, einen Corlin anzugreifen, und hatte Angst, was du

mit uns vorhaben könntest; beim zweiten Mal war er vollkommen außer sich vor Sorge um mich. Roban ist ein guter Taktiker, aber er hat ein schwaches Gedächtnis für Gesichter. Seine Verachtung für jeden, der kein Corlin ist, hilft dabei nicht weiter … Wenn ich sage, du warst über zwei Schritt groß, kahlköpfig, stark wie ein Bulle und hast uns aus dämonisch leuchtenden Augen angestarrt, dann wird er zustimmen. Und sollte er doch darauf beharren, dass du schwarze Haare hattest, gibt es direkt zwei Beschreibungen von dir."

„Hm, aber es gibt genug andere, die ich im Laufe der letzten Jahre entführt, ausgeraubt oder betrogen habe. Der eine oder andere wird sich an den Namen Kirian erinnern."

„Genau darauf baue ich", erwiderte Lys grinsend. „Ganz Onur wird nach einem Schatten jagen. Ist er groß? Klein? Zischt er wie eine Schlange oder trägt Drachenflügel auf den Schultern? Es wird schon bald Dutzende Beschreibungen von dir geben, und unzählige Schwachköpfe, die von sich behaupten, sie wären der einzige wahre Kirian. Das Volk wird dich lieben, schon allein, weil der Adel dich hasst, man wird dir Wohltaten andichten, und jeder Unfall, der ein bisschen merkwürdig ist, deinem Wirken zuschreiben. Also, wie möchtest du deine Legende aussehen lassen?"

Lachend planten sie Kirians Abbild, nahmen ihm mal die Nase, mal die Ohren, fügten dafür Narben und schaurige Tätowierungen dazu, bis sie beide ins Kopfkissen beißen mussten, um nicht den scharfohrigen Kammerdiener zu alarmieren.

„Ein Detail muss aber auf jeden Fall stimmig sein. Etwas, das hervorsticht, falls ich mal beweisen muss, dass ich wirklich Kirian bin."

„Was immer du willst. Wie wäre es mit deinem Dolch? Er ist ein Einzelstück, nicht wahr?" Lys wies auf den Waffengürtel, der am Boden lag. Der Griff der Waffe war auffällig geformt, wie der Körper eines brüllenden Löwen.

„So etwas kann verloren gehen oder gestohlen werden. Aber gut, das wird erst mal reichen."

Mittlerweile war es spät geworden, die Burg kam zur Ruhe.
Schläfrig kuschelte Lys sich in Kirians Arme. „Ich will dich gar nicht gehen lassen“, murrte er.
„Das ist gut. Ich will nämlich nicht gehen.“
„Das ist unmöglich, und das weißt du auch. Niemand darf dich hier finden, du giltst als tot.“
Kirian erstarrte leicht, dann küsste er ihm die Stirn.
„Seit wann weißt du schon, wer ich wirklich bin?“
„Seit meiner Hochzeit. Deine Schwester ist das Ebenbild ihrer Mutter, die ja nicht die deine war, aber ihre Augen, da seid ihr beide vollkommen gleich. Außerdem bin ich zwar eitel, aber nicht so vermessen anzunehmen, du hättest nur für mich ein solches Risiko auf dich genommen, meine Hochzeit zu beobachten.“
„Sei froh, dass ich nicht allzu leicht zu erschrecken bin. Du kannst einem manchmal wirklich Angst einjagen“, knurrte Kirian.
„Nun gut.“ Lys errötete verschämt. „Ich hab's ja nicht gewusst, es war nur eine Vermutung. Ich war mir aber sicher.“
„Und hast nichts gesagt?“
„Nun … ich hatte ein wenig Sorge, dass dieses Thema dich bedrückt – immerhin bin ich mit deiner Schwester verheiratet.“ Er errötete noch tiefer. „Es kümmert mich nicht, dass ich sie mit dir betrüge, aber ich weiß nicht, wie es dir dabei geht. Du hast ja auch nichts gesagt, nicht einmal bei der Hochzeit.“
Kirian lachte und drückte ihn fest an sich. „Ich bin froh, dass meine Schwester einen Mann bekommen hat, der ihre merkwürdigen Launen hinnimmt. Es tut mir leid, dass sie dir das Leben so zum Schattenreich macht. Aber es ist gleichgültig, was ich davon halte, ich bin nicht mehr Stefár von Lichterfels.“
„Es ist nicht wichtig, wer du einmal warst. Für mich zählt, wer du jetzt bist, Kirian. Sei's drum. Du musst gehen, bitte, ich will nicht, dass dich jemand findet.“
„Niemand wird mich finden. Ich bleibe, Lys. Die ganze Nacht. Ich will hier an deiner Seite schlafen und aufwachen.“ Er stand auf, sammelte seine Sachen ein und verbarg sie unter dem Bett.

„Ich hoffe doch, dass dein Kammerdiener wenigstens anklopft, bevor er dich mit Brokla-Saft quält oder zum Frühstück ruft? Ein wenig Zeit brauche ich, um mich unters Bett rollen zu können."
„Meistens schon." Lys war nicht gänzlich überzeugt, aber er wollte es selbst zu sehr, dass Kirian bei ihm blieb, darum protestierte er nicht länger, sondern schlief glücklich an der Seite dieses Mannes ein, den er mehr liebte, als irgendjemanden sonst auf der Welt, und kein Albtraum verfolgte ihn, wie in all den Nächten zuvor.

16.

Kirian blieb zwei volle Tage und Nächte bei ihm. Lys gab vor, einen Hörnerstoß erlitten zu haben – so nannte man es, wenn man blitzartig von solchen Schmerzen im Unterrücken überfallen wurde, als hätte man ein Messer hineingestoßen, oder eben, als wäre der Dreigehörnte über einen hergefallen. Kein einziger der Bediensteten wunderte sich darüber, hatte ihr Herr sich doch wahrhaftig verausgabt. Und auch, dass er keinerlei Hilfe annehmen wollte und übellaunig jeden verscheuchte, der sich an die Tür wagte, erschien ihnen nicht weiter seltsam. Adliges Volk benahm sich nun einmal komisch, beharrte auf die Ehre und pflegte den Stolz. Sie brachten ihm heiße Tücher, Kräuterwickel und schmerzlindernde Salben sowie Essen und Getränke und ließen ihn ansonsten in Ruhe.
Das gab den Liebenden Zeit, sich ungestört miteinander zu beschäftigen, was sie nach Kräften ausnutzten. Sie rangen, kämpften und spielten miteinander, sprachen über alles, was sie bewegte und versuchten jegliche Variante körperlicher Lust, die ihnen in den Sinn kam. Dann aber wurden sie beide unruhig. Lys hatte noch viel für seine geplante Feier vorzubereiten und unzählige Pflichten in der Burg und Umgebung zu erfüllen, Kirian

wollte zurück zu seiner Bande. Ihr gemeinsamer Plan beruhte nicht nur auf der Erschaffung einer Legende, Lys wollte den Fürsten falsche Informationen darüber geben, wo sich die Räuber aufhielten. Damit das funktionieren konnte, musste Kirian einige Überfälle in dem Gebiet arrangieren, das er mit Lys abgesprochen hatte.

„Ich muss gehen", verkündete er am Morgen ihres dritten gemeinsamen Tages. Sie lagen noch eng umschlungen unter der Decke, genossen die Wärme und Geborgenheit.

„Ich hatte halb befürchtet, dich schon gar nicht mehr vorzufinden, wenn ich aufwache."

„Das würde ich dir nicht antun, Lys, und mir selbst auch nicht. Abschied nehmen ist die Hoffnung auf ein Wiedersehen, warum sollte ich uns darum betrügen?"

„So habe ich es noch nie gesehen …"

„Ah, ich komme wieder, das ist versprochen!" Kirian küsste ihn flüchtig, dann stieg er aus dem Bett und zog sich an. „Bei deiner Geburtstagsfeier in Purna riskiere ich lieber keinen Auftritt, aber sobald du zurück bist, komme ich her. Wir müssen schließlich absprechen, ob dein Plan aufgegangen ist und wie die fürstlichen Jagdpläne aussehen werden."

„Ich freue mich darauf!" Lys blieb noch liegen und beobachtete seinen Liebhaber lächelnd.

„Und ich mich erst. Außerdem wirst du vermutlich ein wenig Ablenkung brauchen, nachdem du dich mit deinem und meinem Vater vergnügt hast. Von Maruv ganz zu schweigen, der vermutlich nur darauf wartet, dass du ihn bei der Feier ermorden willst."

Lys verzog das Gesicht. „Erinnere mich nicht daran! Schlimmer wird aber Roban sein, er macht immer ein fürchterliches Getue um meinen *Ehrentag*, als wäre es womöglich das letzte Mal, dass er mich sieht."

„Warum ist er eigentlich so? Früher war Roban keine Glucke, das weiß ich genau."

„Es ist eine längere Geschichte, willst du sie wirklich hören?" Lys rollte sich nun auch aus dem Bett. Er wusch sich nachlässig und lachte auf, als Kirian, der in einem Lehnstuhl saß, ihn auf

seinen Schoß zog, nackt, wie er noch war. Er zappelte ein bisschen, versuchte aber gar nicht erst ernsthaft zu entkommen, ließ sich nur zu gerne von Kirians Händen verwöhnen.
„Natürlich will ich sie hören, jedes einzelne Wort!“
„Nun denn … ich war acht Jahre alt, als es geschah. Roban und ich sollten irgendeine Pflicht übernehmen, ich kann mich nicht mehr erinnern, was es war. Irgendetwas, worauf wir keine Lust hatten. Stattdessen rannten wir lieber in die Wälder rings um Corlin, übten mit unseren Schwertern, spielten Verstecken, all so etwas. Nach einiger Zeit wollte mein Bruder zurück. Er wusste, es würde auch so schon Ärger geben, und als Vierzehnjähriger würde sein Ärger deutlich schmerzhafter ausfallen als meiner. Ich wollte aber nicht, und schließlich ließ Roban mich wütend zurück. Wahrscheinlich plante er zu sagen, ich sei allein weggelaufen und er hätte mich die ganze Zeit vergeblich gesucht … Eine Weile bin ich so vor mich hingewandert, bis ich Stimmen hörte. Lachen, Rufe und das Weinen einer Frau. Als ich näher kam, sah ich meine Mutter und mehrere Männer – Soldaten von Rombrug.“ Lys stockte bei der Erinnerung an das, was er damals hatte mit ansehen müssen. „Sie haben sie …“ Er senkte den Kopf, unfähig, weiter zu sprechen.
„Schon gut“, wisperte Kirian und drückte ihn an sich.
„Es dauerte stundenlang. Ich war die ganze Zeit dabei. Als sie mit dem – als sie fertig waren, haben sie meine Mutter zu Tode geprügelt. Danach verschwanden sie, lachten darüber, dass sie so viel Glück gehabt hätten und ihr Herr mit ihnen zufrieden sein würde. Es war schon dunkel, als mich Diener neben ihr fanden und nach Hause brachten. Ich wusste damals nicht einmal, dass wir mit dem Fürstentum Rombrug im Krieg lagen.“
„Jeder hat irgendwann gegen sie Krieg geführt“, stieß Kirian zwischen zusammengebissenen Zähnen hervor. Die gesamte Familie der Rombruger war ausgelöscht worden, nach jahrelangen Kämpfen, in denen so viele gestorben waren. „Wir auch, wie du sicher weißt, wir waren ja sogar kurz mit euch verbündet. Ich erinnere mich jetzt, ich hatte gehört, was deiner Mutter geschehen ist.“ Er sprach bewusst nicht aus, was sein Vater damals

dazu gesagt hatte – es hätte Lys' Abneigung gegen seinen Schwiegervater womöglich in Hass verwandelt.
„Gewiss. Nun, niemand hat damit gerechnet, dass sich Spione bis ans Schloss heranwagen würden. Die Soldaten erkannten meine Mutter und töteten sie, um ihrem Herrn zu gefallen. Wenn sie mich gefunden hätten, wäre es mir ebenso ergangen."
„Oder sie hätten dich verschleppt, um deinen Vater zu erpressen."
„Vielleicht, ja. Nun, ich weiß nicht, ob Roban gestanden hatte, dass wir gemeinsam weggelaufen sind. Ich weiß nur, was man mir später sagte, eben dass meine Mutter allein in den Wald ging, um nach uns zu suchen und dabei gleichzeitig ein paar Heilkräuter zu sammeln. Wären wir im Schloss geblieben, würde sie wahrscheinlich noch leben."
Lys seufzte, um die tief sitzende Trauer und Schuld zu unterdrücken.
„Ich fühle mich schuldig deswegen, aber nicht halb so sehr wie Roban. Er hatte mich überredet wegzulaufen. Er hatte mich zurückgelassen. Wäre er bei mir geblieben, hätte er vielleicht Hilfe holen oder ein Ablenkungsmanöver versuchen können, um Mutter zu retten, während ich einfach nur erstarrt dastand. Er war nicht da, um zu helfen. Und um ein Haar wäre auch ich von den Rombrugern geschnappt worden. Es frisst ihn auf, diese Schuld, bis heute. Seit diesem Tag hat er unermüdlich geübt, bis er einer der besten Reiter und Krieger Onurs wurde. Mit noch nicht einmal sechzehn Jahren zog er mit gegen die Rombruger ins Feld und lehrte seine Feinde das Fürchten. Vater war stolz auf ihn. Ich hingegen …"
„Du warst noch ein Kind, Lys."
„Das hielt er mir auch nicht vor. Er versuchte aus mir einen ebenso starken Krieger zu formen wie Roban, einen stolzen, *echten Corlin*, doch es dauerte sehr lange, bis ich überhaupt wieder bereit war, eine Waffe anzurühren. Mein Vater hatte Angst, ich würde zum Schwächling werden, zum hilflosen Opfer wie meine Mutter, bis er irgendwann überzeugt war, ich sei genau das. Ein Schwächling, eine Enttäuschung." Lys schüttelte traurig den

Kopf, kaute einmal mehr unbewusst auf seinen Lippen herum. „Im Laufe der kommenden Jahre wurde Roban immer mehr zum Beschützer für mich. Er schirmte mich vor Vaters Zorn ab, verhinderte, dass ich mit in den Krieg ziehen musste, als ich eigentlich alt genug dafür war. Es wurde noch schlimmer, als er gefangen genommen worden war und zurückkehrte. Irgendwann wurde es unerträglich: War ich krank, geriet er außer sich. Schlug ich mir ein Knie auf, machte er mir Vorhaltungen. Er hatte unerträgliche Angst, dass ich einfach sterben könnte und es aus irgendeinem Grund seine Schuld wäre. Aber je mehr er mich beschützte, desto mehr verachtete Vater mich. Natürlich trugen die Diener das alles weiter, bis alle Welt mich für ein jämmerliches Wickelkind hielt."

„Ihr Götter", flüsterte Kirian bewegt. „Darum hast du begonnen, deine Ziele nicht direkt anzugreifen, sondern alles von hinten zu erschleichen? Weil es dein offener Trotz war, der dich allein im Wald enden ließ?"

„Das auch, vermutlich. Und dann eben, um zwischen meinem Vater und meinem Bruder bestehen zu können. Seit diesem Tag, Kirian, an dem meine Mutter starb, hasse ich das Intrigenspiel ebenso sehr wie die Standesdünkel, welche Familie nun die bessere ist. Es macht mich nicht besser oder schlechter, einen berühmten Namen zu tragen! Ich will diese verdammte Krone auf meinem Kopf, um es beenden zu können, egal wie."

„Das ist nahezu unmöglich, Lys. Seit Jahrhunderten pflegt der Hochadel seinen Hass untereinander, ringt um Macht und Ländereien."

„Es ist möglich. Die Gesetze müssen geändert werden, Schritt für Schritt. Ja, es wäre gefährlich und mühsam, die Adligen wären nicht erfreut, vor allem die Mächtigen nicht. Man müsste ihnen gleichzeitig Rechte zubilligen und Pflichten auferlegen. Gelder fließen lassen, sie beschäftigen, damit sie gar nicht erst merken, dass ihnen etwas genommen wird. Eben das Recht, willkürlich zu morden und Krieg zu führen. Macht zu gewinnen, indem man seine Gegner vernichtet. Es muss lukrativer sein, das eigene Land zu bewirtschaften und sich mit seinen Nachbarn gut

zu stellen, nur dann wird sich dauerhaft etwas ändern."
„Weißt du, wenn irgendein anderer Mann mir von diesem Plan erzählt hätte, würde ich ihn mitleidig von seinen Leiden erlösen", wisperte Kirian und umarmte ihn besitzergreifend. „Bei dir ist Wahnsinn tatsächlich eine Möglichkeit. Aber Lys, versprich mir, geh es langsamer an."
Fragend blickte Lys ihn an, es geschah selten, dass Kirian so ernst wurde.
„Der Wandel vom hilflosen Wickelkind zum liebestollen Schönling hin zum eisigen, gefühlsleeren Fürsten war unglaublich schnell. Dieser Wandel hatte Methode, man nimmt es hin. Aber du hast dir viele Feinde geschaffen. Du bist der Albtraum der drei mächtigsten Männer Onurs, und viele, die unter dir stehen, wetzen die Messer, in der Hoffnung, dass du jetzt noch jung und unerfahren bist. Du bist auf dem Weg zum nächsten Wandel, zum Streiter für Recht und Ordnung, zum unerbittlichen Rächer. Das passt zu deiner bisherigen Rolle, aber es ist wiederum eine sehr schnelle Entwicklung." Er strich über die Narben an Lys' Armen. „Du hast einen hohen Preis gezahlt, und es hat doch gerade erst begonnen. Geh es langsamer an, Lys. Sollte Elynes Kind ein Junge sein, wird die Gefahr sich vervielfachen."
„Ich weiß. Und ich verspreche dir, dass ich mich vorsehen will. Es ist nur schwer, jetzt, wo alles ins Rollen geraten ist. Manche Entwicklungen geschehen einfach, ohne dass ich sie beeinflusse."
„Sei einfach vorsichtig. Ich will dich nicht verlieren."

17.

Schlaflos wälzte Lys sich durch sein Bett. Seit vier Tagen und Nächten hatte Elyne immer wieder Wehen gehabt, die nach Stunden einfach wieder aufhörten. „Ist schon mal bei der ersten Geburt“, beharrte die Wehenfrau aus einem nahen Dorf, doch die gesamte Burg stand unter höchster Anspannung. Um sich abzulenken, ließ er seine Gedanken wandern.
Die große Feier im Königsschloss war ein unglaublicher Erfolg gewesen. Nahezu jeder war gekommen, der Rang und Namen besaß, hatte die Jagdspiele und Wettbewerbe genossen, die Lys ausrichtete, das vorzügliche Essen und den Waffenstillstand mit all den Feinden. Intrigen wurden gesponnen, einige Duelle ausgefochten, Allianzen geschmiedet, Bündnisse gebrochen. Und alle lauschten eifrig den Geschichten des Gastgebers über diesen Kirian, von dem mittlerweile das ganze Land sprach. Lys‘ Behauptung, er hätte aus einer der höhnischen Bemerkungen dieses Sheruks herausgehört, dass die Bande sich im Gebiet der Seenplatten herumtrieb, die in der Mitte Onurs lagen, deckte sich mit Berichten von Überfällen in genau dieser Gegend. Roban war so entsetzt von dem Vorfall, dass er ein hohes Kopfgeld auf Kirian aussetzte. Alle Adligen, die in diesem Gebiet ansässig waren, schlossen sofort ein Bündnis mit Corlin und Lichterfels, um gemeinsam gegen diese Plage vorzugehen. Zwar begrenzten sich diese Allianzen auf freies Wegerecht und in einigen Fällen Versprechungen, sich mit Soldaten an der Suche zu beteiligen, dennoch war es ein Fortschritt.
Archym, sein Schwiegervater, hatte ihn zur Seite genommen und unverhohlen gefragt, ob er um sein Leben fürchten müsse.
„Es gibt zwei Gründe, Herr, warum Ihr niemals etwas von mir zu befürchten habt“, erwiderte Lys. „Erstens bin ich auf das Trugbild von Elynes Liebe angewiesen, das würde ich verlieren, wenn ich Euch etwas antue. Und zweitens bin ich kein Krieger, wie Ihr sehr wohl wisst. Ich warte lieber geduldig, bis meine Zeit gekommen ist, und lerne bis dahin von Eurer Taktik.“

„Ich glaube Euch nicht. Aber gut, ich werde vorerst nichts unternehmen, was Euch schadet, um meiner Tochter willen. Ich müsste schließlich um ihr Leben fürchten, wenn ich Euch angreifen lasse."
Lys war sich nur zu sehr bewusst, dass der alte Fürst seine Tochter jederzeit opfern würde, wenn er es als notwendig ansah, doch im Moment schien es zumindest, als wäre Archym beruhigt. Der König hingegen gab sich so freundlich und auf großväterliche Weise zuvorkommend, dass Lys sich Sorgen machte. Maruv mochte nicht mehr viel zu verlieren haben, seine große Zeit war längst vorüber. Dennoch, man war nie sicher vor Überraschungen.
Erebos, Lys' Vater, war nicht erschienen. Sein Entschuldigungsschreiben klang aufrichtig, er deutete zwischen den Zeilen schwere körperliche Gebrechen an.
Ihr Götter, Vater ist wirklich ein alter Mann. Und warum sollte er auch gegen mich intrigieren? Die Krone bedeutet ihm gar nichts, Corlins Ansehen steigt durch mein Manöver ...
Es war schön gewesen, Roban zu begegnen. Sein Bruder strahlte wie die Sonne und erzählte begeistert, dass seine Frau nun endlich schwanger geworden war.
„Sie ist etwa drei Monde hinter Elyne, unsere Kinder werden zusammen aufwachsen können, wenn sie beide das gleiche Geschlecht haben."
„Ich hoffe von Herzen auf ein Mädchen, Roban. Es würde vieles erleichtern und gewiss mein Leben verlängern."
„Du wirst mir nicht böse sein, wenn ich auf einen Sohn hoffe? Du weißt, ich hänge an Corlin", hatte Roban grinsend erwidert.
„Dann hoffe ich für dich mit auf einen Sohn und bete für mich um eine Tochter. Vielleicht lieben uns die Götter und erfüllen uns unsere Herzenswünsche? Du weißt, ich würde dir niemals etwas wegnehmen wollen."
Roban hatte ihn umarmt, sichtlich bewegt, und dann verlangt, die grässlichen Narben sehen zu dürfen. *„Hätte ich dieses Pack doch vernichtet! Es war ein Fehler, nicht gegen die Räuber vorzugehen. Ihre Frechheit, Fürsten von Corlin gefangen zu nehmen, zu verspotten und zu foltern, ach, der ganze ehrlose Angriff!"*
Er versprach Soldaten und Geld für die Suche nach Kirian. Am

Ende hatte Lys sehr viel Geld und Mühe investiert und noch viel mehr zurückerhalten, als er gehofft hatte.

Kirian … von ihm hatte er so lange nichts mehr gehört. Immer wieder hatte er sich für zwei bis drei Tage bei Lys eingeschlichen. Dabei sprachen sie die angeblichen Bewegungen der Bande ab, ließen Gerüchte über Kirian mal hier, mal dort auftauchen und genossen ihr Zusammensein. Dann aber rückte die Geburt von Elynes Kind näher, was Lys' Unruhe schürte und ihn unermüdlich an der Befestigung von Weidenburg arbeiten ließ. Die Angst, was alles geschehen konnte, wenn sie einen Jungen gebar, raubte ihm regelrecht den Verstand. Die Strecke zwischen dem Sommerlager der Bande und der Burg war groß, Kirian konnte nicht ständig bei ihm sein, schließlich war er auch seinen Leuten verpflichtet.

Kirian, wo immer du sein magst, ich hoffe, du lebst und alles ist gut. Ihr Götter, ich vermisse ihn …

„Herr?"

Schlaftrunken schreckte Lys hoch und starrte seinen Kammerdiener an. Offenbar war er doch eingenickt, obwohl er sich nur kurz hatte ausruhen wollen.

„Ist alles in Ordnung?", rief er und stürzte beinahe vor lauter Hast, aus dem Bett zu springen, obwohl er noch nicht wach genug war, um seine Beine koordinieren zu können.

„Beide sind wohlauf, Herr, nach all der Aufregung zuvor war es eine sehr rasche Geburt."

Den Rest hörte Lys schon nicht mehr, er rannte die Gänge entlang zu Elynes Gemächern. So, wie alle Bediensteten sich zugleich freuten und ihn sorgenvoll ansahen, ahnte er schon, was er vorfinden würde. Und tatsächlich: Elyne lag weinend in ihrem Bett, das Kind schlief in den Armen der Amme, die Lys vor einigen Tagen in die Burg geholt hatte.

„Ihr habt einen Sohn, Herr", flüsterte die Frau und streckte ihm den Säugling entgegen.

Wie betäubt nahm Lys ihn an sich, betrachtete das winzige Gesichtchen. Noch nie hatte er etwas gehalten, das so hilflos, so

wundervoll und so gefährlich war.
„Lass uns bitte einen Augenblick allein, Anniz“, bat er die Amme und setzte sich neben Elyne auf das Bett.
„Euer Sohn“, sprach er seine Frau an. „Wollt Ihr ihn nicht wenigstens ansehen? Ihr habt ihn all die Monde in Euch getragen, er ist von Eurem Blut.“
Sie hörte auf zu weinen und starrte ihn böse an.
„Er interessiert mich nicht. Ich habe meine Pflicht erfüllt, nicht mehr, nicht weniger. Mit ihm habt Ihr, was Ihr so dringend brauchtet, vielleicht könnt Ihr mich jetzt einfach in Ruhe lassen! Diese Amme soll ihn großziehen. Wenn ich Glück habe, gehe ich im Wochenbett dahin, wie so viele andere Frauen. Ach, es ist alles so grässlich, was habe ich getan, um ein solches Schicksal zu verdienen? Was nur? Ich bin doch gar kein böser Mensch!“
Lys unterdrückte mühsam seine Abscheu und all das, was er ihr vorwerfen wollte.
„Es scheint, Euer Gemüt ist von den Leiden der Geburt überschattet. Anders kann ich mir nicht erklären, wie eine stolze Tochter von Lichterfels sich als solch erbärmlich schwacher Feigling zeigen könnte. Ich werde die Wehenfrau bitten, Euch einen stärkenden Trank zu brauen“, presste er hervor. „Ruht Euch aus.“
„Kein Trank der Welt wird mich zwingen, dieses Balg zu lieben!“, zischte sie, plötzlich wieder wütend.
„Das habe ich auch nicht erwartet. Ihr liebt niemanden, am wenigsten Euch selbst. Äußerst bedauerlich. Ruht Euch aus, Elyne. Sobald Ihr kräftig genug für die Reise seid, schicke ich Euch nach Lichterfels, ob mit oder ohne das Kind. Keine Widerrede! Euer Gejammer ist unerträglich, und ich kann immer noch nicht für Eure Sicherheit hier garantieren.“
Steif erhob er sich, versuchte nicht einmal, seine Verachtung zu verbergen. Sie begann wieder zu weinen, was an seinen Nerven zerrte, darum beeilte er sich, von ihr zu entfliehen.
„Anniz, du schläfst heute Nacht mit dem Kind im Nebenraum“, ordnete er an, als er zu der Amme trat, die gemeinsam mit der Wehenfrau und mehreren Dienerinnen draußen vor der Tür

wartete. „Meine Gemahlin ist sehr geschwächt, ihre Nerven sind zerrüttet. Das Weinen des Kindes wäre schon zu viel für sie. Die Kammerdienerinnen werden dir gerne helfen. Vielleicht könnt Ihr“, wandte er sich dann an die Wehenfrau, „einen Schlaftrunk für sie bringen? Etwas, was sie beruhigt und ihr Kraft schenkt.“
Sie nickte, maß ihn dabei mit einem wissenden Blick, ohne ihre Gedanken auszusprechen. Ihr war klar, dass Elynes Leid nicht mit Schlaf geheilt werden konnte.
Lys machte sich auf den Weg in seine Schreibkammer. Es galt, die Pflichtbriefe zu schreiben, die alle wichtigen Beteiligten über die Geburt seines Erbens informierte.

~*~

Lys drehte sich ruhelos von einer Seite zur anderen. Obwohl ihn das Warten auf die Geburt bereits so viel Schlaf gekostet hatte, fand er auch in dieser Nacht keine Ruhe. Ein Tag war sein Sohn nun auf der Welt, er wurde gut versorgt. Elyne hatte sich heute etwas zugänglicher gegeben, das Kind für einige Zeit an sich genommen. Nun konnte er selbst nichts weiter tun, als abzuwarten. Würden seine Feinde angreifen? Wenn ja, würde es eine Intrige werden? Ein Giftanschlag? Vielleicht erklärte ihm auch einer der rangniederen Landesherrscher den Krieg, als willige Marionette für Maruv oder Archym? Oder würden nun alle darauf lauern, welchen Schritt er als Nächstes geplant hatte, ob er Attentate auf Lichterfels oder den König wagen könnte? War Archym wirklich so besänftigt, wie Lys noch bei der Feier geglaubt hatte? Und Maruv, er war und blieb die größte Gefahr!
Ich war viel zu nachlässig, Elyne hätte das Kind nicht hier bekommen dürfen. Nicht nach dem Anschlag.
Vor einigen Tagen war ein Feuer ausgebrochen, das den gerade neu errichteten Wachturm im Südteil der Burg zerstört hatte. Mehrere Arbeiter waren dabei verletzt worden. Einen Beweis gab es nicht, dennoch war Lys sich sicher, dass dies ein gezielter Anschlag gewesen war, um die Verteidigung von Weidenburg zu schwächen. Das konnte bedeuten, dass seine Feinde ihn zu

überhasteten Schritten provozieren wollten. Das konnte aber genauso gut auf einen nahenden Angriff hinweisen.
Seufzend stand er auf, an Schlaf war im Moment nicht zu denken.
Nur mal frische Luft schnappen, dachte er und warf sich einen dünnen Umhang über. Daneben lag sein Bogen und der gefüllte Köcher.
Ich könnte ja mal wieder im Dunkeln üben. Die Nacht ist hell.
Er hielt den Bogen schon in der Hand, doch dann ließ er ihn wieder sinken.
„Was soll das?“, fragte er sich selbst verwundert. Gute Pfeile waren teuer und nicht leicht herzustellen. Im Dunkeln würden viele verloren gehen, was sinnlose Verschwendung wäre. Außerdem wollte er doch schlafen, Schießübungen hatten Zeit bis morgen.
Was ist mit mir? Ich sollte zurück ins Bett!
Das Gefühl, dass irgendetwas nicht in Ordnung war, hielt ihn auf. Lys strengte seine Ohren an, lauschte auf jedes verdächtige Geräusch, doch alles war still.
Zu still.
Wo war das Stimmengemurmel der Wachen? Das Schnauben der Pferde im Stall, das er sonst stets durch das offene Fenster hörte?
„Himmelsvaters Gnade, ich sehe schon in jedem Schatten einen Seelenfresser!“
Um sich selbst zu befrieden, schnallte er sein Schwert um, griff nach Bogen und Köcher und schlich sich hinaus, um ja niemanden zu wecken.
Wenn einer dumme Fragen stellt? Ay, ich bin der Herr dieser Burg, wenn ich in finsterster Nacht einen bewaffneten Rundgang mache, dann ist das so!
Lys überquerte den Innenhof und eilte zur Südmauer. Wenn überhaupt, würde ein Angriff von dort erfolgen, da hier die Verteidigung geschwächt war.
Das unruhige Gefühl verstärkte sich, als Lys die Verteidigungsanlagen erreichte und sie verwaist vorfand. Wo waren die Soldaten, die hier Wache stehen sollten?

Fieberhaft dachte er nach – heute Nacht hatten jene Männer, die Maruv ihm überlassen hatte, in diesem Abschnitt Wachdienst. Er fluchte lästerlich über das kranke System, das ihn zwang, Soldaten von seinen ranghöheren Feinden in den Dienst zu nehmen, und nur zwanzig eigene Männer pro Jahr anwerben und ausbilden zu dürfen. Eine weitere Maßnahme, die den zu raschen Aufstieg junger Adliger verhindern sollte, sie aber genau dadurch anfällig für Angriffe machte.

So schnell wie möglich kletterte Lys die verkohlten Überreste des Wachturms hinauf. Da das Mauerwerk noch standhielt, konnte er so höher gelangen und einen besseren Blick auf die Außenseite erhaschen als durch die Schießscharten im Wehrgang.

Dutzende Schatten bewegten sich diesseits wie jenseits des Burggrabens. Einer trat kurz ins volle Mondlicht, Lys fixierte ihn und fluchte innerlich. Der Mann trug ein rotes Tuch um den Arm. Das waren Söldner, keinem Landesherren untertan. Wer auch immer Weidenburg angreifen ließ, wollte sich nicht zu erkennen geben.

Er zögerte nicht länger, legte einen Pfeil ein und zielte auf die große Alarmglocke. Allein konnte er hier draußen allenfalls sterben, er brauchte Verstärkung!

Die Glocke war nur fünfzehn Schritt entfernt, sie hing neben dem Tor zum Innenhof. Allerdings könnte sein Pfeil allenfalls ein leises „Pling" erzeugen, auf das niemand reagieren würde. Lys musste das Tau durchtrennen, mit dem die Glocke aufgehangen war. Schon bei Tageslicht ein schwieriges Unterfangen …

Es muss gelingen!

Er ließ alle Gedanken fallen, verdrängte Gefahr, Dunkelheit und Angst, wurde eins mit dem Tau wie mit dem Pfeil und schoss. Treffer! Die Glocke kippte laut klirrend zur Seite, doch noch hielt das Seil. Ob das gereicht haben mochte, jemanden zu alarmieren?

„Da oben!", rief jemand. Armbrustbolzen und Pfeile flogen um Lys' Kopf. Hastig schoss er zurück, ohne zu überlegen. Ein Söldner schrie auf, stürzte in den Burggraben. Es durchfuhr Lys

wie ein Blitz: Er hatte getötet. Zum ersten Mal hatte er einem Menschen das Leben geraubt. Wie betäubt zielte und schoss er weiter, Pfeil um Pfeil, duckte sich unter dem Geschosshagel, der auf ihn niederging.
Runter vom Turm!, dachte er, ohne irgendetwas zu empfinden. Stattdessen drehte er sich um, feuerte einen weiteren Pfeil auf die Glocke ab. Ein heller, weit hallender Ton erklang, und zugleich wurden Schreie und hastige Fußtritte laut – seine Verstärkung kam. Ein Brandpfeil flog auf Lys zu. Aufschreiend ließ er den Bogen fallen und sprang hinab, bekam gerade noch einen verkohlten Balken zu fassen, sonst wäre er zehn Schritt tief abgestürzt. So schnell er konnte, hangelte er sich abwärts auf den Wehrgang.
„Wo sind die Verräter von der Königsgarde?“, fauchte er, als seine Soldaten – viele nur halb angekleidet und schlaftrunken – zu ihm kamen und endlich begannen, den Angreifern ernst zu nehmenden Widerstand entgegenzusetzen.
„Vergiftet, Herr!“ Tomar starrte ihn mit weit aufgerissenen Augen an. „Sie liegen allesamt in der Wachstube, betäubt und bewegungsunfähig. Jemand muss ihnen etwas ins Essen getan haben!“
„Aber warum dann nur die Männer des Königs, warum nicht alle Soldaten?“
Lys blickte zur Turmruine auf. Er hatte ein klares Ziel geboten, die Söldner hätten ihn einfach so erschießen können. Die Pfeile waren ihm nah gekommen, ja. Getroffen hatte kein einziger. Zufall? Glück? Unfähige Angreifer?
„Sie fliehen! Sie fliehen, die feigen Hunde!“, jubelten die Männer um ihn herum.
Ablenkung. Das ist ein Ablenkungsmanöver! Und wer immer dahinter steckt, er hat befohlen, dass ich zu überleben habe!
„Zehn Mann zu mir!“, brüllte er unvermittelt, und raste in fliegender Hast zurück in die Hauptburg. Aus den Augenwinkeln nahm er noch wahr, dass seine gesamte Lichterfelser Eskorte ihm folgte. Offenbar hatte er zumindest ihre Treue gewinnen können.

Die Burg war in Aufruhr, Diener, Knechte und feindliche Söldner wimmelten in allen Gängen. Lys zog sein Schwert und stürzte sich mitten in das Getümmel. Ein muskelbepackter Hüne sprang ihm in den Weg, schlug mit einer Axt nach ihm. Lys rammte ihm brüllend die Klinge in die Brust, ging zusammen mit seinem Gegner zu Boden. Aber schon rappelte er sich wieder auf, zerrte das Schwert aus dem sterbenden Körper und rannte weiter. Wenn er selbst nicht das Ziel war, blieben nicht allzu viele Möglichkeiten!

Er hörte Frauen kreischen und weinen, als er Elynes Gemächer erreichte. Einen Augenblick lang zögerte er, wohin er sich wenden sollte – seine Frau oder sein Kind?

„Ihr, dort hinein!“, befahl er fahrig; dann trug ihn der Instinkt in den kleineren Schlafraum. Vier Männer versuchten, Anniz in die Enge zu treiben, ohne sie zu verletzen – sie hielt das schrill schreiende Kind an sich gedrückt, mühte sich ohne Hoffnung, den Angreifern zu entkommen. Lys hieb auf einen der Söldner ein, alle Ehrengedanken unterdrückend, einen Gegner niemals von hinten anzufallen. *Roban würde mich dafür auf ewig verachten …* Die anderen wirbelten herum, versuchten ihn zu attackieren. Dabei behinderten sie sich gegenseitig, doch ihre schwingenden Waffen drohten auch Anniz zu treffen.

„Runter!“, brüllte Lys ihr zu und verteidigte sich verbissen. Tomar und seine Leute kamen ihm zur Hilfe, und nur Augenblicke später waren die vier Söldner tot.

„Zu Elyne!“, befahl Lys. Sein Herz jagte, ihm wurde bewusst, dass er von fremdem Blut durchtränkt war. Lange würde er nicht mehr durchhalten. Bis jetzt hatten Wut und Anspannung ihn getragen, aber nun schwanden seine Kräfte. Er rannte in den nächsten Raum, um zu Elyne zu gelangen, auch sie vor den Angreifern zu beschützen, die irgendwie in die Burg gelangt waren. Leere begegnete ihm.

Lys taumelte gegen die Wand, seine Glieder waren mit einem Mal schwer wie Blei.

„Herr? Seid Ihr verletzt?“ Tomar packte ihn heftig am Arm.

„Nein.“ Lys wischte sich mit einer zitternden Hand Blut und

Schweiß von der Stirn, riss sich noch einmal zusammen.
„Meine Frau wurde entführt. Folgt ihnen! Versucht sie zu befreien!“
Er selbst rannte voraus, getrieben von aller Entschlossenheit und Kraft, die noch in ihm steckte. „Vier Mann bleiben bei der Amme! Verteidigt sie und das Kind mit eurem Leben!“, befahl er, dann jagte er in Richtung Westtor. Wer auch immer den Angriff befohlen hatte, er kannte alle Stärken und Schwächen der Burg. Von den fürstlichen Gemächern führten Gänge in alle Richtungen, doch das Westtor lag am Nächsten. Lys behielt recht: Elynes Entführer hatten diesen Weg genommen, er folgte ihrer Spur erschlagener Diener und Burgsoldaten. Aber so rasch er auch lief, er holte sie nicht mehr ein. Als er das Tor erreichte, fand er nur zwei tote Wächter vor.
„Zu den Pferden!“, schrie Tomar, doch Lys hielt sie auf.
„Zu spät“, flüsterte er. „Zu spät.“ Der Stall befand sich am Haupttor, über fünfhundert Schritt von hier. Bis sie dort ankämen, die Pferde zumindest aufgezäumt hatten und bereit waren, die Verfolgung zu beginnen, wäre der Vorsprung der Söldner nicht mehr aufzuholen.
„Es dauert noch Stunden bis zur Dämmerung, es hat lange nicht geregnet. Wir werden im Dunkeln kaum Spuren finden. Sicherlich trennen die Männer sich, um falsche Fährten zu legen“, sagte er tonlos, sank dabei erschöpft auf die Knie.
„Bleibt bei ihm!“, befahl Tomar, und wies auf sechs seiner besten Männer. „Ihr anderen, zu mir! Falls noch Söldner in der Burg sind, versuchen sie vielleicht noch einmal, den Jungen zu greifen.“
Lys versuchte aufzustehen, doch alles drehte sich in farbigen Spiralen.
„Herr, Ihr seid verletzt!“, rief eine Stimme aus weiter Ferne.
„Nicht mein Blut“, murmelte er. Dann wurde es dunkel.

18.

Lys erwachte von dem Gefühl, dass ein Riese ihn durchschüttelte wie eine Lumpenpuppe. Mühsam blickte er um sich: Zwei Männer trugen ihn eine Treppe hoch.
„Er wacht auf. Herr? Bleibt ruhig, es ist alles in Ordnung. Wir bringen Euch in den großen Saal."
„Tomar." Lys hasste seinen Körper, der einfach nicht gehorchen wollte. Warum war er plötzlich so schwach? „Das Kind … Elyne … wie viele sind gefallen?" Alle Fragen, die in ihm brannten, stürzten zugleich aus ihm heraus.
„Ruhig, Herr! Die Amme und Euer Sohn sind sicher. Die Söldner sind fort, wir tragen gerade alle Toten und Verletzten zusammen. Mehr weiß ich nicht. Ihr seid verletzt, Herr, am Rücken."
Lys wollte widersprechen, doch jetzt spürte er den brennenden Schmerz unterhalb der linken Schulter. Anscheinend hatte ihn doch jemand erwischt. Erschöpft ließ er den Kopf zurücksinken und hoffte darauf, dass sie bald ihr Ziel erreichten. Der Griff, mit dem seine Träger ihn hielten, schmerzte, das Schaukeln war kaum erträglich. Er dämmerte gequält vor sich hin, bis er zahlreiche Stimmen hörte und spürte, wie man ihn auf einen Tisch legte.
„Was ist mit ihm? Er ist doch nicht etwa tot?", schrie jemand. Aufgeregte Menschen drängten sich um ihn. Lys zwang sich, die Augen zu öffnen. Tomar befand sich in der Nähe und kam sofort, als er hörte, wie sein Herr seinen Namen flüsterte.
„Tomar, sag ihnen, sie sollen mich in Ruhe lassen. Einer wird reichen, mich zu versorgen, es gibt sicher andere, die dringender Hilfe brauchen", wisperte er. „Weckt mich im Morgengrauen, spätestens!" Sein Körper forderte nun mit Macht nach Ruhe, Lys hörte nicht einmal mehr Tomars Antwort, bevor er in todesähnlichen Schlaf versank.

„Herr?“ Widerstrebend rüttelte Tomar an der Schulter des jungen Mannes, der so bleich und erschöpft aussah, selbst im Schlaf. Doch Befehl war Befehl, und vielleicht sah Lys von alleine ein, dass er noch viel länger ruhen sollte. Zum Glück war die Schwertwunde, die sein Herr erlitten hatte, nur ein oberflächlicher Schnitt, der Blutverlust nicht allzu hoch. Doch jeder wusste, dass Lys in der vergangenen Woche kaum Schlaf gefunden hatte, und der Angriff war zwar kurz, dafür aber heftig gewesen. Nur zu gerne hätte Tomar gewusst, was Lys mitten in der Nacht am Südwall gesucht hatte, ohne diese Warnung hätten die Angreifer auch das Kind entführt, und es hätte weitaus mehr Tote gegeben. Diese Fragen mussten allerdings warten, es gab Dringenderes zu klären.
Leise stöhnend schlug Lys die Augen auf und blinzelte ihn verwirrt an.
„Herr, Ihr wolltet geweckt werden.“
Ruckartig schnellte Lys in die Höhe und starrte ihn an. Er war in einen kleinen Raum in der Nähe der Großen Halle getragen worden, nachdem man seine Wunde versorgt hatte.
„Wie viele Tote und Verletzte?“, fragte er, schwang sich von der Liege, auf der er geschlafen hatte. Er schwankte leicht, schien aber entschlossen, das zu ignorieren.
„Siebzehn Tote auf unserer Seite, Herr, hauptsächlich Soldaten, und einige Bedienstete, die wohl versucht haben, sich gegen die Angreifer zu verteidigen. Mit Euch sind es an die vierzig Verletzte, zum Glück nur wenige wirklich ernstlich.“
Lys fluchte laut und griff nach der sauberen Kleidung, die man ihm bereitgelegt hatte. Lediglich rund zweihundert Menschen lebten auf dieser Burg, der Angriff hatte sie wirklich hart getroffen.
„Die Königsgarde?“, fragte er knapp.
„Werden es alle überleben. Die habe ich nicht mitgezählt, falls Ihr das fragen wolltet.“
„Wenn ich herausfinde, welcher Bastard das getan hat!“, flüsterte Lys, und in seinem Blick lag so viel Hass, dass Tomar nicht daran zweifelte, diesmal war es seinem Herrn Ernst.

„Irgendjemand hat zuerst den Südturm niedergebrannt, dann die Wächter vergiftet und, während wir uns dort gesammelt haben, das Westtor geöffnet. Die Torwachen wurden von vorn erschlagen, hatten aber keine Waffen gezogen. Sie haben also ihren Mörder gekannt und ihm vertraut. Es war einer unserer eigenen Leute", fuhr Lys fort.
Tomar nickte nur verblüfft – das hatte er in der Hitze des Gefechts nicht gesehen.
„Herr", begann er dann zögerlich, während Lys sich bereits die Stiefel schnürte. „Herr, was habt Ihr jetzt vor?"
„Ich koordiniere die Verfolgung von Elynes Entführern, gebe dem Burgverwalter schriftliche Befehle und mein Versprechen, dass ich ihn zu Tode peitschen lasse, wenn er nur einen davon missachtet und bringe dann meinen Sohn in Sicherheit. Er war eines der Ziele, mich hingegen hat man verschont, obwohl es zahllose Gelegenheiten für die Angreifer gab, mich zu töten, schwer zu verletzen oder ebenfalls zu verschleppen. Wenn ich mit dem Jungen erst einmal fort bin, seid ihr alle hier sicher."
„Herr, einer der Söldner hat überlebt und verlangt nach Euch. Es wäre wichtig, dass Ihr mit ihm sprecht, ich weiß nicht, wie lange der noch durchhält."
„Dann bring mich zu ihm!", befahl Lys. Er war wieder der vollkommene Fürst, aus Eis und Stahl geschmiedet, und Tomar fand keinerlei Anzeichen, dass irgendetwas davon gespielt war.

Der Gefangene war schwer verwundet, selbst wenn man sich aufrichtig um ihn bemüht hätte, wären seine Stunden gezählt gewesen.
Lys starrte auf den Mann nieder, der bei vollem Bewusstsein war und trotz der immensen Schmerzen, die er litt, den jungen Fürsten sofort erkannte.
„Der edle Herr besucht mich, welch ein Fest", höhnte er.
„Du wolltest mich sprechen, hat man mir gesagt. Fass dich kurz", erwiderte Lys unbewegt.
„Hab 'ne Nachricht. In meinem Wams."
Tomar entdeckte das zerschnittene, blutige Kleidungsstück und

untersuchte es hastig. Ein Stück Pergament, zwar mit Wachs versiegelt, aber ohne erkennbares Insignium, fiel ihm entgegen. Lys nahm es und las die wenigen Zeilen. Er wurde noch blasser, falls das möglich war, Grauen spiegelte sich in seinen Augen.
„Keine Liebesbotschaft, eh?", lachte der Söldner. Lys' Hand krampfte sich um das Pergament.
„Jetzt biste nich' mehr so stolz, ha? Auch euch kriegt man klein!" Der Mann lachte und stöhnte im Wechsel, seine Wunden brachen dabei auf und bluteten so heftig, dass sich Tomars Magen umdrehte.
Lys faltete die Botschaft sorgfältig zusammen, steckte sie in einen Beutel an seinem Gürtel. Dann riss er seinen Dolch hervor, so rasch, dass niemand ihn hindern konnte, und rammte ihn in die Brust des Söldners. Der Mann bäumte sich schnaufend auf, sank dann stumm zurück. Das Lachen war endlich verstummt.
„Ruft mir den Burgverwalter und jeden Truppenhauptmann, der noch auf den Beinen steht", befahl Lys. Seine Stimme schwankte kaum merklich, doch sein Gesicht zeigte keine Regung, als er den Dolch wieder an sich nahm und einem der umstehenden Soldaten in die Hand drückte. „Reinigt ihn! Ich bin in meiner Schreibkammer."
Tomar wollte ihm folgen, doch Lys winkte ab.
„Ihr sammelt Eure Männer. Sofort!"
Einen Moment lang zögerte er, dann eilte er seinem Herrn hinterher.
„Euer Edelgeboren? Es war ein Akt der Gnade. Ihr habt dem Mann Stunden voller Qual erspart."
Lys blieb stehen, ohne sich umzuwenden.
„Ich weiß. Es war trotzdem meine Hand, mein Hass, meine Wut. Nichts kann das ändern."
Tomar blickte ihm nach, wie er die Treppen hinaufjagte, immer drei Stufen auf einmal nehmend.
So lange Ihr das wisst, Herr, bleibt Ihr der Mann, zu dem ich aufblicke …

19.

Anniz band sich den neugeborenen Erben des Hauses Corlin-Lichterfels an den Körper. Das breite Tuch schützte und wärmte das Kind, stützte das empfindliche Köpfchen ab; es würde verhindern, dass es ihr während des Rittes aus den Armen fiel. Die Amme fürchtete sich nicht davor, ins Ungewisse zu reisen, ihr war es vollkommen gleich, wo sie sich um den Jungen zu kümmern hatte. Doch vor dem Reiten fürchtete sie sich sehr. Zeit ihres Lebens, immerhin fünfunddreißig Jahre mittlerweile, war sie zu Fuß gegangen, allenfalls mal hinten auf einem Ochsenkarren mitgefahren. Pferde, das waren diese Luxusgeschöpfe der Reichen und Adligen, der Händler und Großbauern. Und so näherte sie sich dem Pony, das man ihr zugedacht hatte – ein sanftes, ruhiges Tier – mit äußerster Vorsicht. Ihr Herr saß bereits auf seinem Hengst, umgeben von nahezu allen Bewohnern der Burg, die unverletzt geblieben waren. Alles war bereit. Es musste sein! Das Kind musste in Sicherheit gebracht werden, fort von hier, wo es Gefahr für alle Menschen bedeutete, egal wie unschuldig es war. Niemand außer dem jungen Fürst selbst wusste, wo dieser Ort sein würde. All die wichtigen Leute hatten den Herrn bedrängt, doch zumindest die Richtung anzudeuten, damit man wusste, wo man nach ihm suchen sollte, falls er verloren ging. Doch er beharrte darauf, es geheim zu halten.

Recht hat er! Je weniger es wissen, desto weniger können was verraten.

Anniz riss sich zusammen und versuchte herauszufinden, wie man auf eine solche Kreatur kletterte, ohne sich das Kleid zu zerreißen oder einfach hinten überzukippen.

„Anniz, kannst du reiten?“, fragte Lys mit gerunzelter Stirn.

„Nein, Herr, aber ich werde es lernen“, erwiderte sie tapfer.

Seufzend sprang Lys zu Boden und schnallte die Satteltaschen wieder ab.

„Bringt mir den Weißen, das hat ja so keinen Sinn“, befahl er.

„Herr, mit dem Weißen ist es unmöglich, noch ein Handpferd zu

bändigen, aber mit nur einem Pferd könnt Ihr nicht genug Ausrüstung mitnehmen“, sagte der Burgverwalter.
„Es ist Sommer, ich kann auf eine Decke verzichten. Der Wald bietet einiges an Nahrung. Ich werde auch ohne Proviant nicht verhungern, es reicht, wenn genug für Anniz dabei ist. Ohne sie verhungert mein Sohn.“
Der Weiße, das war ein riesiges Kaltblutpferd, stark und ausdauernd. Mit ihm konnte man weder Rennen gewinnen noch Eindruck schinden, aber er würde zwei Erwachsene, das Kind und einiges an Ausrüstung tragen können, ohne zu ermüden.
„Heilige Mutter!“, wisperte Anniz ehrfürchtig, als sie neben dem Tier stand. Ihr Kopf befand sich mehr als zwei Fingerbreit unter der Kruppe.
„Nun, rauf mit dir!“ Lys hob sie mitsamt dem Kind hoch in den Sattel und schwang sich dann hinter sie.
„Schickt die Boten sofort los“, mahnte er Tyore, den Verwalter ein letztes Mal. „Corlin, Lichterfels und der Königshof müssen erfahren, dass ich Weidenburg verlassen habe. Sagt es jedem, den ihr seht, schreibt es auf ein Banner und hängt ihn über die Burgmauer, wenn es sein muss. Euer aller Leben hängt davon ab. Und Ihr, Tomar, habt Eure Befehle.“ Damit trieb er das Pferd an, bis es in einen langsamen Zockelschritt fiel. Man brauchte viel Kraft, um dieses Tier zu reiten, und stets beide Hände an den Zügeln.
Zehn Soldaten waren schon vor einer Stunde ausgeritten, um der inzwischen kalten Fährte der Angreifer zu folgen. Tomar und seine Männer sollten in der Burg die Stellung halten, den Verwalter beaufsichtigen, dass der die Reparaturarbeiten weiterführte und gleichzeitig versuchen, den Verräter in ihren eigenen Reihen zu finden.

Anniz bemühte sich, ein wenig Abstand von dem Körper hinter ihr zu halten, doch das war schlicht unmöglich. Es beschämte sie, so dicht an einem solch hohen Herrn zu sitzen, dass sie seinen Herzschlag im Rücken spüren konnte – so etwas gehörte sich einfach nicht! Es war ja schon unanständig genug, dass ihr

Kleid in dieser Haltung über die Knie rutschte.
„Entspann dich, Anniz, sonst wird das Pferd nervös. Es wird eine weite Reise", flüsterte er ihr zu, als sie die Burg verlassen hatten. Sie spürte, wie seine Arme an ihrer Seite zitterten.
„Herr?"
„Du wirst jetzt sehr schnell reiten lernen müssen, Anniz. Es gibt nicht allzu viel zu beachten bei einem solch gemütlichen Exemplar und einem geraden Weg voran, aber es kostet Kraft. Morgen früh darfst du mich verfluchen."
Lys erklärte ihr geduldig, wie sie den Weißen mit den Schenkeln antreiben musste, wie sie das Tier dazu bringen konnte, anzuhalten – am schnellsten dadurch, dass sie es nicht mehr beständig antrieb – oder zur Seite zu gehen. Dabei wurde seine Stimme stetig leiser, die Aussprache verwaschen und gedehnt; immer häufiger stockte er, sackte in sich zusammen, um mit einem Ruck hochzufahren und den Satz hastig zu beenden.
„Jetzt du", nuschelte er irgendwann und überließ ihr die Zügel. Anniz spürte schnell, was ihr Herr gemeint hatte, als er von Kraft sprach: Sie musste Muskeln anspannen, die niemals zuvor so viel gearbeitet hatten, um dieses riesige Tier in Bewegung zu halten.
„Es tut mir leid, Anniz, ich … verlange … zu viel."
Er sank gegen ihren Rücken, legte den Kopf auf ihre Schultern.
„Entschul… Wenn ich … zu schwer … dann … weck …"
„Schon gut, Herr. Ruht Euch aus." Anniz rückte sich im Sattel zurecht, bis sie bequem sitzen und gleichzeitig das Gewicht des erschöpften Mannes und des Kindes ertragen konnte. Zum Glück war sie eine starkknochige Frau, kein zartes Wesen, während ihr Herr zwar groß, aber nicht schwer war.
Anniz dachte kurz an den Morgen, der ihr gesamtes Leben verändert hatte. Sie war noch vor Sonnenaufgang aufgestanden, um den Marsch von fünf Meilen bis zum nächsten Städtchen zu bewältigen, dort einen Tagelöhner anzuwerben und dann rasch zum Hof zurückzukehren. Gemeinsam mit ihrem Mann, ihren Kindern, den Schwiegereltern und einem Knecht bewirtschaftete sie ein kleines Stück Land. Es reichte zum Leben, was sie der

Erde abrangen, und es war kein schlechtes Leben, erfüllt von Arbeit und nicht allzu vielen Sorgen. Als sie mit dem Tagelöhner, der bei der Ernte helfen sollte, zum Stadttor kam, sahen sie bereits die riesige Rauchsäule. Anniz wusste sofort, es war ihr Zuhause, das dort in Flammen stand. Sie rannte die gesamte Strecke wie vom Dreigehörnten getrieben, kämpfte anschließend stundenlang gemeinsam mit dem Arbeiter und einigen Nachbarn darum, irgendetwas zu retten, doch alles verbrannte: das Haus, der kleine Stall mit Ziegen und Hühnern, ihre gesamte Familie, einschließlich ihrer kleinen Tochter, noch keine eineinhalb Jahre alt, die sie noch gestillt hatte. Nichts blieb zurück. In der Nacht durfte sie bei Nachbarn bleiben, dann erschien der junge Corlin, dem das Land gehörte. Anniz hatte finstere Geschichten über diesen Mann gehört – dass er mit den Schattenfressern paktiere; dass er ein Wechselbalg sei, der Sohn einer grässlichen Hexe; dass er sein Herz einem der Drachen gegeben hatte, die angeblich in den Eisenbergen hausten, und dafür nun einen magischen Eiskristall in der Brust trug, der ihm Schönheit, Macht und ewige Jugend schenkte. Er schien tatsächlich von einem Frosthauch umgeben, als er nach dem Geschehen fragte, sich die verkohlten Überreste des Hofes ansah und sogar hineinging. Anniz erinnerte sich an jeden Moment, an jedes einzelne Wort …

„Die Tür des Küchenofens steht offen“, sagte er, als er rußverschmiert und hustend zurück ins Freie kam. Im Arm trug er den verbrannten Körper ihres kleinen Mädchens, den er ihr übergab. „Sie lag davor, irgendwie muss sie es geschafft haben, den Riegel zu öffnen.“
„Aber Herr, dadurch brennt doch nicht alles ab! Oder hattest du hoch angefeuert, bevor du gegangen bist, Anniz?“, fragte Willar, der Bauer, bei dem sie untergekommen war. Sie schüttelte nur den Kopf, innerlich zu leer, zu betäubt, um weinen zu können.
„Vielleicht hat sie etwas hineingeworfen und es gab eine Stichflamme? Es muss sehr schnell gegangen sein. Ich habe kurz in die beiden anderen Räume gesehen, alle anderen sind wohl in ihren Betten gestorben, ohne zu erwachen.“ Mitleid und tiefe Traurigkeit zeichnete das schöne Gesicht, und jeder Frosthauch war verschwunden. Es war leichter für Anniz, über solche

Dinge nachzudenken, als über ihre verlorene Familie.
„Was geschieht denn nun?", fragte Willar sachlich.
„Lass mich mit Anniz allein sprechen, dann entscheide ich", erwiderte der junge Fürst.
„Ich weiß, du möchtest im Moment nicht an die Zukunft denken, während du noch deine Vergangenheit im Arm hältst", sagte er behutsam, sobald sie allein waren.
„Ich werde kein neues Haus bauen, Herr", stieß Anniz hervor. „Gebt das Land, an wen Ihr wollt. Vielleicht kann ich bei Willar bleiben, als Magd. Ich werde meine Familie begraben und dann sehen, wo ich arbeiten kann."
Er musterte sie intensiv. Nicht abschätzig, als würde er den Wert einer Ware abwägen, sondern mehr, als suche er nach Worten, um eine schwierige Frage zu stellen. Er errötete sogar, was ihm etwas Jungenhaftes, Anrührendes verlieh und murmelte schließlich:
„Anniz, ich sehe, dass du noch gestillt hast." Sie blickte kurz auf ihr schmutziges Kleid, das Flecken von austretender Muttermilch aufwies.
„Du scheinst kein wirkliches Ziel zu haben. Könntest du dir vorstellen, nach Weidenburg zu kommen? Ich habe noch keine Amme für meine Frau gefunden, die schon bald niederkommen wird."
Sie zögerte kurz, und er fuhr hastig fort: „Natürlich, wenn der Gedanke, ein fremdes Kind zu nähren, zu schmerzlich ist … du könntest es dir in Ruhe überlegen. Ich brauche auch noch helfende Hände in der Küche und im Stall, und du wärst weit fort von den Erinnerungen hier."
„Herr, ich danke Euch. Es wäre mir eine Ehre, Eurer Frau als Amme zu dienen, ich war nur in Sorge, ob ich die Milch so lange erhalten kann."
Damit war es entschieden gewesen. Der junge Herr verteilte das nun freie Land an ihre ehemaligen Nachbarn, ließ alle Dokumente aufsetzen und unterzeichnen und hatte sogar an der Totensegnung teilgenommen, wieder in eisiger Beherrschtheit. Danach ritt er zur Weidenburg, während Anniz von Willar gefahren wurde, mit seinem Ochsengespann. Man war stolz auf sie, dass sie nun bei den hohen Herrschaften arbeiten durfte. Anniz kümmerte das Gerede nicht. Sie wollte nur so rasch wie möglich fort von hier, egal wohin.

Es war erst so wenige Tage her, doch es schien so fern zu sein, als wäre es in einem anderen Leben geschehen. Anniz schreckte aus ihren Gedanken hoch, als das Kind aufwachte. Sie wischte sich rasch die Tränen ab, schob das hungrig suchende Kind mit einer Hand an die Brust, trieb dann den Weißen, der die Gelegenheit zum Grasen genutzt hatte, mit schmerzenden Beinen weiter. Ihr Herr schlief noch immer, seine Arme ruhten auf ihren Schenkeln. Fürsorglich vergewisserte sie sich, dass er nicht vom Pferd fallen konnte.
Seltsam. Ob ich so in Trauer erstarrt bin?, dachte sie, als ihr aufging, dass sie nichts als Fürsorge empfand. *Es ist mehr, als hätte ich da noch ein Kind, das mir auf dem Rücken hängt und eben etwas lang geraten ist, als einen stattlichen jungen Mann …*

20.

Nach über einer Woche ununterbrochener Reise lenkte Lys den Weißen zu der Wasserstelle, an der Roban und er im vergangenen Herbst überfallen worden waren.
„Von hier aus musst du mit verbundenen Augen weiter“, sagte er zu Anniz. Sie hatte ihn kein einziges Mal gefragt, wohin sie gingen, aber nun starrte sie ihn vorwurfsvoll an.
„Herr, Ihr könnt mir vertrauen“, protestierte sie.
„Ich weiß, Anniz. Aber man tötet dich vielleicht, wenn du mit offenen Augen reitest und den Weg verraten könntest, denn diejenigen, zu denen wir unterwegs sind, wissen das eben nicht.“
Widerstandslos ließ sie sich ein Tuch umlegen, ohne weitere Fragen zu stellen, wofür Lys dankbar war. Der schwierigste Teil der Reise lag nun vor ihm: Er musste sich an einen Weg erinnern, den er vor fast einem Jahr mit ebenso verbundenen Augen hinter sich gebracht hatte, während er benommen vor Schmerz und Angst bäuchlings über einem Pferd gehangen hatte und Robans Schimpftiraden lauschen musste.

Ich wünschte, du wärst hier, Bruder!

Langsam trieb er den Weißen in den Wald hinein. Seine Hoffnung, bereits hier auf Mitglieder der Bande zu stoßen, erfüllte sich nicht. Und eigentlich fürchtete er sich auch mehr davor, denn die schlimmste Prüfung lag am Ende des Weges …

„Herr, es macht mir Angst, nichts zu sehen!“, sagte Anniz leise.

„Ganz ruhig. Versuch ein wenig zu schlafen, es wird noch Stunden dauern, bevor wir das Ziel erreichen.“

Folgsam lehnte sie sich gegen seine Schulter, wie so oft während der letzten Tage. Lys blickte auf sie herab, überrascht, wie vertraut sie ihm geworden war. Diese kleine, dralle Frau mit ihren honigblonden Zöpfen, der sonnenverbrannten Haut, die immer nach Milch und dem Kräutertee roch, den sie bei jeder Gelegenheit trank, sie war eine weitaus angenehmere Gesellschaft als Elyne. Ihm wurde bewusst, dass er seit Tagen nicht mehr an seine Gemahlin gedacht hatte, dieses komplizierte Geschöpf, das immer nur jammerte oder Gift versprühte. Elyne war schön, gewiss, ihre milchweiße Haut, das zarte, ebenmäßige Gesicht, alles an ihr erfreute das Auge. Doch ansonsten … Zwar konnte man mit Anniz keine tiefgründigen Gespräche führen, sie besaß keinen Funken Bildung und ihr Denken kreiste um einfache Dinge wie Essen, Schlaf und die Versorgung des Kindes. Und trotzdem, in ihrer Nähe fühlte Lys sich geborgen, als wäre sie auch seine Mutter, und nicht nur die Amme seines Sohnes.

Himmel, das Kind braucht einen Namen. Sonst bleibt er noch für den Rest seines Lebens nur „Sohn“, und dann? Und jetzt konzentrier dich, Lys. Wie war das? Erinnere dich. Lange Zeit nur geradeaus, immer geradeaus, bis wir an einen Bach kamen. Es war flaches Wasser, ich habe nur einige Spritzer abbekommen.

Lys schloss die Augen und ließ den Weißen den Weg alleine wählen, solange er dabei geradeaus lief. Ihm war bewusst, dass die Räuber möglicherweise einen sanften Bogen geschlagen hatten, den er nicht gespürt hatte. Doch er musste es versuchen, es war die einzige Möglichkeit, Anniz und das Kind in Sicherheit zu bringen!

Mit aller Macht versenkte er sich in die Vergangenheit, in jenen

Tag hinein. Er hatte sich mit ebenso viel Kraft an diesem Tag bemüht, jede einzelne Bewegung des Pferdes in sich aufzunehmen, sich jedes Vogelzwitschern, die Sonne auf seinem Rücken, einfach alles zu merken. Dieses Spiel hatte er als Kind oft mit Roban getrieben. Der hatte ihm immer wieder die Augen verbunden und ihn irgendwohin geführt, dort etwas versteckt, was Lys lieb und teuer war, und ihn dann wieder nach Hause gebracht. Auf diese Weise verlor Lys zahllose Kostbarkeiten, etwa sein erstes Holzschwert, eine Perle, die ihm seine Mutter gab, als er sie so bewunderte, seine Soldatenfiguren, die Roban für ihn geschnitzt hatte, und vieles mehr. Doch er meisterte rasch die Kunst, sich auf andere Sinne als seine Augen zu verlassen und irgendwann gelang es ihm, nicht nur alles zu finden, was Roban versteckte, sondern auch die meisten verlorenen Schätze zu bergen. Ihr Vater wusste nichts von diesem Spiel, er hätte einiges dagegen gehabt, einen kleinen Jungen von kaum sieben Jahren allein durch den Wald laufen zu lassen. Es endete abrupt, als ihre Mutter starb, doch Lys war sich sicher, dass er diese Kunst nicht völlig verlernt hatte.

Das leise Murmeln von Wasser begrüßte ihn, Lys entspannte sich etwas. Es war leicht, die Senke zu finden, die von den Räubern benutzt wurde, hier fanden sich zahlreiche Fußspuren. Eine Weile konnte Lys dieser Fährte folgen, doch dann wurde der Boden wieder trocken, und keine Spuren verblieben, die er hätte erkennen können. Er war nur selten auf die Jagd gegangen, er wusste nichts darüber, wie man aus winzigen Zeichen herauslas, wohin die Beute sich gewandt hatte. Also schloss er wieder die Augen und sank zurück in die Erinnerung.

Hügel. Sanfte Steigungen und Senken, mehr Unebenheiten als alles andere. Der Duft von Nadelbäumen und weicher Boden, der die Tritte der Pferde dämpfte.

Und da war es auch schon, hohe Kiefern und Fichten beherrschten diesen Teil des Waldes, das Gelände stieg leicht an. Lys trieb das Pferd über die Bodenwellen und offenen Wurzeln und folgte so dem Weg aus der Erinnerung: den Abstieg in tieferes Gelände, vorbei an Holunder- und Brombeerbüschen.

Nach rechts wenden, und dann für lange Zeit durch lichteren Wald – er hatte die Sonne im Nacken gespürt. Durch dichtes Gestrüpp, wo Roban beinahe explodiert wäre, als er mit den Händen in Brennnesseln geriet. Und wieder hinauf, diesmal steilere Hänge. Mehrmals war er gezwungen umzukehren, da er merkte, dass er zu weit vom Weg abgekommen sein musste. Sie rasteten kurz, als der Kleine sich meldete, Anniz schimpfte, weil sie auch jetzt die Augenbinde nicht abnehmen durfte, doch Lys wollte kein Risiko eingehen, und rasch zog es ihn weiter. Der Boden war hier matschig, so wie in seiner Erinnerung, die Kronen der Laubbäume waren hier so dicht verwoben, dass kein einziger Lichtstrahl die Erde traf. Hier war er unsicher, da die Räuber zwischen den eng stehenden Stämmen marschiert waren. Er hielt sich geradeaus, bis er irgendwann einen Punkt erreichte, wo er nicht mehr wusste, wo er war.

Hier muss doch irgendwo der felsige Untergrund sein, wo wir die Linkskehre genommen haben!

Nach zwei Stunden vergeblicher Suche verlor er fast den Mut. Doch da stand er plötzlich vor einer Felswand, die den Weg blockierte, und man nur noch nach links ausweichen konnte.

Das muss es sein! Von hier aus ein kurzes Stück, und dann sind wir da!, jubelte er innerlich.

„Bitte Herr, ich habe Angst, ich kann das nicht mehr!“, klagte Anniz zum fünften Mal.

„Ist gut. Nimm sie ab.“ Lys blickte sich noch einmal prüfend um, horchte in sich hinein. Ja, er war sich sicher, sie befanden sich in der Nähe des Lagers. Die Luft roch hier leicht schwefelhaltig, es musste heiße Quellen in der Nähe geben – ein weiteres Indiz.

„Wir müssten bald da sein, und du würdest den Weg sowieso nicht mehr allein finden.“ Erleichtert zog sie sich das Tuch von den Augen.

„Nein, Herr, ich weiß nicht einmal, in welche Himmelsrichtung wir laufen oder seit wie vielen Stunden wir schon unterwegs sind.“

„Lass uns hier noch einmal kurz rasten, sieh nach dem Jungen.

Danach reiten wir das letzte Stück."
Er trank nur einen Schluck Wasser, obwohl er völlig verausgabt und halb verhungert war – er überließ Anniz die letzten Essensvorräte und wartete geduldig, bis sie das Kind versorgt hatte. Sie schimpfte leise mit ihm, er hatte auf der gesamten Reise nur wenig gegessen und alles ihr zugeschoben, damit sie die Kraft behielt, gleich zwei Körper zu nähren. Er kümmerte sich nicht darum, grinste nur leise über sich selbst – er genoss es mit allen Sinnen, von ihr bemuttert zu werden. Roban würde Feuer spucken, wenn er das wüsste! Rasch half er ihr, den Kleinen zu wickeln und alles einzupacken, dann band er ihr das Kind wieder fest an den Körper und hob sie zurück auf das Pferd. Schon nach einer halben Stunde in langsamen Schritt zügelte er das Tier allerdings erneut. „Ganz leise jetzt", wisperte er Anniz zu. „Wir werden gleich angegriffen werden, bleib auf dem Pferd, bis man dir etwas anderes befiehlt! Und vor allem, versuch nicht einzugreifen, ganz egal, was mit mir geschieht." Er glitt aus dem Sattel und griff nach dem Zügel. Es krachte seitlich von ihnen im Unterholz.
Mit schreckensbleichem Gesicht presste Anniz das Kind an sich. Dann ging alles schnell: Zwei Männer brachen aus dem Dickicht hervor, schleuderten Lys zu Boden, entrissen ihm die Waffen und drückten ihn nieder, ein Dritter packte das Pferd am Zügel, hielt es davon ab, zu scheuen, der Vierte drohte Anniz mit dem Säbel.
„Wer seid ihr, und was macht ihr hier?", zischte eine raue Stimme, die Lys nicht erkannte. Ein harter Schlag traf ihn zwischen den Schultern, der ihm die Luft aus den Lungen trieb, dann wurde er an den Haaren gepackt und hochgerissen. „Wer seid ihr? Rede!" Eine Faust wurde in seinen Unterleib gerammt, nicht so stark, dass es ihn verletzen konnte, doch er krümmte sich vor Schmerz zusammen.
„Hört auf! Hört auf, ihr Narren, das ist der junge Corlin!", rief plötzlich jemand. Lys stöhnte benommen und sackte in sich zusammen, als man ihn losließ.
„Bei allen Seelenfressern, wie hast du uns gefunden?" Lys wurde

in eine Knochen brechende Umarmung gezogen.
„Albor, du bringst mich um“, keuchte er. „Es ist eine lange Geschichte. Ich muss zu Kirian.“
Der ältere Mann ließ ihn los und starrte ihn bekümmert an.
„Junge, du hättest nich’ kommen dürfen. Wie hast du nur den Weg gefunden?“
„Albor, ich kenne das Gesetz, ich bin nicht aus Sehnsucht hier. Ich muss sofort zu Kirian“, beharrte Lys. Seufzend fuhr sich der Räuber durch den Bart und schüttelte dann den Kopf.
„Er wird toben, Lys. Was du ihm damit antust … Aber wahrscheinlich weißt du das ganz genau. Ist es das wert?“
„Ja, Albor. Ich wäre nicht hier, wenn es anders wäre. Und bitte, rührt die Frau nicht an. Sie hatte die Augen verbunden, bis auf das letzte Stück hier, ab der Felswand. Sie würde den Weg nicht finden oder verraten können, ich schwöre es.“
„Das liegt nicht in meiner Hand, Kleiner“, murmelte Albor düster und befahl dann: „Ramin, nimm du das Pferd. Ah – wer ist die Frau eigentlich?“
„Die Amme meines Sohnes“, erwiderte Lys, während er von zwei Männern, deren Namen er noch nicht kannte, vorangeschubst wurde. Offenbar hatte niemand den Mut, ihn zu fesseln, man ließ ihn frei laufen. Alle Räuber tauschten entsetzte Blicke über seine Worte, aber sie schwiegen. Jeder von ihnen wusste Bescheid, was dieser einfache Satz zu bedeuten hatte.
Im Lager trennten sie sich, Albor führte Anniz in eine Hütte, die anderen führten Lys weiter.
„Was geschieht mit ihm?“, fragte sie verängstigt und beugte sich unbewusst schützend über das schlafende Kind. „Um welches Gesetz geht es hier?“
„Hat er dir das nicht gesagt? Jeder, der unser Lager findet, muss sich entweder der Bande anschließen und Kirian bedingungslose Treue schwören; oder sterben.“
„Kirian? DER Kirian? Den mein Herr mit aller Macht verfolgen lässt?“ Anniz’ Augen wurden riesengroß.
„Ja. Dein Herr – nun, er steht Kirian ziemlich nah. Wirklich nah, wenn du verstehst. ’s was komplizierter, das alles. Aber das

Gesetz gilt trotzdem, auch für ihn. Er muss sterben. Weil, Treue schwören würde bedeuten, dass er als Räuber hier bleibt und so, und das macht der sicher nich' … auch wenn's Kirian gefallen würde." Traurig schüttelte Albor den Kopf. „Verdammte Schande, der Kleine hat mir das Leben gerettet. Nun, ich muss dich erst mal allein lassen, bis das hier geklärt ist. Wenn du was für dich oder das Kind brauchst, frag einfach danach, ja? Du hast nichts zu befürchten. Kindern tun wir eh nich' weh, und du bist als Amme lebenswichtig, ne? Keiner von uns wird dir ein Haar krümmen oder dich belästigen."
Damit floh Albor, um nicht länger den vorwurfsvollen Blick der Frau ertragen zu müssen. Sein Sheruk würde ihn brauchen, das war gewiss!

~*~

„Bist du eigentlich vollkommen wahnsinnig?", brüllte Kirian, und schlug Lys mit der flachen Hand ins Gesicht, mit so viel Wucht, dass der erschöpfte junge Mann gegen die Wand stürzte und von dort langsam zu Boden sackte. „Was hast du geplant, Lys? Was? Welches Spiel treibst du jetzt schon wieder?" Kirian packte ihn, schüttelte ihn durch, zu wütend, um auf seine Leute zu achten, die ihn zurückzuhalten versuchten. „Du weißt doch, was dich erwartet, das Gesetz gilt für mich genauso wie für jeden anderen!"
„Sheruk, hör auf, du bringst ihn um! Jetzt wart' doch erst mal, was er sagt!"
Mit geballten Fäusten schnellte Kirian zu dem Räuber herum, der versuchte, zu ihm durchzudringen.
„Raus, alle!", schnaubte er, und sie flohen vor seinem Zorn. Doch als er sich wieder zu Lys umwandte, hatte er sich unter Kontrolle und sank schwer atmend neben seinem Liebsten nieder, der ihn still ansah.
„Sag es mir, Lys, warum? Was willst du erreichen?"
„Sicherheit für meinen Sohn. Es gibt in ganz Onur keinen Ort mehr, an dem ich ihn lassen könnte. Nur bei dir kann ich darauf

vertrauen, dass meine Feinde ihn niemals finden und seine Hüter ihn nicht ausliefern."

„Sprich weiter", befahl Kirian, als Lys einen Moment lang die Augen verdrehte. Das bleiche, ausgezehrte Gesicht, die tiefen Ringe unter den Augen erschreckten ihn, es war offensichtlich, wie kurz Lys vor dem Zusammenbruch stand.

„Vor neun Tagen wurde Weidenburg angegriffen. Es waren Söldner, die sich einen harten Kampf mit uns lieferten. Ich habe mehrere getötet." Für einen Herzschlag flackerte blankes Entsetzen über Lys' Züge. Kirian konnte es ihm nachfühlen, griff nach seiner Hand und drückte sie stumm. Er selbst hatte sich geschworen, an dem Tag, an dem er töten konnte, ohne es zu bedauern, Selbstmord zu begehen.

„Ich verhinderte, dass sie Anniz und den Jungen greifen konnten, der erst einen Tag zuvor geboren worden war. Doch Elyne ist ihnen in die Hände gefallen. Einer der Söldner, der gefangen wurde, lachte mich aus und übergab mir ein Schriftstück. Es war ein Befehl an mich, für den Fall, dass der Angriff fehlschlagen würde. Darin stand, wenn mir das Leben meiner Frau und all derer, die in der Burg wohnen etwas bedeutet, solle ich sofort mit meinem Sohn nach Sorala reiten und das Kind Graf Inur übergeben."

„Sorala?" Kirian schüttelte den Kopf. „Der Graf ist nur …"

„… eine Marionette, ganz genau. Er wird von jemand anderem benutzt. Jemand, der offenbar nicht mich töten will, sondern nur meinen Erben. Lediglich drei Boten sind ausgeritten, um die Geburt zu verkünden, nach Corlin, nach Lichterfels und zum König. Ich weiß nicht, wer den Angriff befohlen hat, aber derjenige muss ihn schon länger geplant haben, für den Fall, dass Elynes Kind ein Junge wird. Ihr Götter, ich hatte mit Intrigen gerechnet, aber nicht mit so etwas!"

„Und du bist ganz sicher, dass du deine eigene Familie nicht ausschließen kannst?", hakte Kirian nach. „Ich meine, warum sollte dein Vater so etwas tun?"

„Mein Vater ist kein Taktiker, nie gewesen. Er war immer ein Krieger, und von Kopf bis Fuß von Adel, aber das Intrigenspiel beherrscht er einfach nicht. Er hat nicht verstanden, welche Folgen es haben würde, wenn ich Elyne heirate, für ihn war es nur ein günstiges Bündnis, das Corlins Position erheblich nach vorne bringt. Die Nähe – meine Nähe zum Thron, und welche Macht ich dadurch plötzlich erhalte, dürfte ihm erst aufgegangen sein, nachdem jeder andere es längst wusste. Er hält nicht viel von mir, ich als König, das dürfte ihm Albträume bereiten … vielleicht stark genug, um seinen eigenen Enkel umzubringen. Ich kann nicht sicher sein. Mein Fehler, ihn zu unterschätzen. Ihr Götter, ich weiß es nicht. Es könnte jeder gewesen sein. Dein Vater, mein Vater, der König, irgendein Adliger, der einen der Boten abgefangen hat. Verdammt, es könnte Elyne selbst gewesen sein, sie hasst das Kind."

Lys lehnte den Kopf an die Wand, am Ende seiner Kräfte. „Es tut mir so leid, dass ich dich in eine solche Lage zwinge, aber ich wusste keinen anderen Ausweg. Nicht einmal vor irgendeiner Bauernkate hätte ich den Jungen aussetzen können, möglicherweise lassen meine Feinde jedes Kind töten, das elternlos im Umfeld von Weidenburg auftaucht, um sicher zu sein", flüsterte er. „Es ist wirklich das Einzige, worauf ich gespielt habe, ich schwöre es. Ich war mir sicher, du würdest deinen Neffen beschützen. Die Amme hat alles und jeden verloren, niemand wird sie vermissen. Ihre Augen waren die meiste Zeit verbunden, sie kann den Weg nicht verraten. Beschütze die beiden, Kirian." Er schluckte, seine Augen blickten riesig und dunkel ins Leere. „Als Räuber kann ich nicht leben, ich kann niemanden bestehlen, das weißt du. Ich begehe Selbstmord, um dir nicht noch mehr aufzulasten. Lass mich – lass mich nur Abschied nehmen." Lys ballte die Fäuste, versuchte mit aller Macht, die Tränen aufzuhalten, die nun zu fließen begannen, doch es war vergeblich. Kirian riss ihn an sich, wiegte den vollkommen verausgabten, hoffnungslos schluchzenden Mann in den Armen. Sein Blick irrte kurz zu Albor, der bleich im Türrahmen stand und wohl das meiste gehört hatte; doch seine Aufmerksamkeit gehörte allein dem Mann, den er so sehr liebte. Der sich selbst zum Tode verurteilt hatte. Sich opfern wollte, um seine Familie zu schützen.

„Noch ist nichts entschieden“, sagte Kirian, als Lys schließlich zur Ruhe kam. „Und ich kann diese Entscheidung nicht treffen. Komm mit!“ Unvermittelt sprang er auf.
Gehorsam stolperte Lys hinter ihm her, an Albor vorbei, der so verwirrt aussah, wie er selbst sich fühlte.
„Essen, Wasser, Decken, Öllampe. Sofort!“, befahl Kirian dem nächsten Räuber, den er erblickte und ging ohne anzuhalten weiter, zu einer abseits gelegenen Hütte. Hier war Roban gefangen gehalten worden, erinnerte sich Lys, und verstand, was Kirian vorhatte. Ein rund vier Schritt tiefes Loch, von einem Fallgitter gesichert, erwartete ihn. Kirian packte das Seil, das von der Decke hing, nahm Lys in den Arm und kletterte mit ihm hinab. Sveit erschien, warf Kirian ein Bündel zu, hängte eine brennende Lampe an einen Haken und floh regelrecht wieder hinaus.
„Du wirst jetzt essen und schlafen“, bestimmte Kirian in einem Ton, der keine Diskussion zuließ, drückte ihn zu Boden und deckte ihn zu. Beschämt strich er über Lys’ linke Wange, die noch immer von dem Schlag glühte, den er ihm versetzt hatte. „Wenn du die Strecke von Weidenburg hierher in neun Tagen geschafft hast, mit nur einem Pferd – wenn man das Vieh Pferd nennen will – und einem Neugeborenen, dann bist du allenfalls mal zwischendurch in Ohnmacht gefallen, geschlafen hast du nicht. Und gegessen wohl auch nicht, so wie du aussiehst.“
„Wozu auch?“, murmelte Lys. „Tote schlafen ewig.“ Plötzlich packte er Kirians Arm, krallte sich regelrecht hinein. „Versprich mir, dass meine Leiche gefunden wird. Man wird Elyne sofort freilassen, denn sie wird dadurch wieder zum kostbaren Pfand in diesem Spiel. Versprich es!“
„Ich schwöre es.“ Kirian beugte sich über ihn, küsste seine Stirn. Tränen schimmerten in seinen Augen, als er aufstand und das Seil ergriff. „Ich muss das alles mit meinen Leuten besprechen, ich kann diese Entscheidung nicht treffen. Ich bin der Erste unter Gleichen, das war von Anfang an so. Jedes Gesetz gilt für mich genauso wie für alle anderen. Wenn sie verlangen, dass du sterben musst, dann verspreche ich dir auch, dass du dich nicht

selbst zu töten brauchst. Ich werde dich damit nicht allein lassen. Und ich lasse dich nicht leiden, ich werde schnell sein." Seine Stimme brach. Dann kletterte er hoch, zog das Seil aus dem Loch, legte allerdings das Gitter nicht zurück. Lys konnte keine zwei Schritt hochspringen, er war viel zu erschöpft, um es auch nur zu versuchen. Der bloße Gedanke, ihn einzusperren und zurückzulassen, schnürte Kirian schon die Kehle zu. „Ruh dich aus, ich hoffe, wir müssen dich nicht lange warten lassen", sagte er, dann ging er hinaus. Noch nie hatte er gezögert, sich einer schweren Entscheidung zu stellen, doch diesmal musste er seine Beine regelrecht zwingen, ihn voranzutragen.
Ihr Götter, dieses Spiel bringt uns alle um …

21.

Sie warteten schon vor seiner Hütte auf ihn, starrten ihn alle schweigend an.
„Ihr wisst, wer er ist", sagte Kirian und wischte sich ungeduldig über das Gesicht. „Ich habe dieses Gesetz damals aus gutem Grund erlassen, es gilt für jeden, der nicht zu uns gehört. Damit sichern wir uns ab, es hat sich über ein Jahrzehnt lang bewährt. Es darf keine Ausnahmen geben. Aber ihr wisst auch, wer ich bin. Ich kann das nicht entscheiden. Ihr müsst es tun, ohne daran zu denken, was ihr mir damit wegnehmt. Entscheidet, was das Beste für uns alle ist."
Er wandte sich ab und lehnte sich schwer gegen die Tür der Hütte.
„Kirian, der Junge hat mich vom Galgen gerettet. Und wie du schon sagst, ihr beide seid nun mal, was ihr seid", wandte Albor ein.
„Das hebt das Gesetz aber nicht auf, das uns alle beschützt. Lys weiß das, er war bereit zu sterben, als er herkam."
„Kann mal jemand sagen, was das mit dem *ihr seid, was ihr seid,*

auf sich hat, vom Offensichtlichen abgesehen?“, murmelte Onkar, das jüngste Bandenmitglied, sowohl vom Alter als auch der Dauer seiner Zugehörigkeit.
„Lys ist sein Schwager“, erwiderte Ramin, während er mit einem Messer ein Stück Holz attackierte, als wäre es ein Feind, statt zu schnitzen.
Onkar kratzte sich ratlos den rotblonden Lockenkopf, dann begriff er die Zusammenhänge.
„Also wäre Kirian …?“
„Ja, ganz recht. Wäre es vor elf Jahren anders gelaufen, würde er heute Lys’ Position einnehmen, der wäre dann höchstens der Zweite in der Thronfolge, direkt hinter unserem Sheruk. Kirian kann aber nicht mehr zurück. Man hat ihn offiziell verstoßen, er ist tot für seine ehemalige Familie und bleibt damit auf ewig ein Räuber.“
„Lys würde als König einiges ändern, eh?“, fragte Sveit. „Der will doch die Gesetze ändern und anpassen und so, damit das Adelsvolk sich nicht mehr nur untereinander bekämpft, sondern macht, was es soll, nämlich seine Bauern schützen und vernünftig herrschen.“
„Ja, und?“ Kirian starrte ihn hoffnungslos an.
„Wenn Lys jetzt stirbt, wer wird dann auf deinen Vater folgen, Sheruk?“
„Zuerst der alte Corlin und dann Roban. Vielleicht verzichtet der Alte auch direkt. Sobald Lys’ Sohn mündig ist, erhält der dann den Thron.“
„Und Roban, wäre das ’n guter König?“, hakte Sveit nach.
„Woher soll ich das wissen? Er ist ein guter Krieger. Ich kann ihn nicht leiden, also will ich nicht sagen, ob er auch einen guten König abgibt. Wahrscheinlich aber schon.“ Kirian zuckte die Schultern.
„Aber würde er auch die Gesetze ändern? Was fürs Volk tun und so?“
„Worauf willst du hinaus?“, mischte sich Albor ein. „Wir können nicht voraussagen, ob Roban was taugt. Oder ob Lys hält, was er verspricht. Oder ob er nächstes Frühjahr an der Grippe stirbt,

selbst wenn wir ihn gehen lassen. Darum geht es aber doch gar nicht, sondern um unser eigenes Gesetz."
„Na, aber versteht ihr nicht?", beharrte Sveit. „Wir sollen entscheiden, was für uns alle das Beste wäre. Es geht aber ja nicht nur darum, dass da einer fähig war, sich eine Wegstrecke von vier Stunden mit verbundenen Augen zu merken – davon gibt's wahrscheinlich auch keinen Zweiten in Onur – und zu uns zu kommen. Es geht darum, was Lys' Tod uns bringt. Oder wegnimmt. Ich meine, der kannte den Weg ja wohl schon seit letztem Herbst und hat ihn nich' verraten, eh?"
Alle starrten ihn nun an, wie er da auf einem Fass hockte und in seiner gelassenen, langsamen Art sprach.
„Der Junge hat Albor befreit und zu uns gehalten, obwohl er ja mehr als nur einen Schlag abgekriegt hat, hm? Er hat Kirian zu einer verdammten Legende gemacht und hält uns das Fürstenpack vom Hals. Und wenn er König werden sollte, wird er vielleicht immer noch zu uns halten. Wenn wir ihn aber umbringen, haben die doch nur einen Grund mehr, uns mit Bluthunden zu jagen. Denkt an seinen Bruder, der würde nich' aufhören, nur weil es schneit oder so."
„Richtig", fiel Onkar eifrig ein. „Es würde uns allen schaden, wenn wir dem Corlin was antun. Lassen wir ihn leben, könnte es was nutzen."
Albor griff nach Kirians Schulter und drehte ihn mit sanfter Gewalt herum. „Wir müssen wohl lernen, unsere Regeln auch mal anzupassen, wenn die Lage es fordert, eh? Geh zu ihm, er war ja ziemlich am Ende. Wenn ich richtig sehe, will hier keiner, dass er stirbt."
Kirian blickte jedem ins Gesicht, doch keiner der vierzehn Männer senkte den Blick. Schließlich nickte er stumm, sichtlich bewegt.
„Geh zu ihm, nu' los!" Albor schob ihn voran.
„Und schlag ihn nicht wieder", spottete Tilas, der Lys zu verteidigen versucht hatte.
Aus einer anderen Hütte erklang plötzlich das Wimmern eines Neugeborenen.

„Wir haben da noch 'n paar Gäste, um die ich mich mal besser kümmern sollte", seufzte Albor.
„War das ein Lächeln?" Sveit zwinkerte ihm zu. „Ja, das war eins. Jungs, Albor hat sein Lächeln wieder gefunden! Liegt das an dem kurzen Schreihals oder seiner Amme?"
Unter dem gutmütigen Spott der anderen suchte Albor zusammen, was er tragen konnte. Seit seiner Rettung war er zwar körperlich weitestgehend geheilt, doch er lachte nur noch selten, war schreckhaft und durchlebte beinahe jede Nacht schwere Albträume. Die Aussicht, Gastgeber für eine Frau und einen Säugling zu spielen, gefiel ihm tatsächlich ausnehmend gut, so sehr, dass ihm das Lächeln von ganz allein in die Mundwinkel kroch.

~*~

Kirian seufzte innerlich, als er in das Loch hinabblickte. Wie er es sich gedacht hatte, saß Lys aufrecht und wartete, was mit ihm geschehen würde. Ganz bei Bewusstsein war er aber wohl nicht, denn er bemerkte Kirian erst, als sich dieser zu ihm niederkniete. Mit leerem Blick aus blutunterlaufenen Augen wandte er den Kopf.
„Darf ich mich von Anniz und meinem Sohn verabschieden?", flüsterte er tonlos.
„Nein."
Lys schloss kurz die Lider, krampfte sich zusammen vor innerer Qual. Dann nickte er.
„Ist gut. Sollen wir denn?" Er versuchte sich aufzurichten, doch sein Körper betrog ihn: Kraftlos sank er in sich zusammen. Kirian fing ihn gerade rechtzeitig auf, dass er sich nicht den Kopf einschlug.
„Es geht gleich wieder", keuchte Lys. Erst jetzt bemerkte er das Lächeln in Kirians Blick und hielt inne.
„Wir lassen dich leben, Lyskir von Corlin", verkündete Kirian feierlich. „Daran knüpft sich allerdings die Erwartung, dass du uns weiterhin die Soldatentrupps vom Leib hältst, sobald du

deine Gemahlin, die wenig geliebte, befreit hast, und mit der Krone auf dem Kopf gute Arbeit leistest."

Er sah, wie die Anspannung aus Lys' Körper wich und drückte ihn fest an sich, um ihm Halt zu geben. „Ich bin so froh", flüsterte er und bedeckte das tränenüberströmte Gesicht mit Küssen. „Ich kann gar nicht sagen, wie froh ich bin." Er legte sich mit dem elendig zitternden Mann zusammen zu Boden, hüllte ihn in eine Decke und zog den Beutel mit getrockneten Früchten und Brot heran. „Du wirst jetzt essen!", befahl er und erstickte jeden etwaigen Protest mit einem Stück Apfel. „Und dann bleibe ich hier, bis du eingeschlafen bist, sonst versuchst du ja doch nur, irgendwie herauszukommen und Elyne zu retten. Ihr Götter, liegt das an mir, dass du ständig halb oder auch gänzlich ohnmächtig am Boden liegst, oder hattest du die Angewohnheit schon immer?"

Lys ließ sich füttern wie ein kleines Kind, zu matt, um sich wehren zu können. Er sagte nichts, aber in seinem Blick spiegelte sich all die Dankbarkeit und Erleichterung, die auch Kirian fühlte. Schon nach wenigen Bissen fielen ihm die Augen zu, und Kirian zog ihn wieder an sich, hielt ihn fest, auch als Lys längst tief eingeschlafen war. Das langsam und ruhig schlagende Herz unter seiner Hand mahnte Kirian, wie zerbrechlich ein Menschenleben war, wie leicht man verlor, was man liebte. Er konnte sich einfach nicht lösen, und so blieb er bei Lys, um zu spüren, wie dieser Mann atmete und lebendig war.

~*~

Anniz schrak zusammen, als es an der Tür klopfte und der hagere Kerl mit der Narbe wiederkam, die Arme vollgeladen mit allen möglichen Dingen.

„Ich habe dir was mitgebracht, was man halt so braucht", brummte er.

„Wo ist mein Herr? Habt ihr ihm was getan?" Sie klopfte dem Kind, das sie gerade gestillt hatte, unentwegt den Rücken.

„Nein. Er lebt, und das bleibt so, wir haben's entschieden. Er schläft jetzt, du siehst ihn morgen." Der Narbige legte eine Decke in einen Weidenkorb. „Hier, für den kleinen Prinzen zum Schlafen. Was Besseres haben wir nich'."

„Er ist kein Prinz", versetzte Anniz ungeduldig. „Kann ich den Herrn nicht kurz sehen, nur einen Moment?"

„Geht nicht." Der Mann errötete leicht, beugte sich hastig über all die Tücher, Tiegel und Gebrauchsgegenstände, die er mitgebracht hatte. Anerkennend sah sie, dass er sich offenbar sehr genau mit den Bedürfnissen von stillenden Frauen auskannte.

„Ist er bei diesem Kirian?"

Der Räuber errötete noch mehr und nickte.

„Das dachte ich mir", murmelte sie. „Wir sind neun Tage und Nächte auf einem Pferd gesessen, na ja, mit Ruhepausen, Schenkel an Schenkel, wenn du verstehst, was ich meine. So viel Platz ist auf so 'nem Ding ja nicht. Ich hab an seiner Schulter geschlafen und er ist mehr als einmal an meinen Rücken gelehnt eingeschlafen. Er hat mich auf Händen getragen, mir nachts den Kleinen an die Brust gelegt, wenn ich zu zerschlagen war, mich zu rühren. Pferde sind elende Biester, sag ich dir. Und nicht einmal, nicht ein einziges Mal war er anders als ein Bruder zu mir. Ein kleiner Bruder, wenn du verstehst, er ist ja doch viel jünger als ich. Hätt' ich sehr früh angefangen, er könnte mein Sohn sein." Sie musterte den Räuber scharf. „Also, dachte ich, entweder bin ich so alt und hässlich, dass sich bei dem nichts regt, oder er mag keine Frauen. Er hat mich aber nicht so angesehen, als wäre ich hässlich. Oder unter seiner Würde, so als Fürst und so. Er war wie ein Bruder zu mir, freundlich und beschützend, aber fern von lustvollen Dingen."

Warum erzähl ich das eigentlich einem fremden Verbrecher?, dachte sie verwirrt.

Der Narbige hustete verlegen und fuhr sich durch den dichten Vollbart.

„Nja, hm, nein, hässlich bist du nicht … Dein Herr hat es wohl wirklich gar nicht mit deiner Art. Die Ehe bekommt ihm nich' gut, auch, wenn er das keinem zeigt. Also, ich bring dir gleich

noch was Essen. Wenn du was brauchst, meine Hütte ist direkt nebenan."
„Und die hier? Nehme ich jemandem etwas weg?", fragte Anniz. Hier drin war es zwar recht staubig, aber man konnte sehen, dass die Hütte bis vor einiger Zeit bewohnt gewesen war.
„Nee. Die hat Bille gehört. Ein Freund. Er ist tot. Hm, ich geh dann mal, ja?"
Anniz bettete das schlafende Kind in den Korb und legte sich selbst hin, um auszuruhen. Der Weg hierher war anstrengend gewesen, sie war froh, dass es nun vorbei war. Ihr Herr schien vorerst außer Gefahr zu sein, und bis jetzt waren die Räuber nicht unfreundlich gewesen. Dieser Narbige, er hatte etwas Rührendes an sich …

Als Albor ins Freie trat, sah er die Silhouette des Sheruk auf dem Dach seiner Hütte, in Richtung Sonnenuntergang gewandt, den er von seinem Platz aus zwischen den Bäumen beobachten konnte. Dort oben fand man Kirian nur, wenn er über schwerwiegende Dinge nachdenken musste, was nicht allzu häufig vorkam – er war seit jeher ein eher impulsiver Mann. Albor wusste, was Kirian bewegte und warf einen kleinen Zweig nach ihm, um seine Aufmerksamkeit zu wecken. Noch vor einigen Monden wäre er selbst dort hoch geklettert, das konnte er nun nicht mehr. Wahrscheinlich niemals wieder. Seine verkrüppelte linke Hand war nur eines der Probleme, er litt an beständigen Schmerzen in allen Muskeln und Gliedern. Viele seiner Narben hatten Verwachsungen gebildet, er konnte sich zwar bewegen, arbeiten, in der Nähe des Lagers Wache stehen, aber alles fiel ihm so viel schwerer als früher. Als hätte man ihm dreißig Jahre seines Lebens geraubt und innerhalb eines Mondes einen alten Mann aus ihm gemacht.
„Komm runter und sprich mit mir, statt zu grübeln", verlangte er, als Kirian aufblickte. Ohne Widerspruch gehorchte der, sprang leichtfüßig zu ihm herab. Allein das gab Anlass zur Sorge; Kirian war nicht zum Gehorsam geboren.
„Himmelsvater vergib, was die Liebe aus einem Mann alles

macht", knurrte Albor kopfschüttelnd. „Geh mit ihm. Die Jungs und ich kommen hier klar, auch mit der Frau und dem Kind. Wir halten uns bedeckt mit Überfällen und so, bis du wiederkommst. Wenn uns die Vorräte ausgehen, passen wir auf – nicht zu gierig, nicht zweimal die gleiche Stelle, wir können das. Auch ohne dich."

Kirian verschränkte die Arme und schwieg, mit hochgezogenen Augenbrauen.

„Ich mein das ernst. Geh mit ihm und hol das Weib zurück, hilf ihm, sein Spiel zu gewinnen. Wenn du dabei draufgehst, nun, deine Legende wird weiterleben, und alle Sheruks müssen irgendwann sterben, eh? Wenn du ihn allein schickst und dem Jungen passiert was, wirst du nie mehr froh, und dann taugst du auch nichts mehr für uns."

Kirian boxte ihm gegen die Schulter und grinste müde. „War schon gut, dass Lys dich befreit hat, Albor. Was würde ich ohne dich machen?"

„Grübeln, bis du vom Dach fällst." Sie umarmten sich brüderlich, dann klopfte Kirian ihm auf den Rücken.

„Geh schlafen. Morgen ist ein neuer Tag."

Und so schliefen in dieser Nacht alle Bewohner des Waldlagers in sorgen- wie hoffnungsvoller Spannung, was der Morgen Neues bringen würde …

22.

Lys erwachte von leisem Schnarchen direkt neben seinem Ohr. Er blinzelte über die Schulter und musste einfach lächeln: Kirian lag tief schlafend neben ihm auf dem Rücken, einen Arm auf der Stirn. Langsam drehte Lys sich um, darauf bedacht, seinen Liebsten nicht zu wecken. Doch der fuhr bei der Bewegung zusammen und blickte verschlafen zu ihm auf.
„Entschuldige, ich wollte dich nicht stören", flüsterte Lys.
„Zu spät. Ich habe keine Ruhe mehr gefunden, seit Albor dich das erste Mal hierher geschleppt hat."
„Na gut, also ist Albor an allem Schuld und ich bin fein raus." Lys raffte sich mühsam hoch. „Du wirst jetzt aber wieder Ruhe vor mir haben."
„Das glaubst auch nur du." Kirian sammelte die Decken und anderen Sachen ein. „Ich komme mit dir."
„Du wirst hier gebraucht."
„Vergiss es. Albor, ja genau, der schon wieder, hat festgestellt, dass die Jungs wunderbar ohne mich zurechtkommen. Du hingegen versuchst dich mit aller Kraft selbst umzubringen. Ich komme mit."
Lys starrte ihn an, sah die eiserne Entschlossenheit und seufzte ergeben. „Ich bin zu müde zum Streiten. Und die Götter wissen, ich will dich gerne dabei haben, denn alleine werde ich vermutlich nicht einmal in die Nähe des Ziels gelangen. Aber ich habe Angst um dich. Wenn dir etwas zustößt …"
„… dann ist es so." Kirian küsste ihn schwungvoll und griff dann nach dem Seil. „Schaffst du's, oder soll ich dich hochziehen?"
„Ich bin kein Wickelkind", knurrte Lys und folgte ihm rasch, egal, wie sehr seine Muskeln schmerzten.
Alle warteten schon auf sie, auch Anniz war aus der Hütte gekommen, mit dem Kind im Arm.
Nun sieh nur, dachte sie, als sie die beiden Männer nebeneinander erblickte. *Nun sieh nur, wie die beiden zusammengehören wie Blitz und*

Donner … so verschieden und doch so gleich! Sie versuchte zu verstehen, was sie da wirklich sah. Das Feuer, das von Kirian ausstrahlte, die Glut, die in Lys zu spüren war, und die stählerne Härte, die beide Männer besaßen – sie erschauderte angesichts dieser Kraft.

„Na, ausgeschlafen?“ Albor warf Kirian zwei Bündel zu. „Hab schon mal für euch beide gepackt. Sieh nach, ob was fehlt.“

Lys achtete nicht auf die Männer, er trat zu Anniz und nahm ihr seinen Sohn ab. Der Junge sah sich mit dem leicht silbrigen Blick der Neugeborenen die Welt an und saugte dabei zufrieden an seiner winzigen Faust.

„Leb wohl“, flüsterte Lys ihm zu, nahm sich einen langen Augenblick des Abschieds. Dann legte er das Kind zurück in Anniz’ Arme und blickte sie unsicher an.

„Sagt es nicht, Herr. Ich bin dankbar, dass Ihr mich hergebracht habt. Auf der Burg wär’ ich unglücklich, auf Dauer. Zu viel Gestein um mich. Danke, dass Ihr mir vertraut.“

„Ich mute dir viel zu, Anniz. Die Räuber werden dir nichts tun, aber du bist hier ganz allein unter so vielen rauen Kerlen“, wisperte er.

„Die machen mir keine Angst. Geht, holt Eure Frau zurück.“

Lys nickte, dann legte er den Kopf schräg und lächelte verlegen: „Du musst ihm einen Namen geben. Ich habe während unserer Reise ständig versucht, einen passenden zu finden, aber alles schien falsch.“

„Herr, das kann ich nicht!“, wehrte sie erschrocken ab, doch er schüttelte den Kopf.

„Wähle etwas, das dir gefällt. Du musst ihn irgendwie rufen, *Junge* oder *Kind* reicht einfach nicht. Wenn ich zurückkommen sollte und der Name gefällt mir nicht, kann ich mich ja immer noch für etwas anderes entscheiden. Wenn ich sterbe und Elyne kommt frei, nun, ihr wird es vollkommen egal sein. Vielleicht findest du aber trotzdem etwas, das an seine Mutter erinnert.“ Sein Gesicht verdüsterte sich ein wenig, als er an Elynes Abwehr gegen ihr eigenes Kind dachte.

„Herr, er sollte von seiner Mutter benannt werden", beharrte Anniz.
„Du bist für ihn die Mutter. Du nährst und versorgst und liebst ihn. Alles das, was Elyne nicht kann und nicht will."
Kirian trat zu ihnen und betrachtete seinen Neffen, den er zum ersten Mal erblickte. „Ihr Götter, waren wir alle so winzig?" Lächelnd strich er über die Wange und das flaumige blonde Haar des Kleinen, dann wandte er sich Anniz zu, die ihn aus weit aufgerissenen Augen anstarrte.
„Willkommen in meinem Reich. Vergib mir, dass ich dich nicht schon gestern begrüßt habe, aber ich denke, Albor hat mich würdig vertreten." Er verneigte sich leicht, als wäre sie eine Adelsdame. „Mein Name ist Kirian, und nichts, was du über mich gehört hast, ist wahr."
Sie kicherte verschämt wie ein kleines Mädchen.
„Du glaubst gar nicht, wie froh wir sind, dass der es nich' mit Frauen hat", flüsterte Albor Lys zu. „Is' ja selten genug, dass wir mal Gelegenheit finden was anzufangen. Wäre Kirian dabei, könnten wir alle nach Hause gehen, die Mädels liegen ihm zu Füßen."
Lys grinste nur, musterte dann den älteren Mann verwirrt. Irgendetwas war anders an ihm, aber was?
„Hab mir den Bart und die Haare was gestutzt, passt es?", murmelte Albor und errötete ähnlich heftig wie Anniz, die weiter von Kirian umgarnt wurde. Verblüfft nickte Lys, jetzt sah er auch, dass Albor sich saubere Kleidung und sorgfältig geputzte Stiefel angezogen hatte.
„Ah, deine Amme, Kleiner, sag, wartet da jemand auf sie?" Verlegen zupfte sich Albor den Bart, der tatsächlich sehr viel kürzer und vor allem gepflegter wirkte.
„Sie hat vor Kurzem ihre gesamte Familie bei einem Brand verloren. Sei lieber geduldig."
Albor fluchte unterdrückt. „Verdammt, das ist grausam. Ich kenn das, es ist schlimm … meine Familie ist auch verbrannt."
Lys legte ihm mitfühlend die Hand auf die Schulter, dann merkte er auf, als Anniz laut sagte: „Danke, Herr, ich werde zurecht-

kommen. Ich brauche aber Arbeit, meine Hände müssen was tun. Der Kleine schläft viel."

„Nun", Kirian grinste breit, „wenn du kochen kannst, werden dir hier alle zu Füßen liegen. Im Moment rührt Onkar die Töpfe durch, das Los fällt immer auf das jüngste Bandenmitglied. Seitdem leben wir fast nur noch von Trockenobst und Rauchfleisch."

„Ich tu mein Bestes, hab's halt nicht gelernt!", brüllte Onkar unter dem Gelächter der Räuber.

„Ich kann kochen und backen, und bis jetzt hat's immer allen geschmeckt", erwiderte Anniz schlicht.

„Edle Dame, Ihr rettet uns das Leben. Egal, wie schlecht Ihr kocht, es wird hundert Mal besser als Onkars Fraß sein." Sveit verbeugte sich vor ihr, küsste dann sogar ihre Hand, als sei sie eine Fürstin, wofür sie ihn allerdings nur tadelnd musterte.

„Ich überlasse sie dir. Geh nachsichtig mit ihnen um, wir sehen nur selten eine Frau und noch seltener eine der ehrbaren Sorte", flüsterte Kirian ihr ins Ohr. Dann warf er Lys eines der Bündel zu.

„So, es ist spät genug. Bleibt anständig, Männer, und macht mir keine Schande. Was Albor sagt, ist Gesetz."

Lys trennte sich widerwillig von seinem Sohn, dann verabschiedete er sich und folgte Kirian. Das Pferd würde zurückbleiben, der Weiße war schlicht zu langsam und zu auffällig, und Kirian hatte kein eigenes Pferd.

Anniz betrachtete ihren Schützling, der langsam wieder schläfrig wurde. *Elyne. Lyskir.*

Schulterzuckend küsste sie ihm auf beide Wangen und: „Erbe von Corlin und Lichterfels, dein Name sei Lynn. Und wem das nicht passt, soll was Bessres sagen."

23.

Die ersten Stunden wanderten sie schweigend, beide in Gedanken versunken. Irgendwann aber fiel Kirian auf, dass, obwohl er die Führung übernahm, Lys ihn zu einem recht hohen Tempo zwang. Er versuchte langsamer zu werden, doch schon bald eilten sie wieder beide mit raumgreifenden Schritten dahin. Es schien sich einfach zu ergeben, als wäre es leichter, sich so schnell zu bewegen. Sie wollten auf eine Stadt in der Umgebung zuhalten, dort Pferde kaufen und dann nach Sorala ziehen. Die Grafschaft lag in unmittelbarer Nähe. Kirian war sich nicht sicher, ob Lys vielleicht auch deswegen bei ihm Unterschlupf gesucht hatte. Man konnte bei diesem Mann einfach nie wissen, wie viel Berechnung in seinen Taten steckte! Ob Elyne wirklich dort gefangen gehalten wurde, wussten sie nicht, aber es war die einzige Spur, die sie hatten.
„Glaubst du, man wird ihr etwas antun?“, fragte Lys irgendwann, um die Stille zu durchbrechen. Er war bleich, hielt sich aber aufrecht und bestimmte weiterhin die Geschwindigkeit.
„Elyne? Nein. Solange man glaubt, dass du lebst, wird man sie gut behandeln müssen. Du musst mindestens drei Monde verschollen sein, bevor man dich für tot erklären darf.“
„Ich weiß. Und sobald ich offiziell als tot gelte, wird man Elyne zwangsverheiraten. Ich meinte, ob es sicher ist, dass man ihr nichts antut. Gar nichts, eben.“
„Davon gehe ich aus“, brummte Kirian. „Es sei denn, dein Feind ist ein Narr. Ein kluger Taktiker rechnet damit, dass du ihn besiegen könntest. Je schlechter er Elyne behandelt hat, desto härter in diesem Fall fällt deine Rache aus.“
Sie mussten den Schutz der Bäume verlassen und eine Weile lang der Straße folgen, da das umliegende Gelände zu morastig war, um dort wandern zu können. Die Kapuzen hielten sie tief ins Gesicht gezogen, Lys legte nun noch mehr Tempo vor.
„Du solltest es langsamer angehen, Kleiner“, sagte Kirian bedächtig.

„Wozu? Mir geht es gut, der Weg ist noch lang. Je schneller wir vorwärtskommen, umso besser ist es doch, oder?"
„Dir geht es nicht gut, Lys. Du brauchst mir nichts zu beweisen."
Der junge Mann ballte die Fäuste, schluckte seinen Ärger aber herunter.
„Es gibt nichts zu beweisen. Ich habe letzte Nacht gut geschlafen, und ich werde diese Nacht schlafen."
„Lys …", begann Kirian, aber er wurde sofort unterbrochen.
„Tu mir das nicht an! Bemuttere mich nicht, diese Rolle passt nicht zu dir. Ich kann auf mich selbst aufpassen."
„Natürlich kannst du das. Ich glaub dir gerne, dass du keine Lust mehr hast, ewig verletzt und geschwächt zu sein. Das Problem ist, du wirst verletzt, weil du so stark bist. Du präsentierst dich als Zielscheibe für all deine Feinde und vergisst in Deckung zu gehen."
Lys schnaubte verächtlich, erwiderte jedoch nichts.
„Geh es langsamer an. Du liebst Elyne nicht. Ich auch nicht, obwohl sie meine Schwester ist. Wir beide suchen aus Pflichtgefühl nach ihr. Glaub einem alten Mann: Die Tage, in denen du unbegrenzte Kraft zu haben scheinst und es nichts ausmacht, wenn du dich mal überanstrengst, sie gehen schnell vorbei. Du bist jung, aber nicht mehr jung genug, um dich ständig schadlos verausgaben zu können."
Noch immer schwieg Lys, auf dumpf brütende Weise, doch er verlangsamte seinen Schritt etwas.
„Ich hasse es, schwach zu sein", zischte er zwischen zusammengebissenen Zähnen hervor.
„Dann geh besser mit dir selbst um, spare die Kraft, die du hast."
Das gedämpfte Klappern zahlreicher Hufe schreckte sie auf. Kirian fluchte – sie hatten nicht auf ihre Umgebung geachtet. Es gab keine Möglichkeit zur Flucht oder Unterschlupf, der Waldrand war viel zu weit entfernt, das Gelände flach, die Straße hinter ihnen gerade. Die Felswand neben ihnen war zu hoch und zu glatt. Sie würden sich dem stellen müssen, was da auf sie zu-

kam, noch von einer Straßenkehre verdeckt. Lys war dies ebenfalls bewusst, wie er erkannte, der junge Mann starrte angespannt nach vorne und wartete. Zwar hatte er noch immer die Kapuze seines Umhangs über den Kopf gezogen, doch das würde nicht helfen. Sollten ihnen Soldaten entgegen kommen, würden sie kontrollieren, wer dort wanderte.
Kirian trat einen Schritt zurück und zog ein rotes Tuch aus einer Tasche. Das Klirren von Metall war deutlich zu hören, wer immer dort kam, war gerüstet und bewaffnet.
„Freiherr von Hyula", seufzte Lys, als die Gruppe in Sicht kam. „Er hasst mich." Langsam zog er sich die nutzlose Kapuze vom Kopf und griff nach seinem Schwert.
Kirians Gedanken rasten. Eine Faust schien sein Innerstes zusammenzudrücken, als er blitzschnell alle Möglichkeiten durchspielte. Lys würde gegen rund zwanzig schwer bewaffnete Reiter keine drei Herzschläge überleben. Flucht war ausgeschlossen. Während er noch kühne Pläne in Sekundenbruchteilen entwarf und wieder aufgab, schob er das Tuch über seinen Arm.
Der stämmige, graubärtige Mann, der die Gruppe anführte, zügelte plötzlich sein Pferd und starrte auf die beiden einsamen Gestalten vor sich.
„Bei allen Dämonen des Schattenreichs, Lyskir von Corlin! Halb Onur sucht Euch, und Ihr steht hier wie vom Himmel geschickt vor mir!", rief er zu ihnen herüber. Seine Begleiter zogen augenblicklich die Schwerter und setzten sich in Bewegung. Bevor Lys zu einer passenden Erwiderung ansetzen konnte, holte Kirian mit der Hand aus. Sein Hieb traf Lys so hart im Nacken, dass er bewegungsunfähig zu Boden sackte. Nur weil Kirian sofort zugriff, konnte er Lys davor bewahren, sich das Gesicht einzuschlagen. Binnen eines Momentes vergewisserte er sich, dass Lys noch lebte, lediglich stark benommen war, dann ließ er ihn langsam los und riss den Arm mit dem Tuch in die Höhe.
„Hoi! Ich bin nur sein Beschützer, aber nich' wahnsinnig!", brüllte er den überraschten Angreifern zu.
Freiherr von Hyula ritt zu ihnen und musterte Kirian von oben bis unten.

„Warum zieht der Corlin mit nur einem einzelnen Söldner durch die Lande?“, fragte er misstrauisch.
„Woher soll ich'n das wissen? Bin schon lange im Geschäft und hab überlebt, weil ich keine Fragen stelle.“
„Ist er tot?“
„Nee. Hab aufgepasst, edler Herr. Wusst' ja nich', wie Ihr den wollt. Umbringen kann man immer, wieder auferstehen lassen nich'. Der schnauft und is' unverletzt, ich schwöre!“ Kirian zerrte Lys brutal in die Höhe, der zwar sofort wieder zusammensackte, aber dann schwankend auf den Knien verblieb. „Seht, dem is' nur schlecht. Vielleicht kotzt er gleich, aber daran stirbt es sich nich'. Soll ich das für Euch ändern, Herr?“
Der Freiherr nickte einem seiner Begleiter zu, der vom Pferd sprang und Lys' Schwert und die anderen Waffen an sich nahm, danach begann er, dem jungen Mann die Hände vor dem Körper zu fesseln.
„Binde ihn an deinen Sattel, Gand, den Genuss, ihn gedemütigt zu sehen will ich möglichst lange auskosten“, befahl der Adlige mit triumphierend glitzernden Augen. Dann wandte er sich wieder Kirian zu.
„Hab ich dich nicht schon mal gesehen?“
„Jeder hat mich schon gesehen!“ Kirian verbeugte sich mit großer Geste. „Von Zalgron bis Rashmind hab ich jede Taverne und jeden Puff besucht und schon zahllosen Herren gedient. Gegen die Rombruger war ich dabei, als Rotznase gegen die Falkner, die Eisenkriege hab' ich mitgemacht, und seht, ich lebe.“
„Weil du deine Herren verrätst und feige im Stich lässt?“ Einer der Bewaffneten spuckte verächtlich aus.
„Nee, weil ich weiß, wann ein Kampf sinnlos is'. Hätt' natürlich mit dem da gegen euch antreten können, aber dann wär'n wir jetz' beide tot, und vielleicht zwei oder drei von euch. Wenn man's so sieht, hab ich ihm und ein paar von euch das Leben gerettet. Ihr könntet Euch ruhig dankbar zeigen!“
Verblüfft starrten alle ihn an. Dann lachte der Freiherr und zerrte einen Beutel hervor.

„Hier, zwei Bronzestücke für dich. Da du alt und fett werden willst, weißt du sicher auch, wann man schweigen und verschwinden muss?“
„Absolut.“ Kirian verneigte sich ein weiteres Mal, steckte das Geld ein und spazierte pfeifend zwischen den Pferden hindurch, so gelassen und selbstbewusst, als wäre er der Herr der Straße. Schon bald war er außer Sicht verschwunden.
„Komischer Kerl. Vielleicht hätte ich ihn anheuern sollen, was denkst du, Gand?“
Der Soldat hatte inzwischen Lys auf die Beine gezwungen und band dessen Fessel um den Sattelknauf. „Hm, ich seh den lieber von hinten, Herr. Söldner sind ein Volk für sich, loyal nur so lange, bis ihnen jemand mehr bezahlt.“
„Nun, es ist ein weiter Weg bis nach Hyula, und wir wollen vor Sonnenuntergang ankommen. Auf, Männer, wir traben!“ Der Adlige holte mit seiner Reitpeitsche aus und traf Lys an Rücken und Schulter. Der unterdrückte Schmerzlaut brachte alle Soldaten zum Lachen.
Kirian lag derweil flach auf dem Felsen und beobachtete, wie die Gruppe weiter zog. Seine Finger schlossen sich um einen Stein, es kostete ihn alle Beherrschung, die er besaß, diesen nicht an den Kopf des Mannes zu schleudern, der Lys wie einen Sklaven hinter einem Pferd herlaufen ließ und dabei erbarmungslos auf ihn einprügelte. Sein Herz setzte kurz aus, als Lys stürzte und über die Straße geschleift wurde, doch er fand sofort den Boden unter den Füßen und kam wieder hoch.
„Lach nur, Bartolos, Freiherr von Hyula“, grollte Kirian, während er den Felsen hinabkletterte und auf den Wald zusteuerte. Er kannte das Land hier gut genug, diese Abkürzungen nutzen zu können, die ihn zur Festung von Hyula bringen würden. „Lach nur, solange du noch kannst!“

24.

Lys wehrte sich nicht, als er gepackt und in den Sattel gezogen wurde. Er war am Ende seiner Kraft. Unzählige Meilen hatte er mit den Pferden mithalten müssen, dabei immer wieder die Reitgerte zu schmecken bekommen, die ihm regelrecht die Haut vom Rücken zog. Immer häufiger war er gestürzt und mitgeschleift worden, beim letzten Mal hatte er einfach aufgegeben. Nicht mehr versucht, auf die Beine zu gelangen, sondern gewartet, dass es endlich vorbei sein würde. Nur der Griff des Soldaten hinter ihm hielt ihn aufrecht, Lys war zu elend, um gegen Übelkeit, Schmerz und Schwäche anzukämpfen, zumal die Gruppe jetzt in Galopp fiel.

„Ich dachte schon, Ihr würdet gar keine Vernunft mehr annehmen!", zischte Gand ihm ins Ohr. „Stolz, immer nur Stolz, ihr hohen Herrn, der bringt euch um!" Matt versuchte Lys, den Kopf zu drehen, um dem Soldaten antworten zu können, doch selbst diese einfache Bewegung war zu viel für seinen zerschundenen Leib, also ließ er sich hängen und wartete, dass sie endlich ihr Ziel erreichen würden.

„Lässt sich schlagen wie ein Stück Vieh, und statt zu schreien und um Gnade zu betteln, läuft er über acht Meilen. Glaubt Ihr wirklich, der Alte lässt sich mit Stolz beeindrucken? Den freut das doch nur! Erspart Euch die Schmerzen, wenn er Euch foltern lässt, schreit wie ein Weib, dann ist's schneller vorbei!"

Wenn es zu schnell vorbei ist, kann Kirian mich nicht mehr holen, dachte Lys. *Wenn er es schafft …*

„Glaubt aber nicht, ich würde Euch helfen. Meinetwegen könnt ihr Adligen euch alle gegenseitig umbringen, jeder weniger ist ein Gewinn! Find's nur schlimm, dass wir die Drecksarbeit machen müssen."

Gegen das Gold dafür hast du aber nichts einzuwenden, wette ich … Lys dämmerte in dumpfer Empfindungslosigkeit dahin, die sich über seinen Körper gelegt hatte, bis sie die Festung von Hyula erreichten. Es war ein erstaunlich wehrhaftes Gemäuer, das über

ihm aufragte, wenn man die bescheidene Stellung des kleinen Landstrichs hier im Westen Onurs bedachte.
Das war vor ein paar Jahren noch ein schlichtes Herrenhaus … der Ausbau muss alles gekostet haben, was das Volk zu geben hatte. Seltsam, dass Sorala das durchgehen ließ … Er lachte über sich selbst, dass er ein solch unwichtiges Detail überhaupt bemerkte. Alles war so fern von ihm, vollständig entrückt, selbst die Erschöpfung und der Schmerz.
Gand zerrte ihn rücksichtslos vom Pferd herunter und stieß Lys auf die Knie.
„Es ist ein Fest für meine Augen, Euch so im Dreck liegen zu sehen, Corlin!“, sagte der Freiherr triumphierend und schlug Lys mit dem Reithandschuh ins Gesicht. „Ihr blutet wie ein Schwein, seid dreckig wie ein Schwein, suhlt Euch im Schlamm wie ein Schwein. Lyskir Schweinefürst, das würde ich auf Euren Grabstein schreiben!“ Alle lachten, genossen es offensichtlich kaum weniger als ihr Herr, einen der hohen Fürsten gedemütigt zu sehen.
„Schade nur, dass ich Euch nicht selbst erledigen darf. Ruht Euch aus, morgen früh geht’s nach Sorala. Der Graf und seine Verbündeten werden mich mit Gold überschütten, wenn ich Euch ausliefere.“ Noch einmal hieb er Lys mit dem schweren Lederhandschuh ins Gesicht, dann hatte er anscheinend genug von dem Spiel und stapfte an seinem Gefangenen vorbei, auf das Haupthaus zu.
„Werft ihn ins Verlies und passt auf, dass er die Nacht überlebt. Für eine Leiche wird man mich nicht allzu reich entlohnen!“
Ich weiß noch nicht wie, aber du wirst dafür bezahlen! Lys beschloss, sich ohnmächtig zu stellen und kippte seitlich weg. Den Soldaten war es gleichgültig, ob er tapfer und aufrecht alles ertrug, wie ein Wickelkind heulte oder bewusstlos war, also wozu weiter anstrengen? Grobe Hände fingen ihn auf, jemand warf ihn sich über die Schulter. Nicht gerade bequem, aber so musste er wenigstens nicht selbst laufen.
„Na, bring mal einer Wasser und was zum Anziehen für die Rotznase hier. Is’ ja alles an dem kaputt“, befahl der Mann, der

ihn trug.
„Kein Wunder, mit dem hat der Herr ja auch die Straße gefegt. Sag, Gand, du weißt doch mehr als wir. Was will der Sorala von dem Fürstenbengel?“
„Der Graf will gar nichts, soweit ich weiß, ist nur ’ne Spielfigur für irgendwen Höheres. Wie üblich eben. Mehr weiß ich auch nicht.“
Zu schade …
Irgendwann verlor Lys tatsächlich das Bewusstsein, als die Schmerzen sich plötzlich mit aller Macht zurückmeldeten. Wann immer er in den folgenden Stunden erwachte, schreiend unter der groben Pflege der Soldaten, und später, als er angekettet in einem dunklen, nassen Verlies lag, hatte er nur noch einen Gedanken: *Kirian, gib mich nicht verloren …*

~*~

Alles war ruhig in der Festung von Hyula. Die Wachposten versahen gelangweilt ihren Dienst, alle übrigen schliefen zu dieser späten Stunde. Niemand sah den Schatten, der die glatten Mauern hochkletterte, als wäre es ebener Boden, bis er plötzlich durch ein angelehntes Fenster in den oberen Stockwerken verschwand.
Kirian frohlockte, als er sah, wo er sich befand, nämlich genau dort, wo sein Ziel gewesen war: in einer Schreibstube. Er griff sich Pergament, Feder und Tinte, und schrieb im schwachen Licht des Mondes einige Zeilen, löschte alles mit Sand ab und wartete ungeduldig, bis er das Schriftstück einrollen konnte. Dann nahm er einige wichtige Gegenstände an sich – eine Kerze, ein Wappensiegel, eine neue Schreibfeder – die er teilweise nur durch Tasten in dem dunklen Raum finden konnte, und schlich sich hinaus auf den Gang. Bartolos musste in den obersten Gemächern zu finden sein, da war er sich sicher. Mehrmals verharrte Kirian auf seinem Weg, wenn aus einem Raum Geräusche klangen, einmal auch, als er etwas Weiches an seinem Bein spürte

und sich gerade noch daran hindern konnte, eine Katze umzubringen.
„Nun lauf schon, ich bin keine Maus“, flüsterte er ihr zu. Sie kletterte mit eingezogenen Krallen an ihm hoch und maunzte beleidigt, als er sie nach ein paar Streicheleinheiten zu Boden schubste. „Nun lauf, du Hübsche. Heute Nacht bin ich selbst auf der Jagd!“
Das Schlafgemach des Freiherrn war leicht zu finden, er hatte die Tür mit seinem Wappen schmücken lassen, ein Bär und ein Keiler auf grünem Grund. Lautlos wie ein Schatten huschte Kirian hinein, schloss die Tür sorgfältig ab, dann galt seine ganze Aufmerksamkeit dem schlafenden Mann dort im Bett.
Bartolos hatte allerdings Gesellschaft, wie im schwachen Licht des ersterbenden Kaminfeuers sichtbar wurde – eine Frau schlief an seiner Seite. Seufzend suchte Kirian nach einem zusätzlichen Stück Stoff, nahm schließlich ein leichtes Unterkleid vom Boden auf, das offensichtlich der Frau gehörte. Noch bevor die junge Dame erwachen und aufschreien konnte, hatte Kirian ihr einen Knebel in den Mund gestopft, das Unterkleid so über den Kopf gezogen, dass sie nichts mehr sehen konnte, und zerrte sie aus dem Bett. Auf dem Boden fesselte er sie rasch und beugte sich dann über sie.
„Ganz ruhig. Versucht erst gar nicht, Euch zu befreien, macht Euch am Besten unsichtbar. Wenn ich vergesse, dass Ihr da seid, umso besser für Euch! Mein Ziel ist Euer Gefährte, Ihr habt nichts vor mir zu befürchten, wenn Ihr mir nicht in die Quere kommt.“
Ihr leises Keuchen und Stöhnen verstummte bei seinen Worten, sie lag still, auch wenn sie zitterte. Kirian legte ihr eine Hand auf den Kopf. „Wenn Ihr atmen könnt, nickt einmal. Danach möchte ich Euch vergessen!“
Sie nickte, beruhigt richtete Kirian sich auf, lauschte auf die Bewegungen des Mannes, doch der schlief weiterhin tief und fest. Er warf eine Decke über die Frau und widmete sich dann seinem wahren Opfer.

Bartolos, Freiherr von Hyula, schrak aus tiefem Schlaf und fand sich in einem Albtraum wieder: Jemand hockte auf seiner Brust, ein Tuch war um seinen Hals geschlungen und wurde mit gnadenloser Kraft zugezogen. Er versuchte zu kämpfen, doch es war schon zu spät, er konnte kaum die Hände heben, die Welt versank in atemloser Schwärze. Da lockerte sich der Zug, und er schnappte nach Luft, vollkommen schockiert von dieser Attacke. Jetzt erst bemerkte er die Kerze, die auf dem Tisch neben seinem Bett entzündet worden war, und plötzlich klärte sich seine Sicht und er erkannte den Mann über sich.
„Du?“, krächzte er. Eine Hand packte ruckartig seine Kehle, allerdings ohne zuzudrücken, und eine Klinge schwebte nur einen halben Fingerbreit vor seinem Auge.
„Keinen Laut. Wag es zu schreien, und du wirst es bereuen.“
„Was willst du? Wie bist du reingekommen?“, wisperte Bartolos, ohne sich einschüchtern zu lassen. Gewiss, schreien würde er nicht, aber offensichtlich wollte dieser Söldner noch etwas von ihm, sonst hätte er ihn doch längst getötet.
„Du wirst das hier unterschreiben und besiegeln“, zischte der Eindringling und hielt ein Pergament hoch.
Verflucht, etwas an diesem Mann war vertraut! Bartolos fuhr zusammen, als die Erinnerung plötzlich an die Oberfläche schwappte.
„Unmöglich, du bist tot … alle sagen, Ihr seid längst tot!“, murmelte er.
„Überraschung!“, zischte der Mann. „Los, oder muss ich erst buuh! schreien, damit du mich nicht für einen Geist hältst?“
„Stefár von Lichterfels, richtig? Aber was habt Ihr mit dem Corlin zu schaffen?“
„Stefár ist tot, Bartolos. Sieh hin, wer ich jetzt bin!“ Die Dolchspitze verschwand, jetzt starrte er auf das Heft der Klinge. Ein prachtvolles Stück, geformt wie ein sprungbereiter Löwe. Der Dolch, der längst genauso Legende geworden war wie sein Besitzer.
„Kirian? Du bist …“ Ein Fausthieb krachte gegen seinen Kiefer, benommen riss er die Arme hoch, versuchte sich zu schützen,

dem Hass in diesen glühenden Augen zu entkommen.
„Ja, ich bin Kirian. Und ich bin ein totgesagter Fürstensohn, der wirklich wütend ist. Wo ist Lys?"
„Ich sag es Euch, bitte, tötet mich nicht!", wimmerte er, so gut er konnte. Der Hieb hatte ihm mindestens zwei Zähne ausgeschlagen, Bartolos spuckte Blut. Plötzlich fiel ihm auf, dass er allein hier lag. „Gwenna? Wo – was habt Ihr mit ihr gemacht?"
„Nichts. Du wirst sie allerdings nicht mehr wiedersehen." Er wurde gepackt, aus dem Bett gezerrt, zum Tisch geschubst.
„Unterschreib und besiegle, ich sag es nur einmal!", drohte die eisige Stimme hinter ihm. Sein Blick irrte über die Zeilen – es war ein Befehl, dem Träger dieses Schreibens in jeder Hinsicht zu gehorchen und den Gefangenen, Lyskir von Corlin, unverzüglich an ihn zu überstellen. Unwillkürlich krampfte sich seine Hand um einen Schlüssel, den er um den Hals trug.
„Ihr hasst den Jungen, nicht wahr? Sollen wir ihn nicht gemeinsam vernichten?", flüsterte er mühsam, nachdem er seinen Namen gegeben und das Wachssiegel angebracht hatte. „Ich hasse ihn auch, ihn und seine ganze Sippe. Er hat von mir keine Gnade empfangen. Ich hätte es mir einfach denken müssen, dass er Euer Gefangener war, nicht Euer Schützling. Kein Söldner geht so mit seinem Herrn …" Ein weiterer harter Schlag traf ihn, brachte ihn zu Fall. Augenblicklich warf sich der Räuber über ihn, schlug wahllos auf ihn ein, bis Bartolos nur noch wimmern konnte, kaum noch bei Bewusstsein.
„Ich würde dich sogar leben lassen, du Made, und mich an dem Gedanken weiden, dass du den Rest deines erbärmlichen Lebens vor mir zitterst. Aber du hast dich an jemandem vergriffen, der zu mir gehört. Danke den Göttern, dass ich keine Zeit zu verlieren habe. Du wirst nicht leiden."
In Todesangst versuchte Bartolos zu schreien, sich zu wehren. Den scharfen Ruck, als die Klinge in seinen Leib fuhr, spürte er nicht, nur die Kälte, die plötzlich über ihn kam, und die Dunkelheit. Das letzte, was er sah, war das eisige Feuer von Triumph und Hass.

25.

Kirian wischte den Dolch hastig an Bartolos' Nachtgewand sauber. Oh, wie gerne hätte er diesen Bastard leiden lassen für das, was er Lys angetan hatte! Aber dafür war keine Zeit. Der Schlüssel um den Hals des Freiherrn war ihm sofort aufgefallen. Möglicherweise brauchte er ihn? Gewiss, es konnte irgendein Schlüssel sein, zu einem Kästchen mit Juwelen oder Geheimdokumenten, zu einer versteckten Kammer gehören … aber eben auch zu einer Tür, hinter der Lys gefangen lag. Er zögerte nicht lange, sondern nahm den Schlüssel einfach mit. Wegwerfen konnte man ihn ja immer noch! Jetzt musste er sich nur noch das Blut abwaschen, sein eigenes von den harten Schlägen, die er Bartolos versetzt hatte, und das fremde. Auf dem Weg zur Waschschüssel musste er über die Lache am Boden hinwegsteigen. Ein spontaner Gedanke schoss ihm durch den Sinn, impulsiv setzte er ihn sofort um: Er packte die Hand des Toten, zerrte den schweren Körper auf die Seite, tauchte dessen Zeigefinger in das Blut und schrieb damit die ersten vier Buchstaben seines Namens. Das letzte „i" verschmierte er, sodass es schien, als wäre dem Sterbenden die Kraft ausgegangen.
„Was tut man nicht alles für seine Legende!", murmelte er, als er sein Werk zufrieden betrachtete. Dann reinigte er sich rasch die blutigen Fingerknöchel, steckte dann das wertvolle Pergament ein. Dabei bemerkte er Lys' Waffen, die achtlos zu Boden geworfen worden waren, und nahm sie mit.
Die Frau war bei Bewusstsein, sie kämpfte stöhnend gegen Fessel und Knebel. Kirian riss ihr den Stoff herunter, mit dem er ihren Kopf verhüllt hatte. Sehen konnte er es nicht, dazu war es in diesem Teil des Raumes zu dunkel, aber sie schien soweit wohlauf. Keine Gefahr, dass sie ersticken könnte. Jetzt hieß es nur noch beten, dass der Stoff und die zusätzliche Decke ihr Gehör soweit gedämpft hatten, dass sie nichts über seine wahre Identität erfahren hatte.
„Bleibt still. Im Morgengrauen wird man Euch finden und be-

freien!", zischte er ihr zu. Dann verließ er das Zimmer. Er musste zu Lys, sofort! Jetzt war die beste und zugleich einzige Gelegenheit, seinen Plan umzusetzen.
Kirian zog seine Kapuze tief ins Gesicht und eilte die Treppen hinab, bis er die Verliese fand. Niemand begegnete ihm unterwegs, nicht einmal mehr die Katze. Eine stahlbeschlagene Tür versperrte ihm den Weg, doch damit hatte er gerechnet und klopfte energisch mit dem Knauf seines Säbels dagegen. Es dauerte einige Augenblicke, dann öffnete sich eine Klappe in der Tür.
„Öffnet, im Namen des Freiherrn!", befahl Kirian und hielt dem Wächter das Dokument entgegen.
„Das hat der Herr nicht geschrieben, ich kenne seine Schrift", knurrte der Mann, dessen Glatze im Laternenlicht leuchtete.
„Natürlich nicht, du Narr! Der obere Teil stammt von meinem Herrn, der weit höher steht als der deine. Prüfe die Unterschrift."
Der Wächter hob die Laterne höher, studierte das Pergament. Dann öffnete er die Tür.
„Ich veranlasse alles, Herr", brummte er und rief über die Schulter: „Geros, Minar, führt den Mann zu dem Gefangenen. Er hat Order, den Corlin sofort mitzunehmen."
„Zwei Pferde brauche ich. Meins ist erschöpft", fügte Kirian hinzu. Zwei weitere Kerkerwächter erschienen, beide waren deutlich angetrunken.
„Müssen wir da nicht den Herrn wecken?", fragte einer, während er sich erst das fettige dunkle Haar, dann ausgiebig am Bauch kratzte.
„Der da hat Unterschrift und Siegel vom Herrn. ICH gehe jetzt nicht und störe den Herrn in der Nacht."
Der Glatzkopf drängte sich an Kirian vorbei. „Werde dann mal die Pferde und Ausrüstung bereitstellen." Man sah ihm an, dass er nicht allzu begeistert von der Aussicht war, zu dieser Stunde den Stallmeister wecken und zwei Pferde fordern zu müssen. Genau darauf spekulierte Kirian, alle würden ihn schnell loswerden wollen und nicht genau nachforschen. Sollte das hier

schief gehen, waren er und Lys verloren …
„Nimm die Waffen des Gefangenen mit, es sind wertvolle Trophäen“, befahl er herablassend.
Die beiden anderen Wächter liefen voraus und führten Kirian zu einer weiteren schweren, mehrfach verriegelten Tür. Ohne die passenden Schlüssel wäre er hier niemals durchgekommen, das war mehr als offensichtlich.
„So, da is' er“, sagte der zweite Mann, der bis jetzt geschwiegen hatte. Er war groß und so muskulös, dass Kirian sich wahrhaftig nicht mit ihm anlegen wollte. Dieses Unbehagen zeigte er jedoch nicht, genauso wenig wie seine Sorge, in welchem Zustand sich Lys befinden würde.
„Wurde der Gefangene gefoltert?“, fragte er betont sachlich.
„Nee. Der war allein von dem Weg hierher kaputt. Hat mächtig Schläge gekriegt. Wird aber wohl laufen können, mit 'n bisschen Überredung.“
„Ah, verdammt, wir brauchen den Schlüssel vom Herrn“, fiel dem Dunkelhaarigen plötzlich ein. „Nur damit krieg'n wir die Ketten auf.“
Kirian zückte wortlos den Schlüssel, den er mitgenommen hatte. Er wagte kaum, die stille Gestalt anzusehen, die verkrümmt auf nackter Erde lag.
„Hoch mit dir!“ Der schweigsame Wächter versetzte Lys einige Fußtritte, die lediglich von mattem Stöhnen beantwortet wurden, dann hob er seinen Gefangenen auf und warf ihn sich über die Schulter. Kirian schluckte seine Wut auf diesen Mann hinunter, so schwer ihm das auch fiel.
„Geros trägt den für Euch zum Haupttor, geht am schnellsten“, sagte der Dunkelhaarige. „Hey, beeil dich, das Spiel wartet, klar? Du warst dran mit Geben, Geros!“
Lys wurde langsam wach, während er auf der breiten Schulter des Wächters hin- und herschaukelte. Die Schürfwunden, die Beine und Bauch fast vollständig überzogen, brannten furchtbar und sein Rücken schien in Flammen zu stehen.
Will endlich mal wieder aufwachen ohne Schmerz, Angst, Hunger …, dachte er, als sein benebelter Verstand begriff, was mit ihm ge-

schah. Offenbar war es schon Zeit, man brachte ihn nach Sorala.
Kirian, wo bist du?
Eine dunkle Gestalt lief neben ihm, mit weitgreifenden Schritten. Wohl sein Bewacher auf der Reise. *Hoffentlich nur wenige Soldaten, sonst kann ich nicht fliehen.*
Sie traten ins Freie, verwirrt erkannte Lys, dass es noch tiefe Nacht sein musste.
„Komm schon, Geros, beeil dich!", zischte eine Stimme aus den Schatten. Lys wurde hochgerissen, herumgewirbelt und auf ein Pferd gesetzt. Stöhnend sank er nach vorne weg.
„So ist das sinnlos, wenn er fällt und sich den Hals bricht, hat niemand was gewonnen. Bindet ihn so, dass er weder aus den Steigbügeln rutschen noch anderweitig fallen kann!"
Lys ruckte hoch – Kirian! Wie war das möglich? Kirian, hier in der Festung? Erteilte Befehle und bestimmte über sein Schicksal? Er wurde wenig behutsam mit den Händen an den Sattelknauf und mit den Stiefeln an die Steigbügel gefesselt. Eine weitere Schlinge führte um den Hals des Pferdes und über Lys' Nacken. Selbst wenn er bewusstlos werden würde, könnte er in dieser Haltung nicht abstürzen. Aufrichten war allerdings unmöglich, er drückte sich selbst das Blut in den Armen ab, und es würde schon bald sehr anstrengend und schmerzhaft werden, so zu verharren.
„Herr, das Pergament. Die Torwächter wissen Bescheid, sie lassen euch beide durch."
„Gute Arbeit. Ich werde das meinem Herrn erzählen, es wird seine Meinung über Hyula erhöhen."
Lys stöhnte auf, als sein Pferd am Zügel gepackt und mitgeführt wurde, jede Bewegung schmerzte unerträglich. Im Schritt ging es durch das Tor und noch ein wenig den Weg entlang. Dann sprengte Kirian unvermittelt los. Lys biss sich auf die Lippen, bis sie blutig waren, es war eine weit schlimmere Tortur als befürchtet, in dieser Zwangslage auf dem Pferd zu hängen. Doch lieber würde er beide Arme verlieren und sich den Nacken blank scheuern lassen, als auch nur einen Klagelaut von sich zu geben!

Drei Meilen weit trieb Kirian die Pferde voran, bis zu einer großen Wegkreuzung, bei der er eine viel genutzte Abzweigung nach Osten nahm. Sie führte ihn erst einmal in die falsche Richtung, aber er hoffte darauf, dass sich die Verfolger, die schon bald an ihren Fersen hängen würden, davon verwirren ließen. Erst, als die Kreuzung ein ganzes Stück hinter ihnen lag, wagte er anzuhalten. In fliegender Hast sprang er vom Pferd. Die Faust um seinen Magen, sie war wieder da, als er sich Lys näherte. Wie schwer war er wirklich verletzt? Was würde der wilde Ritt ihm angetan haben? Und würde Lys ihm jemals den Verrat verzeihen können?

Kirian drängte all diese Fragen zur Seite, als er die Seile durchschnitt. Lys stöhnte unterdrückt, sobald Kirian ihn vom Sattel zog, war aber offensichtlich bei Bewusstsein.

„Hörst du mich? Lys, kannst du mich hören?“ Kirian verfluchte die Dunkelheit, er konnte nicht sehen, wie schwer die Wunden waren.

„Lass mich.“ Lys schlug unkontrolliert um sich.

„Hör auf, du verletzt dich nur noch mehr! Ich bin’s, du bist frei.“

„Lass mich los!“ Kirian gehorchte widerstrebend; sofort wich Lys vor ihm zurück, mehr kriechend zwar, aber immerhin aus eigener Kraft. Er hätte am liebsten geschrien bei diesem Anblick.

Hab ich ihn verloren?

„Du hast mich ausgeliefert“, zischte Lys. „Sie hätten mich beinahe zu Tode geschleift!“

„Ich weiß, es tut mir leid. Was hätte ich denn machen sollen? Flucht war unmöglich, einen Kampf hätten wir auf keinen Fall überlebt. Ich dachte, so hättest du vielleicht …“

Lys schnaufte nur wütend und wich noch weiter vor ihm zurück.

„Ich habe Bartolos getötet, um dich befreien zu können. Es wird nicht lange dauern, bis er gefunden wird, je nachdem, ob die Wächter klug genug sind, meine List nachträglich zu durchschauen. Man wird uns jagen.“

„Dann sollten wir jetzt weiter reiten.“ Der Frost in Lys’ Stimme schmerzte mehr, als Kirian sich eingestehen wollte.

„Du bist verletzt, ich würde …“

„Man hat mich bereits versorgt. Ich kann reiten.“ Mit steifen, sehr langsamen Bewegungen stand er auf, zog sich mühsam auf das Pferd und schaffte es dabei irgendwie, aufrecht zu bleiben. Kirian unterdrückte mehrere widerstrebende Impulse. Lys zusammenzuschlagen wäre ebenso sinnlos wie vor ihm auf die Knie zu fallen und um Gnade zu betteln. Also stieg er ebenfalls in den Sattel zurück und ritt schweigend voraus. Sein Pferd scheute mehrmals, weil Kirian zu heftig am Zügel riss. Verzweiflung und Wut brannten in ihm, unerträglich …

~*~

Sie ritten, so rasch, wie es möglich war, ohne die Pferde umzubringen. Lys sprach die gesamte Zeit über kein Wort, wandte sich ab, wann immer Kirian sich zu ihm umdrehte. Obwohl er es hinter seiner Maske beherrschter Gleichgültigkeit zu verbergen suchte, war deutlich zu erkennen, in welch schlechter Verfassung er wirklich war. Die Art, wie er immer wieder zusammenfuhr, wie steif er sich hielt, verriet ihn. Wann immer Kirian davon sprach, anzuhalten und auszuruhen, schüttelte er den Kopf und biss sich auf die Lippen. So lange, bis Kirians Wut sich am frühen Vormittag endlich durchsetzte.
„Schluss jetzt. Wir machen Rast!“, zischte er und griff in die Zügel von Lys Pferd.
Er sprang ab, wollte Lys helfen, doch der war schon selbst abgestiegen und machte Anstalten, das Tier abzusatteln.
„Setz dich. Oder leg dich. Das hier mache ich“, befahl Kirian knapp, in einem Ton, der keinen Widerspruch erlaubte.
Lys schnaubte, fügte sich jedoch schweigend und setzte sich zu Boden. Kirian seufzte innerlich, beeilte sich dann, die Pferde zu versorgen und ihre Ausrüstung zu sortieren. Stumm hielt er Lys eine Decke und Verbände hin, wusste aber schon, dass er damit keinen Erfolg haben würde.
„Ich will keine Wickel. Ich will auch nichts gegen die Schmerzen. Lass mich einfach, ja? Lass mich einfach in Ruhe“, fauchte Lys, schnappte sich die Decke und rollte sich auf dem Boden ein, mit

dem Rücken zu Kirian gewandt.
„Du brauchst Hilfe, sei doch vernünftig. Ich habe gesehen, wie der Bastard dich mit der Gerte gepeitscht hat. Sag mir nicht, dass deine Wunden nicht schmerzen!"
„Wird schon noch aufhören", klang es dumpf unter der Decke hervor.
Kirian stieg über ihn hinweg und setzte sich dicht neben ihm nieder. Wenn er seinen Liebsten wahrhaftig verloren haben sollte, würde er das hinnehmen, aber er wollte Klarheit, jetzt und sofort. Doch bevor er etwas sagen konnte, griff Lys nach seiner Hand. Nicht abwehrend oder ruckartig, sondern langsam, auf der Suche nach Halt.
„Bitte lass mich", flüsterte er, diesmal ohne Wut. „Ich weiß, du willst nur helfen, aber es geht nicht. Nicht jetzt." Lys nahm die Decke soweit zurück, dass sie einander anblicken konnten. Er war so weiß im Gesicht, dass er fast transparent schien, seine von Qual erfüllten Augen standen riesig hervor. Die dunklen Schlagmale auf den Wangen waren deutlich sichtbar.
„Hier oben", fuhr er mit vor Schmerz schwankender Stimme fort und wies auf seinen Kopf, „da weiß ich das genau, Kirian. Ich weiß, dass es Wahnsinn war, gegen zwanzig bewaffnete Reiter das Schwert zu ziehen, ich weiß, dass es so tollkühn wie klug war von dir, dich nicht gefangen nehmen zu lassen. Du hast viel riskiert … Hier oben bin ich dir unendlich dankbar, bewundere ich die List und Kaltblütigkeit, mit der du mich da herausgeholt hast. Aber hier, hier ist es anders." Er legte eine Hand aufs Herz. „Ich habe Stunden damit verbracht, mich verraten und zurückgelassen zu fühlen. Ich lag da in meinem Verlies und habe gewusst, dass du nicht der Mann bist, der nur sein eigenes Leben retten will. Ich wusste, du würdest kommen, wenn es dir nur irgendwie möglich ist, darauf hat ein Teil von mir vertraut. Aber die leise Stimme im Hinterkopf blieb, dass du es vielleicht nicht rechtzeitig schaffen würdest. Diesmal vielleicht nicht."
„Lys, ich …"
Er ließ ihn nicht zu Wort kommen. „Du kannst nichts tun,

Kirian. Es gibt nichts, was du sagen oder tun könntest. Das muss ich mit mir alleine ausmachen.“ Er küsste ihm die Hand und ließ ihn dann los, bedachte ihn noch einmal mit einem flehenden Blick.
„Lass mich einfach, bitte!“
Da war sie wieder, die Faust, die sein Inneres zusammendrückte. Kirian nickte stumm und wandte sich ab, aß und trank mit mechanischen Bewegungen, ohne etwas zu schmecken, und legte sich selbst nieder. Das schmerzerfüllte, kaum hörbare Schluchzen neben ihm hinderte ihn lange Zeit daran, Ruhe zu finden. Er wartete, hoffte, dass Lys irgendwann einschlafen würde, doch das dauerte sehr, sehr lange. Immer wieder wollte er zu ihm gehen, Hilfe anbieten, ihn mit Gewalt zwingen, Hilfe anzunehmen. Stillliegen zu bleiben war eine harte Prüfung und der größte Liebesbeweis, den er jemals erbracht hatte, über einen endlos langen Tag und eine noch längere Nacht hindurch.
Kurz vor dem Morgengrauen schreckte ihn eine Berührung aus wirren Träumen hoch. Ein warmer Körper kroch zu ihm unter die Decke. Kirian drehte sich auf den Rücken, damit Lys sich anschmiegen konnte, ohne seine Wunden zu belasten.
„Hast du’s mit dir ausgemacht?“, flüsterte er und strich ihm leicht über Kopf und Gesicht.
„Wenn sich eine solche Situation noch einmal ergeben sollte, eben dass wir zwei von einer Übermacht angegriffen werden, die es eigentlich nur auf mich abgesehen hat …“ Lys stockte kurz. „Tu es wieder. Versprich es mir. Tu es wieder.“
„Ich schwöre es“, flüsterte Kirian und küsste ihn sanft. „Und ich werde versuchen, jedes Mal rechtzeitig zu kommen.“
„Ich vertraue darauf!“ Lys erwiderte den Kuss, ließ sich regelrecht in die Umarmung hineinfallen. „Und wenn du mich jemals brauchen solltest, oder einer deiner Leute, dann werde ich da sein. Aber jetzt erzähl mir, wie du dieses Heldenstück geschafft hast. Egal wie, du hast jedenfalls deine eigene Legende übertroffen.“
„Ich habe dafür gesorgt, dass meine Legende weiter erblüht“, brummte Kirian müde und begann zu erzählen, dankbar dafür,

dass Lys ihm noch immer vertraute. Dass sie beide noch lebten und es immer noch ein *uns* für sie gab.

26.

Kirian erwachte am späten Vormittag. Lys schlief, regte sich nicht einmal, als Kirian aufstand. Ein Blick auf diese zusammengekrümmte Gestalt, die von Schmerz gefurchte Stirn und die rot leuchtenden Peitschenstriemen, die am Nacken sichtbar waren, und es war klar: Heute würden sie nicht mehr weiterziehen.

Und wenn ich dich anbinden muss, du machst jetzt endlich Pause, Lyskir von Corlin!

Kirian sah nach den Pferden und überprüfte die Umgebung. Sie waren nur einen Steinwurf von der Straße entfernt, hier konnten sie nicht lange bleiben, auch, wenn man sie nicht sah. Mit ungutem Gefühl ließ er Lys allein und suchte nach einem besseren Unterschlupf, bis er einen halb verfallenen Schuppen fand. Er schien Holzsammlern als Lager gedient zu haben, vor langer Zeit, einige verschimmelte Scheite lagen noch am Boden. Kein wirklicher Schutz, wenn es heftig regnen oder stürmen sollte, aber besser als nichts. Weit genug entfernt von der Straße war es auf jeden Fall, und Wasser gab es auch in der Nähe.

Hastig eilte er zurück und fand Lys wach, wie er befürchtet hatte – er versuchte gerade, ein Frühstück zu richten, war dabei so mit sich beschäftigt, dass er Kirian weder hörte noch bemerkte. Erst, als er hinterrücks gepackt wurde, schrak er zusammen.

„Wenn ich ein Feind wäre, hättest du keine Chance gehabt“, zischte Kirian ihm zu.

„Mit etwas Glück hätten die Pferde mich gewarnt. Ich hätte mich allerdings sowieso nicht verteidigen können.“ Wie zerschlagen lehnte er sich gegen Kirians Brust. „Ich verspreche, ich werde es heute langsam angehen lassen.“

„Du wirst heute nirgends hingehen, das kann *ich* dir versprechen.“
Lys dachte kurz darüber nach zu protestieren. Sie wurden gejagt, Elyne harrte auf Befreiung, all das schoss ihm in den Sinn. Aber dann war es ihm zu anstrengend, auch nur den Mund zu öffnen, also nickte er stumm und ließ sich festhalten. Kirians warme Hand auf seiner Wange war so angenehm, beinahe wäre er wieder eingeschlafen, trotz der unerträglichen Schmerzen, die in ihm wüteten, ihn immer wieder zusammenfahren ließen.
„Na komm, ein bisschen was essen solltest du schon, sonst wirst du beim nächsten Wind weggeweht. Danach bringe ich dich zu unserem neuen Lager.“
„Gut“, murmelte Lys zustimmend, ohne wirklich etwas verstanden zu haben. Er streckte den Arm aus, um sich abzustützen und aufsetzen zu können. Das Frühstück, er hatte doch die Vorräte sichten wollen! Mitten in der Bewegung vergaß er allerdings, was er gerade vorgehabt hatte, betrachtete einen Moment lang verwirrt seine Hand, schloss die brennenden Augen – und schlief ein.
Kirian legte ihn vorsichtig nieder, küsste ihm sanft die Lippen. Lys stöhnte leise, zu erschöpft, um erwachen zu können.
„Einverstanden. Ich esse allein. Aber nachher bist du auch dran!“

~*~

Lys wurde davon geweckt, dass Kirian ihn auszog. Ein Feuer prasselte in der Nähe und verströmte angenehme Wärme, im Gegensatz zu seinen Wunden, die brannten und juckten. Er schrie auf, konnte es nicht verhindern, als kaltes Wasser über seinen Rücken rann.
„Ruhig, ganz ruhig, es ist gut“, hörte er Kirians Stimme, spürte seine Hände auf Kopf und Arm. „Ich würde es dir so gerne ersparen, aber alles ist entzündet und verkrustet. Wenn ich es nicht reinige, wird es noch eitern, und dann weiß ich nicht, ob ich dich hier draußen durchbringen kann.“

„Es tut so weh", wimmerte er, zu elend, um sich noch für seine Schwäche schämen zu können.
„Ich habe nichts hier, um den Schmerz zu lindern. Nur Wasser und ein bisschen Heilsalbe." Er hörte Kirians Mitgefühl, klammerte sich Halt suchend an die Hand, die sich um seine schloss. „Nicht mal Schnaps hab ich dabei." Wieder fuhr das nasse Tuch über seine zerrissene Haut.
„Was bist du nur für ein Sheruk? Ziehst ohne Schnaps durchs Land?", keuchte Lys, bäumte sich auf vor Qual.
„Hast du jemals den Rotwein meines Vaters versucht?"
„Ja …"
„Er ist süß und schwer und berauscht trotzdem nicht die Sinne, nicht wahr? Würdest du billigen Fusel trinken können, nachdem du solch eine Wonne genießen durftest?" Kirian hielt ihn kraftvoll nieder und arbeitete weiter, während er ununterbrochen auf ihn einsprach. Irgendwelchen Unsinn, einfach um ihn beschäftigt zu halten. Keinem anderen hätte Lys freiwillig erlaubt, ihn so zu foltern. Doch Kirian vertraute er bedingungslos, ihm zuliebe ertrug er den Schmerz, solange er konnte.
Es gab kaum noch heile Haut an diesem Mann. Dass die meisten Wunden oberflächliche Abschürfungen waren, verschlimmerte es eher, da diese stärker schmerzen konnten als tiefe Verletzungen. Am schwersten betroffen waren wieder einmal Hände und Handgelenke, außerdem die linke Hüfte, wo er augenscheinlich längere Zeit lang über den Boden geschleift worden war. Kirian versuchte, den blutstarrenden alten Verband zu lösen, aber der klebte an der großflächigen Wunde fest. Lys wimmerte immer lauter, bis er jegliche Willenskraft verlor, sich noch zu beherrschen und anhaltend zu schreien begann. Erschrocken hielt Kirian ihm den Kopf, versuchte zu ihm durchzudringen. Doch Lys war so vollkommen außer sich, dass er immer weiter schrie, während er kraftlos zu entkommen versuchte, bis seine Stimme brach. Kirian presste ihn an sich, um die gellenden Schreie zu dämpfen. Zwar waren sie rund achthundert Schritt von der Straße entfernt, bei der Lautstärke aber konnte es geschehen, dass jemand sie hörte. Lys kämpfte gegen ihn, zu

panisch, zu weit getrieben, um noch zu wissen, was mit ihm geschah. Als er schließlich vor Erschöpfung aufgab, drehte Kirian ihn zu sich um. Tränen rannen wie Sturzbäche über Lys' Wangen. Noch war er bei Bewusstsein – allerdings nicht mehr wirklich bei Verstand. In wirrer Panik irrten seine Augen umher, seine Lippen formten lautlose Worte.
„Lys, ganz ruhig, es ist gut, hörst du mich? Ich höre auf. Wir machen später weiter, wenn du ausgeruht bist, ja? Aber ich muss die Wunden reinigen!“ Kirian verfluchte Bartolos dafür, dass der Lys' Bündel irgendwo hingeworfen hatte, wo er es nicht hatte finden konnte. Darin hatten sich Heilkräuter befunden, Mittel gegen Schmerzen und Fieber. Geblieben war ihnen nur die Heilsalbe, die der Kerkerwächter eingepackt hatte – eine erstaunlich umsichtige Geste, alles in allem. Lys wurde von einer neuen Schmerzwelle erfasst, und wieder gellten seine Schreie durch den Wald. Mit Tränen in den Augen griff Kirian zum allerletzten Mittel – er legte Lys einen Knebel an, ein weiches Stück Stoff, das er ihm um den Kopf band und so sein Gebrüll zumindest ein wenig dämpfte.
„Es tut mir so leid“, beteuerte er, doch Lys hörte ihn nicht mehr. Wie ein Wahnsinniger tobte er, versuchte sich von dem Knebel zu befreien, der schlimmste Erinnerungen wach rief, wehrte sich verzweifelt gegen die Hände, die ihn niederhielten, damit er sich nicht selbst noch weiter verletzte. Dann endlich sank er bewusstlos in sich zusammen. Kirian setzte sich einen Moment lang auf die Fersen zurück, um sich zu sammeln. Erst jetzt merkte er, wie er zitterte, dieser Kampf hatte alles von ihm gefordert. Aufgewühlt nutzte er die Zeit, die er hatte, weichte hastig den alten Verband mit Wasser durch, bis der sich löste, und verteilte großzügig Heilsalbe auf allen Abschürfungen.
Lys erwachte mittendrin, mit leerem Blick aus glasigen Augen ließ er alles geschehen, ohne sich zu rühren. Er wusste, Kirian war hier und versuchte zu helfen, doch es war, als hätte sich ein undurchdringlicher Vorhang zwischen ihn und die Welt da draußen geschoben.
„Bist du noch bei mir?“, hörte er seinen Liebsten flüstern, er

spürte die Angst, die Kirian zerriss. Es dauerte lange, bis er sich erinnerte, wie man den Kopf bewegte, doch dann nickte er, ganz leicht nur, gerade so, dass Kirian ihm erleichtert zulächelte. Als es endlich vorüber war, ließ er sich halten, bis er langsam einschlief. Es war angenehm, nichts zu spüren, nicht zu denken. Einfach nur dahinzutreiben und warten, dass Ruhe einkehrte.
„Vergib mir", war das Letzte, was er hörte, für lange Zeit.

27.

„E-edle Dame?" Der Diener wagte kaum, den Kopf in das Turmzimmer zu stecken. Es war ein luftiger, komfortabel eingerichteter Raum, der alles bot, was eine Fürstin sich nur wünschen konnte – ein großes Südfenster, das ihr den ganzen Tag über Sonne schenkte, Stickrahmen und Bücher zur Ablenkung, ein Schreibpult, an dem sie Briefe oder Gedichte verfassen durfte, passende Kleidung, Schmuck, Sitzgelegenheiten zum Entspannen, ein bequemes Bett. Dazu immer frisches Obst und Naschereien, soviel ein Mensch nur essen konnte. Diener, Kammerzofen und gleich drei Gräfinnen von hoher Bildung – die Gemahlin des Grafen von Sorala, ihre Mutter sowie Schwiegermutter – standen ihr Tag und Nacht zur Verfügung. Man sollte meinen, der einzige winzige Nachteil dieses Raumes – die abgeschlossene Tür – dürfte nicht die geringste Bedeutung besitzen. Zumal die äußerlich so liebliche Fürstin Elyne von Lichterfels für eine Gefangene erstaunlich viel Bewegungsfreiheit besaß und, wann immer ihr der Sinn danach stand, in Begleitung hinaus durfte, sei es in den Park, in die Gemächer der Gräfinnen oder, zum Einnehmen der Mahlzeiten, in die Speisehalle.
Doch Elyne dachte überhaupt nicht daran, sich dankbar für all diese Annehmlichkeiten zu zeigen. Sie schnaubte von früh bis spät, spuckte mehr Feuer als ein ganzes Drachenrudel und machte den Bewohnern der Burg das Leben zum Schattenreich.

„Edle Dame, verzeiht …“, wisperte der Diener unglücklich, als die Frau am Fenster keinerlei Anstalten machte, Notiz von ihm zu nehmen. „E-e-es ist a-angerichtet, Eure Edelgeboren.“
Übergangslos wirbelte Elyne herum und schleuderte ihm den schweren Stickrahmen an den Kopf.
„ESSEN! IMMER NUR ESSEN!“, kreischte sie, „Sehe ich aus wie eine Mastgans? Bin ich nicht noch fett genug von der Schwangerschaft? Ich will nicht essen!“
Der Diener rang um Fassung, was schwierig war mit blutender Nase und tränenden Augen, verbeugte sich knapp und wollte flüchten. Doch der Stickrahmen verkeilte die Tür; ohne nachzudenken griff er danach.
„WIE KANNST DU ES WAGEN!“, schrie dieses zarte, feengleiche Geschöpf, „Jetzt hast du es ruiniert mit deinem ekligen Blut!“ Sie ohrfeigte ihn links und rechts. Es war erstaunlich schmerzhaft, trotz ihrer so zierlichen Hände. Sie entriss ihm die Stickerei, fetzte sie vom Rahmen herunter und warf ihm die Überreste entgegen. „HINAUS!“
Froh, dieser Wahnsinnigen entkommen zu können, sprang der arme Mann in den Gang, schlug hastig die Tür hinter sich zu und verriegelte sie.
Diese Tür war recht dick, darum hätte er das amüsierte Gelächter der Dame nur hören können, wenn er gelauscht hätte.
Elyne genoss das Chaos, das sie verursachte. Manchmal hatte sie ein wenig Mitleid mit den Bediensteten, die keinerlei Schuld an der Misere trugen. Doch weder den Gräfinnen, dem Graf, noch dessen Verbündeten gewährte sie das geringste bisschen Gnade. Die hatten es nicht anders gewollt … und mussten Elynes Launen duldsam ertragen. Es bestand nun einmal die Möglichkeit, dass es Lys gelingen würde, sie zu befreien, sei es in einer waghalsigen Rettungsaktion oder, wahrscheinlicher, einem raffinierten politischen Winkelzug. Jeder Mensch in Onur dürfte wissen, wo sie war, den König, Lichterfels und Corlin eingeschlossen. Niemand würde eingreifen, auch ihr Vater nicht, es sei denn, Lys würde offen um Hilfe bitten.
Was natürlich nicht infrage kommt, damit würde er sich ja selbst

schwächen!, dachte sie verächtlich. *Aber ein Bündnis mit einem rangniedrigeren Adligen, mit dem er Sorala das Wasser abgraben kann, das wäre doch sicher nach seiner Vorstellung.*
Vielleicht beschließt er aber auch, dass er mich auf diese Weise billig loswird, und handelt mit diesen Verbrechern ein Abkommen aus …
Es klopfte wieder, der Schlüssel wurde gedreht. Elyne wischte sich hastig die Tränen ab und rüstete sich für ihren nächsten Wutausbruch.
„Elyne, Liebes?“ Sie stöhnte innerlich. Camera, die gräfliche Mutter war ganz besonders unerträglich. Aber nicht einmal Elyne brachte es übers Herz, einer solch würdigen alten Dame Wasser ins Gesicht zu schütten oder sie anzukeifen wie ein Fischerweib.
„Du musst doch etwas essen, Kind, die Geburt ist doch erst zwei Wochen her. Ach, Liebling, von deinem Kleinen getrennt, wie grausam ist die Welt, wie grausam!“ Die Gräfin säuselte und zirpte, zwang Elyne dabei energisch durch die Tür in Richtung Speisesaal.
„Wir verstehen dich hier alle, Liebes, entführt wie ein Stück Vieh, getrennt von Mann und Kind, was man dir antut, es ist so unmenschlich!“
„Ihr versteht gar nichts!“, fauchte Elyne und riss sich los. Diese grässliche Frau, gerade ihr Mitleid war so lästig!
Verletzt starrte die kleine alte Gräfin sie an, dann lächelte sie wieder nachsichtig. „Die Jugend, sie fühlt sich immer schlecht behandelt, jaja!“
„Und das Alter, immer glaubt es, alles besser zu wissen!“ Hochmütig stapfte Elyne voraus in den Saal, wo man sie bereits ängstlich erwartete. Der Ausdruck kaum verhüllter Panik gefiel ihr so gut, dass sie beschloss, sich erst einmal gnädig hinzusetzen, statt sofort mit Geschirr und Lebensmitteln zu werfen.

Währenddessen saß Graf Inur von Sorala mit seinem wichtigsten Verbündeten an einem Tisch und tupfte sich den Schweiß von der Stirn. Obwohl er noch keine vierzig Jahre zählte, hatte sich seine einst dichte schwarze Haartracht bereits weit zurück-

gezogen. Er war ein Mann, dessen kurz geratener, stämmiger Körperwuchs in keiner Relation zu seinem gewaltigen Ehrgeiz stand.
„Herr, ich weiß nicht, wie lange wir das noch ertragen können. Die junge Fürstin ist wie ein tollwütiger Hund. Gerade eben erst hat sie einem meiner Diener die Nase gebrochen!"
„Ich verlasse mich darauf, dass Ihr dieses Mädchen gebändigt bekommt", erwiderte sein Gast gelassen. „Elyne ist klug, sie weiß, wenn sie sich aufführt wie eine Irrsinnige, kann ihr Gemahl ihr hinterher nicht vorwerfen, sie hätte sich möglicherweise mit dem Feind verbündet – falls es ein solches hinterher gibt. Falls nicht, hofft sie ganz offensichtlich darauf, dass man sie lieber zu ihrem Vater zurückschickt, als eine solch hysterische Person zur Heirat zu zwingen. Aber bis jetzt gehen wir davon aus, dass ihr Gemahl noch lebt und seine eigenen Pläne verfolgt. Natürlich wird Lyskir niemals freiwillig seinen eigenen Sohn ausliefern. Zumal sich das Kind, dank Eurer vollständigen Inkompetenz, an einem unbekannten Ort befindet." Die Stimme des Mannes war so eisig, dass der Graf unwillkürlich erschauderte.
„Herr, ich bitte um Vergebung", begann er, doch er wurde sofort unterbrochen.
„Wie konntet Ihr einen einzelnen Mann mit einer Amme und einem Kind auf einem solchen Riesenklepper verlieren?"
Na, Euch hätte ich sehen wollen, wie Ihr mehrere Nächte in Folge ohne Schlaf auskommt!, dachte Inur. Einige seiner Leute waren dem jungen Fürsten gefolgt, doch während der tagsüber abwechselnd mit der Amme stundenweise geruht hatte und so die Kraft fand, die Nächte durchzumarschieren, hatten seine Männer irgendwann einfach anhalten müssen und ihre Beute auf diese Weise verloren. Tagelang hatten sie anschließend noch nach ihm gesucht, ohne Erfolg.
„Herr, der junge Corlin ist ein ungewöhnlich listenreicher Mann. Er muss geahnt haben, dass man ihm möglicherweise folgt und hat es in der Dunkelheit der Nacht geschafft, falsche Fährten zu legen und seine Häscher abzuschütteln." Inur konnte sich gerade noch daran hindern den Kopf einzuziehen, obwohl er fest damit

rechnete, für die Lüge bestraft zu werden.
Zu seiner Überraschung nickte sein Gast. „Ja, es stimmt schon, der Junge darf nicht unterschätzt werden. Ach, übrigens, unser Verbündeter in Weidenburg ist tot. Irgendwie muss der Narr sich verraten haben, was schade ist. Er war nützlich, und jeder hat ihm vertraut. Aber nun, vielleicht brauchen wir ja auch gar keinen Spion mehr an dieser Stelle."
In diesem Moment klopfte es an der Tür, und ein Diener trat ein.
„Herr? Ich weiß, Ihr wünschtet nicht gestört zu werden, doch draußen wartet ein Bote aus Hyula. Ich könnte mich irren, aber es scheint, es ist sehr wichtig."
„Er soll kommen", befahl der Besucher, ohne sich um den Grafen zu kümmern.
„Herr, Bartolos wird wohl nur wieder Geld verlangen. Ihr wisst, dieser Mann ist so unersättlich wie brillant", wandte Graf Sorala ein.
„Auch ihn solltet Ihr nicht unterschätzen. Unser Freiherr ist gierig, ja, aber er weiß, was er seinen Gönnern schuldig ist."
Ein abgehetzt aussehender Soldat im Wappenrock von Hyula trat ein und verneigte sich respektvoll.
„Edle Herren", begann er sofort, „mein Name ist Gand, ich bin der momentane Befehlshaber der Festung von Hyula. Diese Angelegenheit erschien mir zu wichtig, als dass ich sie einem anderen Boten auferlegen wollte."
„Bartolos ist tot?", fuhr der hochrangige Gast dazwischen.
„Ja, Herr, aber woher …?"
„Unwichtig. Fahre fort!" Gand zuckte unter dem stechenden Blick des Fremden zusammen und stammelte rasch:
„Edle Herren, durch Zufall geriet uns jener Fürst, der im ganzen Land gesucht wird, in die Hände, der junge Corlin. Mein Herr nahm ihn mit zur Festung und wollte ihn anschließend hierher bringen."
„Sicher? Er hat nicht versucht, ihn für sich zu behalten oder an andere Fürstenhäuser zu verkaufen?" Der Fremde streckte die Finger durch und tippte die Kuppen gegeneinander. Langsam.

Immer wieder. Gand wie auch Inur beobachteten ihn dabei, gebannt davon, wie bedrohlich eine solch harmlose Geste wirken konnte.
„Also? Hat er es versucht?“
„Nein, ich meine, es ist ganz sicher, Herr. Er ist dem Haus Sorala treu ergeben!“, stammelte Gand erschrocken. „Aber dann ist der Gefangene verschwunden.“
„Geflohen?“
„Nein, Herr. Kirian hat ihn. Kirian ist irgendwie in die Festung eingedrungen, hat meinen Herrn getötet und mit einer List die Kerkerwächter so betrogen, dass sie ihm den Gefangenen arglos übergaben. Die Männer trifft keine Schuld, wir, also, ich habe den Vorfall genau überprüft.“
„Kirian, der Räuber? Kirian, das Gespenst?“, höhnte Inur verächtlich. „Wenn dieser Kirian wirklich an allem Schuld wäre, was man ihm mittlerweile zur Last legt, müsste er an zehn Orten zugleich losschlagen können.“
„Er war es, das schwöre ich! Mein Herr hat noch im Sterben den Namen des Unholds mit seinem eigenen Blut auf den Boden zu schreiben versucht, bis der Tod ihn erlöste. Und seine junge Geliebte befand sich mit im Schlafgemach. Kirian hat sie vor den Augen meines Herrn vergewaltigt und gefoltert, bis der schließlich keine Wahl hatte, als den Schlüssel für die Ketten des Gefangenen zu übergeben und einen Passierschein zu unterschreiben. Danach hat Kirian sein grausames Spiel mit meinem armen Herrn getrieben, bis er wohl die Lust verlor und ihn verblutend am Boden zurückließ. Gwenna legte er einen Strick um den Hals und ließ sie gefesselt zurück, dergestalt, dass sie auf Zehenspitzen stehend balancieren musste, um sich nicht zu erwürgen. Wie die arme Frau die Nacht überlebt hat, ist ein Rätsel! Es dauerte Stunden, bis sie die ganze Geschichte erzählen konnte.“ Gand schaffte es, all diese Lügen vorzubringen, ohne mit der Wimper zu zucken. Er hatte es in den letzten zwei Tagen so oft mit seinen Untergebenen durchgesprochen, dass er schon fast selbst daran glaubte, es wäre genau so geschehen – er wollte keinen Zweifel daran aufkommen lassen, dass die Wachsoldaten

in irgendeiner Weise versagt hatten, und es fügte sich doch so auch viel besser in das Bild von Kirian ein!
Der Graf blickte zu seinem Gast hinüber, der nachdenklich schien und schließlich nickte.
„Ja, das klingt glaubhaft. Brutal, hinterlistig, aber zielbewusst, das passt.“ Er fluchte laut. „Wenn Kirian ihn in den Fängen hat, wird der Junge nicht lange überleben.“
„Was sollen wir jetzt tun, Herr?“, flüsterte Gand eingeschüchtert.
„Ihr kehrt sofort nach Hyula zurück. Ich kümmere mich um die Festung, sobald ich Zeit dafür habe“, beschied ihm der Graf knapp. Der Soldat wusste, wann er entlassen war, und floh aus dem Raum.
„Und nun?“
„Nun, liebster Inur, müssen wir warten, was geschieht. Vielleicht wird Kirian versuchen, uns sein Opfer zu verkaufen, nachdem er genug mit ihm gespielt hat. Oder er lässt uns seine Leiche finden. Falls nicht, nun, in zweieinhalb Monaten kann Lyskir für tot erklärt werden, und dann ist es egal, ob er noch irgendwo lebt oder nicht. Ihr seht, wir können gar nicht verlieren.“
Der Graf erschauderte unter dem eisigen Lächeln des Fürsten. Er hielt sich selbst für einen nervenstarken Mann, doch diesem Anblick war er nicht gewachsen.

28.

Ein merkwürdiges, schabendes Geräusch weckte Lys aus intensiven Träumen. Das Geräusch wurde von einer Empfindung begleitet, an die er sich erinnerte, doch sein Kopf weigerte sich, eine Verbindung herzustellen. Finger drückten auf seiner Wange herum, warum nur? Vage war ihm bewusst, dass er diese Berührung schon beim letzten Erwachen gespürt hatte, zusammen mit verschwommenen Bildern von Kirian.
Der Gedanke an seinen Liebsten löste eine Kaskade von Erinnerungen aus, zu viele in viel zu rascher Folge, also drängte er sie mühsam beiseite und öffnete die Augen.
Das Geräusch verschwand. Lys suchte nach einem Orientierungspunkt, wo er sich überhaupt befand, bis er plötzlich Kirians Gesicht über sich sah.
„Da bist du ja wieder“, begrüßte ihn der Sheruk mit einem innigen Lächeln.
Verwirrt starrte Lys zu ihm hoch.
„Halt still, sonst hast du gleich ein Ohr weniger!“ Kirian drückte ihm den Kopf zur Seite, und jetzt begriff Lys, was er gehört und gefühlt hatte – er wurde rasiert. Mit geschickter, ruhiger Hand schabte Kirian ihm mit dem Rasiermesser über Wangen, Kinn und Hals, was er sich in einer Mischung aus Belustigung und Scham gefallen ließ.
„Du siehst so fremd aus mit Stoppelbart, außerdem ist es ein ganz guter Zeitvertreib“, erklärte Kirian ungefragt. „Die letzten Male hast du dich nicht darüber beschwert.“
„Wie lange habe ich geschlafen?“, murmelte Lys schockiert, als er begriff, was diese Worte bedeuten mussten. Erst jetzt fiel ihm auf, dass er nur noch leichte Schmerzen spürte, vor allem zwischen den Schultern und an den Hüften.
„Drei Tage und Nächte.“ Kirian wischte ihm mit einem Tuch über das Gesicht und küsste ihn dann auf die Nase. „Du warst immer mal ein wenig wach, gerade genug, dass ich dir ein bisschen Tee oder Milch einflößen konnte, aber so munter wie jetzt

hast du schon lange nicht mehr ausgesehen."
„Milch?" Verwirrt blickte er um sich, doch sie befanden sich noch immer mitten im Wald, bei dem Holzunterstand, an den er sich schwach erinnerte. Die Pferde grasten in der Nähe.
„Ich habe dich mehrmals allein zurücklassen müssen, um in ein Dorf in der Nähe zu reiten, wo ich Heilkräuter, Honig, Milch und einige andere Sachen kaufen konnte. Essen konntest du nicht, irgendwie musste ich dich aber ernähren, und ohne Heilmittel hätte ich dich nicht durchgebracht. Das waren nicht mal die Verletzungen, du warst einfach vollkommen ausgelaugt."
„Es tut mir leid", wisperte Lys beschämt. Er wusste genau, was Kirian auf sich genommen hatte in den letzten Tagen. „Ich schulde dir so viel, das kann ich niemals …" Kirian legte ihm den Zeigefinger auf den Mund und brachte ihn so zum Schweigen.
„Sagen wir einfach, im Moment habe ich einen Gefallen bei dir gut, ja? Ich bin Räuber, kein Krämer, ich schreibe keine Schulden an oder verrechne sie mit Handelswaren." Dann verdüsterte sich sein Gesicht plötzlich. „Außerdem fürchte ich, dass du es bald schwierig finden könntest, zu mir zu stehen."
„Was meinst du?" Alarmiert versuchte Lys sich aufzusetzen und war erstaunt, dass seine Muskeln gehorchten. Trotz der langen Zeit, die er stillgelegen hatte, ging es ihm recht gut. Kirians Verdienst … Er zog die Decke um seinen nackten Körper, lehnte sich an einen der Pfosten des Unterstandes und harrte auf eine Antwort.
„Ich hatte viel Gelegenheit zum Nachdenken. Ich hoffe sehr, dass ich mich irre, Lys. Ich bete darum. Aber wenn ich richtig liege, kommt nur ein einziger Mann für all das, was geschehen ist, infrage."
Sofort wollte Lys auf ihn einstürmen, doch Kirian schüttelte nur den Kopf. „Ich kann das nicht aussprechen, nicht, bevor es Gewissheit geworden ist. Besser, ich hätte gar nicht erst damit angefangen." Er versuchte es weiter, doch irgendwann resignierte Lys und nahm es hin, dass sein Liebster dieses Geheimnis noch wahren wollte. Ihm wurde dabei so schwindelig, dass er sich

wieder hinlegen musste, so sehr ihm das auch missfiel.
„Nur … kurz …“, murmelte er, und schlief bereits wieder, bevor er gänzlich die Augen geschlossen hatte.
Kirian seufzte zufrieden. So lange hatte er gefürchtet, dass Lys niemals mehr aufwachen würde, oder wenn, dass er sich verändert haben könnte. Zu oft hatte er Soldaten gesehen, tapfere, lebenslustige Männer, die nach schweren Verletzungen zerbrachen, von Angst oder Schwermut beherrscht wurden. Nichts davon hatte er bei Lys gespürt. Ihm von seinem Verdacht zu erzählen war eine Probe gewesen, inwieweit der junge Mann sich noch an alle Geschehnisse erinnerte und ob er bereit war, weiterzukämpfen.
„Mögen die Götter geben, dass ich mich irre, Lys von Corlin. Aber ich fürchte, du und ich, wir haben den gleichen Feind.“
Immer hatte er geahnt, dass die Vergangenheit ihn eines Tages einholen würde. Dass er sich dem Mann, der ihn zum Geächteten gemacht hatte, würde stellen müssen. Doch heute war er dazu genauso wenig bereit wie vor elf Jahren.

Als Lys das nächste Mal erwachte, war er allein. Die Pferde grasten allerdings beide in der Nähe, also konnte Kirian nicht weit sein. Er fühlte sich noch besser als am Morgen, von dem dumpfen Druck im Kopf abgesehen, der von der langen Zeit völliger Unbeweglichkeit stammen musste. Seine Kleidung lag in der Nähe, es war ihm allerdings viel zu mühsam, sich anzuziehen, also begnügte er sich mit der Decke. Hungrig pflückte er Brombeeren, die einige Schritt entfernt wucherten. Es war kaum genug, um einen Spatz zu befriedigen, doch er fühlte sich danach erst einmal satt und beschloss, nach Kirian zu suchen. Zum Glück fand er ihn rasch, an einem sprudelnden Bach, kaum einen Steinwurf vom Lager entfernt. Die kurze Anstrengung hatte Lys schon wieder erschöpft, was ihn maßlos irritierte. So schwach zu sein, das war einfach nicht richtig! Schwer atmend setzte er sich an einen Baumstamm gelehnt nieder und beobachtete seinen Liebsten. Kirian stand im Wasser und wusch sich und seine Kleidung. Der Anblick des nackten, starken

Körpers erinnerte Lys schmerzlich daran, wie lange er nicht mehr von diesem Mann in Besitz genommen worden war. Begehrlich statt voller Mitleid berührt zu werden, Leidenschaft statt Schmerz zu spüren. Ohne nachzudenken warf er seine Decke von sich und stieg zu Kirian in den Bach. Es war eisig, die Strömung überraschend stark. Doch es belebte seine Sinne und vertrieb das dumpfe Schwindelgefühl.

Kirian konnte ihn nicht hören, dafür rauschte der Bach zu stark. Er wrang gerade sein Hemd aus, fertig mit der Wäsche, als Lys ihn am Arm berührte und mit einiger Mühe um ihn herum watete. Es brauchte keine Worte, ein Blick genügte. Kirian schleuderte das Hemd ans Ufer, zog dann seinen Geliebten zu sich. Mit beiden Händen wühlte er durch das blonde Haar und küsste Lys mit all der Sehnsucht, die sich wochenlang aufgestaut hatte. Sie taumelten aus dem Wasser heraus, unfähig, sich voneinander zu lösen, beide so hungrig, dass sie sich weder beherrschen konnten noch wollten. Lys sank vor ihm ins Gras nieder, schrie vor Lust auf, als Kirian ihn bloß umarmte und sich behutsam an seinen Rücken schmiegte, darauf bedacht, seine Wunden zu schonen.

„Soviel Hingabe und Stolz in nur einem Mann, wie hat das nur alles Platz in dir?", stöhnte Kirian, während er sich in das warme, zuckende Fleisch hineindrängte. Lys keuchte nur atemlos und presste sich gegen den Schaft in seinem Inneren, schrie heiser vor Wonne, als Kirians Hand sich um sein Geschlecht schloss. Gemeinsam fielen sie in einen hastigen Rhythmus, der nur wenige Herzschläge benötigte, bevor sie Erfüllung fanden.

Kirian hielt ihn noch eine Weile lang umarmt, streichelte ihn mit all der Zärtlichkeit, die er sich in den endlosen Tagen zuvor versagt hatte. „Das können wir aber besser, meinst du nicht?", flüsterte er Lys schließlich zu.

„Hm", war die matte Antwort.

„Ah, du bist einfach noch nicht wach. Das lässt sich ändern!" Übermutig hob Kirian ihn hoch und stieß ihn in den eisigen Bach zurück. Eine kurze Wasserschlacht entbrannte, bei der Lys sich tapfer mühte, doch als seine Lippen blau anliefen und er

sich nicht mehr auf den Beinen halten konnte, trug Kirian ihn zurück zum Lager. Es dämmerte bereits, als die nassen Sachen beim Feuer ausgebreitet lagen und die beiden Liebenden sich unter ihren Decken gegenseitig aufwärmten.
„Versprich mir, dass es nie wieder soweit mit dir kommt", flüsterte Kirian ihm zu, so eng an Lys gepresst, wie es nur möglich war, ohne mit ihm zu verschmelzen. Er bedeckte Hals und Nacken seines Geliebten mit Küssen, bewegte sich nur ganz langsam in seinem Leib, genoss es, Erregung und Begehren zu sehen statt Schmerz. „Du bist so stolz, Lys, die Götter haben dir einen Willen geschenkt, den beinahe nichts zerstören kann, und dazu einen Körper, der beinahe ebenso widerstandsfähig ist. Aber alles hat nun einmal seine Grenzen."
„Wenn ich … mich … nur genug … anstrenge, werde ich … diese … Schwäche … vielleicht noch … überwinden", keuchte Lys abgehackt.
„Gar nichts sollst du überwinden, sondern mal rechtzeitig nachgeben!", lachte Kirian. „Deine Sturheit bringt dich ins Grab!"
„Nein. Das … schaffst ... du schon viel … schneller." Lys drückte sich stöhnend nach hinten, wand sich voller Lust unter ihm. Kirian küsste ihn lächelnd, vergrub dann sein Gesicht zwischen Schulter und Hals seines Liebsten und überließ sich gänzlich der Leidenschaft, der Wärme und den Händen, die sich an ihn klammerten.

~*~

Vier Tage später erklärte sich Lys für geheilt und ausgeruht genug, den Weg fortzusetzen. Auch wenn es gerade anfing in Strömen zu regnen, hatte Kirian nicht wirklich etwas dagegen, außerdem brannte er nicht weniger als Lys darauf, diese ganze Angelegenheit endlich hinter sich zu bringen. Sie ritten langsam, kehrten abends in eine Herberge ein, in einem Dorf, das weit genug abseits der großen Handelsstraßen lag, sodass sie sich sicher fühlten. Lys verbarg sein Gesicht unter der Kapuze, falls jemand seine Beschreibung kannte, Kirian hingegen trat offen als

Söldner auf. Das rote Tuch und die zahlreichen Waffen, mit denen sie sich beide umgaben, erschreckte die Leute genug, um Abstand von Fragen zu nehmen.

„Zwielichtiges Volk auf der Straße, es wird immer schlimmer!", wisperte es um sie herum. „'s wird Zeit für 'nen neuen König. Maruv müsste uns heute noch zum ersten Mal was Gutes bringen."

„Der Corlin hätt's vielleicht gebracht. Aber jetzt hat ihn der Kirian gepackt. 'Ne Schande is' das, ganz Onur sucht den Mann, der mitsamt dem Kind wie weggezaubert ist, und dann kriegt den ausgerechnet der Räuber."

„Ja, aber dafür sind wir den Verbrecher in Hyula los! Und vielleicht verkauft Kirian den Corlin ja auch für zweihundert Silberstücke, soviel wie der für den Räuber mit der Narbe da gezahlt hatte."

Lys prustete in sein Bier, als er diesen Satz aufschnappte.

„Für zweihundert Silberstücke unterhalte ich ein Jahr lang meine Burg", wisperte er.

„Wenn du die Geschichte das nächste Mal hörst, werden es tausend Silberne sein, wart nur ab."

„Man sollte sich häufiger in solchen Dörfern rumtreiben, man hört viel", erwiderte er grinsend und zwinkerte Kirian zu. „Und, willst du mich verkaufen?"

„Wenn du mich weiter so ärgerst … wäre vielleicht sogar eine raffinierte Methode, in Sorala einzudringen. Aber ich fürchte, man hat dort die Kerkerwächter bereits vorgewarnt, die Gefangenen nur noch an den Grafen persönlich auszuliefern."

„Dann bleibt's beim ursprünglichen Plan: hinreiten, beobachten, auf Inspiration warten, ja?"

„So sieht es wohl aus."

Beide zuckten zusammen, als die Tür sich öffnete und einige Bewaffnete die Herberge betraten. Beide erkannten sofort Gand wieder.

„Überlass das Reden mir, wenn er rüberkommen sollte, klar?", flüsterte Kirian und setzte sich noch ein wenig breitbeiniger in seinem Stuhl zurück.

Der Wirt wuselte um die Soldaten herum. „Die Herren, welche Ehre!“ Gand wurde respektvoll begrüßt, man kannte ihn offensichtlich. Die Gruppe setzte sich in der Nähe an einen Tisch, bestellte Essen und Bier. Es dauerte nicht lange, bis man Kirian bemerkte, alle konnten sich an ihn erinnern. Sie musterten ihn offen, mit kaum verhohlenem Misstrauen.
„Ich geh mir mal ein bisschen Ärger suchen. Angriff ist die beste Verteidigung!“ Mit vergnügt funkelnden Augen schnappte Kirian sich seinen Bierkrug und schlenderte zu den Soldaten hinüber, die davon wenig angetan schienen.
„Hoi, ihr wack‘ren Leut‘! Darf ich auf ein Wort dazukommen?“ Ohne die Antwort abzuwarten, griff Kirian nach einem Stuhl und ließ sich neben Gand nieder. Mit einem Arm auf die Lehne gestützt bot er den Anblick völliger Gelassenheit.
„Hast du nicht bereits einen neuen Herrn? Willst du ihn auch in Stich lassen, oder was wird das hier?“, schnaubte Gand geringschätzig.
„Nu‘ mal fein ruhig, ihr Edlen. Wollt nur hör’n, ob ihr was von meinem letzten Herrn wisst. Der wurd’ euch ja gestohlen, wie man so sagt.“
„Was kümmert dich das? Du hast von ihm und von unserem Herrn Geld kassiert.“
„Ah, man wird doch noch Interesse hab’n dürfen? Wenn er noch lebt, muss ich wissen, vor wem ich zu fliehen hab, ne? Wer wird denn jetzt der neue Herr auf Hyula?“ Kirian genoss das Unbehagen der Soldaten in vollen Zügen.
„Im Moment bin ICH der Herr der Festung, und es wird schon bald mit Hyula aufwärtsgehen, wenn der Graf und sein Gast die Dinge in die Hand nehmen. Und jetzt scher dich zu deinem Schützling, wer auch immer das ist. Scheint ja kein besonders rechtschaffener Mensch zu sein, wenn der sich verstecken muss!“
Kirian beugte sich vertraulich vor und flüsterte grinsend: „Der is’ äußerst rechtschaffen, aber der arme Kerl hatte Wasserbrand, der will sich nich’ zeigen, wenn Ihr versteht. Zum Glück hatt’ ich das schon, der is’ womöglich noch ein bisschen ansteckend, wenn

Ihr versteht, weiß ich ja nich' so genau. Der Brand is' aber weg, nur noch im Gesicht. Kein schöner Anblick!"
Gand fuhr von Kirian zurück und starrte ihn wütend an, doch der war bereits aufgestanden und schlenderte breitbeinig zu Lys zurück.
„So, ich hoffe, ich hab den Kerl richtig eingeschätzt, dann wird er es nicht wagen, dich anzufassen", lachte er leise und erzählte Lys von dem Gespräch.
„Inur von Sorala hat einen Gast? Dann sollten wir morgen sehr früh weiter reiten, was meinst du?"
„Ganz deiner Meinung. So oder so, wir werden jetzt wohl bald erfahren, wer dein Feind ist." Kirian hielt dem forschenden Blick stand, den Lys ihm zuwarf. Noch immer war er nicht bereit, seine Sorge zu teilen. Wenn es wirklich so sein sollte, würde er es früh genug erfahren …

29.

„Erkennst du das Wappen?" Kirian kniff die Augen zusammen, doch auf diese Entfernung konnte er das Abzeichen auf den Umhängen der Soldaten nicht erkennen, die vor der Burg patrouillierten.
„Pfeil und Schreibfeder, das Zeichen von Sorala", erwiderte Lys prompt. Kirian streckte ihm heimlich die Zunge raus, konzentrierte sich dann aber wieder auf die Umgebung. Sie hatten die Pferde in einiger Entfernung untergebracht und spähten nun die gräfliche Residenz aus. Falls hier ein hochrangiger Gast beherbergt wurde, hielt sich seine Eskorte irgendwo innen auf, was ungewöhnlich war. Normalerweise vertraute man niederen Adligen nicht genug, um ihnen allein die Außenpatrouille zu überlassen. Schon weil man sich dann allzu rasch von seinem Gastgeber umzingelt fand.
„Vielleicht ist er schon wieder abgereist. Oder er hat seinen

Männern Wappenröcke von Sorala gegeben, für den Fall, dass du vorbeikommst. Man hält dich zwar für tot …"
„Gewiss, immer auf Sicherheit spielen. Ich bin sicher, es ist ein geheimes Bündnis. Wenn es geheim bleiben soll, ist es klug, die Soldaten zu tarnen."
„Nun, dann müssen wir uns eben hineinschmuggeln, um mehr zu erfahren. Warten wir auf die Dunkelheit."
„Kirian …" Lys blickte ernst zu ihm herüber. „Ich gehe allein rein. Die Wahrscheinlichkeit, dort lebendig wieder herauszukommen, ist gering. Ich will deinen Tod nicht verantworten müssen."
„Vergiss es. Glaubst du, ich warte hier gemütlich ab und warte, bis man deine Leiche von den Zinnen hängt?", schnaubte Kirian verächtlich.
„Nein. Ich will, dass du hier gemütlich wartest, bis man Elyne gehen lässt. Jemand muss ihr sagen, dass ihr Kind noch lebt. Wenn wir beide sterben, wer soll das dann noch tun?"
Kirian packte ihn so fest an den Armen, dass es schmerzte. „Ich bin nicht wegen meiner Schwester hier, Lys. Die ist mir nicht völlig egal, aber die Götter wissen, wichtig ist sie mir auch nicht. Du hingegen, du bist mir wichtig. Zu zweit sind unsere Chancen größer, und darum gehen wir zu zweit dort hinein. Keine Widerrede! Wenn du stirbst, dann will ich dich rächen oder bei dem Versuch draufgehen." Er starrte in die riesigen Augen, die ihn so traurig und erschrocken anblickten. „Ich will ohne dich nicht leben, Lys von Corlin, verstehst du das nicht? Ich habe dich zweimal um ein Haar verloren, einmal, weil ich dir nicht vertraut und einmal, weil ich nicht genug auf die Straße geachtet habe. Du kannst dir nicht vorstellen, was das in mir alles zerstört hat. Hier, ganz tief in mir drin." Er schlug sich wuchtig auf die Brust. Unter seinem flammenden Blick schmolz Lys' Widerstand dahin. Er nickte stumm, biss sich auf die Lippen, um die Tränen zurückdrängen zu können. Aufgewühlt riss Kirian ihn zu sich, hielt ihn fest, so fest er nur konnte. „Wir zwei gemeinsam, verstanden? Wir zwei gegen diese verdammte Welt, und sie sollen

wagen uns aufhalten zu wollen!", flüsterte er und küsste Lys' Stirn.
„Zusammen", erwiderte der. „Die Götter wissen, ich würde dich lieber heil und gesund bei deinen Leuten sehen. Aber ich bin froh, dass du bei mir bist."
Sie schlichen näher heran, so weit die Deckung reichte. Es gab hier keinen Baumwuchs, lediglich niedriges Gebüsch, das die Straße säumte. Es war eine recht kleine Burg, doch gut geschützt von hohen Mauern und einem gepflegten Graben. Auch nachdem sie die gesamte Anlage einmal umrundet hatten, fand sich keine Schwachstelle, die sich für einen nächtlichen Einbruch empfahl.
„Hm – wir sollten uns vielleicht eine gute Verkleidung zulegen und tagsüber durch das Tor einschleichen. Es könnte schwierig werden, diesen Graben zu durchschwimmen und dann noch eine zehn Schritt hohe, ziemlich glatte Mauern zu überwinden", murmelte Kirian nachdenklich.
Lys grinste ihn an. „Sprich es aus. Sag: Ich selbst könnte leicht wie eine Katze da hoch, aber du wirst mir nicht folgen können, also lassen wir es lieber."
„Fängst du jetzt schon an, Gedanken zu lesen?" Kirian erwiderte das Grinsen. „Nun gut. Ich könnte es. Du nicht."
„Und was würde den größten Sheruk aller Zeiten hindern, dort hochzuklettern und dem ungeschickten Fürstenbengel ein Seil zuzuwerfen? Dürfte uns weiterbringen als Verkleidungsspiele, oder?"
„Och, ich dachte daran, dich in eine Priesterrobe zu stecken. Sicherlich würde dir blau ausgezeichnet stehen."
Lys boxte ihm in den Rücken, musste aber selbst bei der Vorstellung lachen. „Das heben wir uns dann für die nächste Burgstürmung auf, in Ordnung?"
„Ich werde dich daran erinnern, Kleiner."
Sie mussten sich ducken, als eine Reitergruppe die Straße entlangkam und auf die Burg zuhielt.
„Lass uns ein wenig mehr Abstand suchen", flüsterte Kirian, und sie entfernten sich ein Stück von der Straße. In einer Mulde

ließen sie sich nieder und aßen etwas. Es war früh am Tag, sie würden die Stunden mit ungewohntem Nichtstun verbringen müssen.
„Was ist los?“, fragte Lys, als ihm auffiel, wie schweigsam sein Gefährte war.
„Ach, es ist nur … dumme Gedanken.“ Lys wartete, ob er noch weiter sprechen würde, und schließlich seufzte Kirian und griff nach einem abgebrochenen Zweig, der auf dem Boden lag. „Es ist meine Schuld, denke ich. Das, was aus Elyne geworden ist.“ Er spielte mit dem Zweig, wirbelte ihn zwischen seinen Fingern herum. „Sie war ein ängstliches Kind, von Geburt an. Egal ob Dunkelheit, Spinnen, laute Geräusche, das Rascheln von Mäusen, sie fürchtete sich vor allem. Reiten lernen? Undenkbar, das Biest könnte sie ja beißen. Die Hunde waren für sie ebenso schrecklich wie die Soldaten. Regnete es, fürchtete sie, ein Gewitter könne aufziehen. Es gab nichts, was Elyne nicht in Angst und Schrecken versetzen konnte. Unser Vater, meine Stiefmutter, sie waren wenig begeistert davon. Du weißt, warum.“
Lys nickte. Adlige Frauen durften nur äußerlich zimperlich sein. Sie waren Unterpfand für Bündnisse, oft genug von Krieg und Gewalt umgeben. Schwache Damen wurden zu Opfern im Intrigenspiel, wodurch auch ihre Ehemänner und Kinder in tödliche Gefahr gerieten. Nein, auch wenn Adelsdamen nicht zum Schwert greifen mussten, von ihnen wurde ebenso viel Härte verlangt wie von den Männern. Ängste, Zimperlichkeit – diesen Luxus konnten sich allenfalls die Ehefrauen wohlhabender Händler und Handwerker leisten, umsorgt und verwöhnt in Häusern, die sie niemals zu verlassen brauchten, wenn sie es nicht wollten.
„Ich war fast zwanzig, als sie geboren wurde. Für mich war Elyne keine Schwester, sondern mehr ein lebendiges Spielzeug. Sie kam zu mir, wenn sie Albträume hatte, sie ließ sich von mir trösten und beschützen. Ich habe ihr Geschichten erzählt, um sie zum Schlafen zu bringen, ihr eingeredet, ihr Kettenanhänger – ich habe ihn selbst gemacht – besitze magische Kräfte, die sie vor allem Übel bewahren könnten. Mir vertraute sie, und nur

mir. Ich brachte sie dazu, ihr Pony nicht als Feind anzusehen und das Reiten zumindest zu versuchen. Ich zeigte ihr, wie man sich Hunde zum Freund macht und hielt sie fest, wenn sie sich vor Blitz und Donner fürchtete. Für sie habe ich Drachen gejagt und so getan, als würde ich all ihre kindlichen Fantasiemonster töten können."

„Du warst ihr ein guter Bruder", sagte Lys, doch Kirian schüttelte energisch den Kopf.

„Nein, eben nicht! Ich wusste doch, was ich ihr antue. Sie hatte sich schließlich nur noch an mich geklammert, niemand sonst durfte ihr etwas sagen. Wenn ich auf einen Feldzug gehen musste, hat sie wochenlang geweint und das Essen verweigert und wurde erst wieder froh, wenn ich heimkehrte. Sie vertraute darauf, dass ich immer zu ihr zurückkommen würde, ich, ihr Drachentöter. Der Kummer stand schon auf der Schwelle, ich sollte bald heiraten, dann hätte sie mich teilen müssen. Stattdessen aber wurde ich aus heiterem Himmel als Dieb angeklagt, vor ihren Augen ausgepeitscht und fortgejagt. Und diesmal kam ich nicht zurück. Der Drachentöter war gefallen. Elyne verlor an diesem Tag keinen Bruder, sondern all das, was Sicherheit für sie bedeutete. Ich hätte härter sein müssen, Lys. Weniger Drachen töten. Sie dazu drängen, sich ihren Ängsten zu stellen, statt sie davor zu beschützen. Mir war einfach nicht klar gewesen, dass ich nicht unsterblich und unverwundbar bin."

Lys ergriff seine Hand und drückte sie. „Warum bist du nie zu ihr zurückgegangen?", fragte er.

„Ich war wie vor den Kopf geschlagen, als man mich verstieß. Die Anklage war so lächerlich, ich sollte einen Ring gestohlen haben. Tagelang irrte ich umher, ohne Ziel. Ich wollte sterben und wusste nicht wie. Bis ich eines Abends einen Mann sah, der sich von einer Klippe in die Tiefe stürzen wollte – Albor. Auch er hatte alles verloren, was er liebte und wusste nicht mehr weiter. Ich habe ihn von dort weggezogen und beschlossen, ein neues Leben zu beginnen. Dafür musste ich aber das Alte vollkommen hinter mir lassen. Etwa ein Jahr später bin ich nachts zu Elyne gegangen, um nach ihr zu sehen. Sie schien so zufrieden

zu sein … also wollte ich sie nicht mit der Vergangenheit quälen, ihr ebenfalls ein neues Leben ermöglichen. Wann immer ich sie allerdings später sah, war sie ein noch schlimmeres Biest geworden, spöttisch, überheblich, immerzu wütend. Elyne hatte gelernt, selbst ein Drache zu sein, wenn etwas ihr Angst machte. Sie stieß mich ab."
„Ich glaube es dir. Aber es ist nicht deine Schuld, Kirian. Du wolltest nicht fortgejagt werden, und du warst niemals allein dafür verantwortlich, wie sie aufwächst. Elyne gehört sich selbst, es ist ihre Entscheidung, wer sie ist. Nichts, was du tust oder lässt, wird daran etwas ändern."
Kirian drückte ihm noch einmal fest die Hand, dann löste er sich.
„Du tust mir gut. Wenn du es aussprichst, kann ich es sogar fast glauben."
Beide schraken zusammen, als sie ein Geräusch hörten. Schritte? War jemand hier? Sie zogen lautlos ihre Waffen und krochen an den Rand der flachen Mulde. Nichts war zu sehen, doch sie wussten beide, sie waren nicht mehr allein. Plötzlich schlug ein Pfeil dicht neben Kirians Kopf ein.
„Keine Bewegung! Ihr seid umstellt!"
Von allen Seiten bewegten sich Soldaten auf sie zu, in einem lückenlosen Ring. Kirian steckte die Klinge zurück und setzte sich scheinbar gelassen zu Boden.
„Ich werde es nicht tun", wisperte er Lys zu. „Diesmal nicht. Ich gehe mit dir."
Lys gab keine Antwort, er starrte auf die Männer, die ihn mit Pfeilen anvisierten. Ausnahmslos alle trugen das Wappenzeichen eines springenden Berglöwen. Das Wappen von Corlin.

30.

Lys hielt den Hauptmann der Garde von Corlin die ganze Zeit im Blick, während ein junger Soldat, den er nicht kannte, ihm grob die Waffen abnahm und seine Hände auf dem Rücken fesselte. Dorians Haare waren grau geworden im Laufe der Jahre, doch noch immer war er der Mann, der Lys das erste Holzschwert geschnitzt hatte. Der ihm beibrachte, mit Kurzschwert und Bogen zu kämpfen, auf dem Boden wie auf dem Rücken eines Pferdes. Dorian hatte ihn aufgefangen, als sein Vater und Roban nach dem Mord an der Mutter zu sehr mit sich selbst beschäftigt waren. Es war Dorian gewesen, der Lys überreden konnte, überhaupt wieder mit dem Waffentraining zu beginnen, obwohl er eigentlich niemals wieder ein Schwert hatte berühren wollen, und nur Dorian hatte verstanden, warum Lys sich überhaupt dagegen gewehrt hatte.

„Ein Schwert zu tragen bedeutet nicht, ein gewissenloser Mörder zu werden. Du bist nicht wie die Rombruger, und du wirst es auch niemals werden. Aber es wird immer Rombruger da draußen geben, egal mit welchem Namen, sie werden Schwerter tragen und dich töten, wenn du dich nicht wehrst. Lerne dich zu verteidigen, dich und jene, die du liebst."

Diese Worte hatte Lys niemals vergessen, und die Erinnerung an den Tag, an dem Dorian sie gesprochen hatte, war lebendiger denn je. Auch jetzt stand Dorian vor ihm, doch diesmal nicht als Ausbilder, als Freund, als väterlicher Beschützer. Diesmal war er auf der Seite der Feinde.

„Wer ist der Kerl?" Der Soldat hinter ihm schlug ihm unsanft gegen die Schulter und zwang Lys' Aufmerksamkeit zurück in die Gegenwart. Er wandte den Kopf und sah, dass Kirian wie wild gegen die Soldaten kämpfte und noch immer frei war. Er hielt seinen Dolch in der Hand, das verräterische Heft mit der Hand bedeckt, und nutzte ihn, um die Angreifer auf Abstand zu halten. Ihre Blicke trafen sich, und Lys verstand sofort – Kirian brauchte einen kurzen Moment für sich.

„LASST IHN LOS!", brüllte er und stürzte sich mit gesenktem Kopf gegen einen der Männer. Kirian rollte über den Boden, und verbarg, als für einen Herzschlag lang alle auf Lys achteten, den Dolch unter einem Busch. Sofort danach wurde er wieder gepackt und hochgerissen, seine Arme brutal auf den Rücken gedreht. Lys wurde ebenfalls ergriffen, ein harter Schlag traf ihn ins Gesicht.
„Mach das nicht noch mal! Und nun rede, wer ist der Kerl?", zischte der Soldat wutschnaubend. Er war noch jünger als Lys, ein schlaksiger, blonder Junge, der versuchte, sich einen Schnauzbart wachsen zu lassen – vielleicht, um älter zu wirken. Er holte noch einmal aus, doch diesmal wurde sein Arm abgefangen.
„Schluss, Barat!", befahl Dorian. „Er ist noch immer ein Fürst, und wenn die Dinge sich nur ein winziges bisschen ändern, auch bald wieder *unser* Fürst." Obwohl er ruhig sprach, sackte der junge Soldat regelrecht in sich zusammen.
„Wer ist Euer Begleiter, Lys?", wandte sich Dorian nun zu ihm um. Er half Lys aufzustehen, riss sich dann ein Stück Stoff von seinem Hemd und hielt es an Lys' blutende Oberlippe.
„Ein Söldner, zu meinem Schutz."
„Er trägt kein rotes Tuch."
„In meiner Tasche!", mischte Kirian sich ein. Mittlerweile hatte er sich widerstandslos fesseln lassen und bedachte den blonden Jüngling mit einem Blick, der Drachen hätte töten können.
„Und er ist wirklich nur der Beschützer? Das sah eben aber anders aus!", höhnte einer der Männer, zuckte aber mit den Schultern, als ein rotes Söldnertuch zum Vorschein kam.
„Er hat mich aus Kirians Fängen befreit und dabei Leib und Leben riskiert. Ich war schwer verletzt nach der Gefangennahme durch den Freiherrn von Hyula und der Folter in den Händen des Sheruk." Lys sprach sehr leise, ließ seine Stimme gekonnt brechen, als er die Folter erwähnte. Die Männer blickten betroffen zur Seite, einige fluchten ungehemmt.
„Manchmal, Ihr wisst es, Dorian, ist es völlig unwichtig, welchen Titel wir tragen und welche Mutter uns geboren hat. Lamár hat

mir das Leben gerettet und mich hinterher gesund gepflegt. Er ist mein Freund, genauso wie er mein Beschützer ist."
Niemand antwortete darauf, aber Kirian wurde nun mit verlegenem Respekt behandelt. Falls er etwas gegen seinen neuen Namen einzuwenden hatte, ließ er sich nichts anmerken.
„Wie habt ihr uns gefunden?", fragte Lys, während er gehorsam loslief, auf die Burg zu.
„Wir haben die gesamte Umgebung schon seit Tagen beobachtet und euch beide gesehen, als ihr herkamt. Sobald ihr euch niedergelassen hattet, haben wir euch umzingelt, in weitem Abstand, damit ihr nicht zu früh etwas merkt. Und nun, junger Herr, folgt mir bitte."

Als die Soldaten mit ihren beiden Gefangenen außer Sicht waren, näherte sich eine kleine Gruppe bewaffneter Männer der nun verlassenen Mulde. Ein Mann suchte den Boden ab, bis er schließlich neben einem Busch niederkniete und einen auffällig geformten Dolch hervorholte. Lange betrachtete er diese Waffe, die so viel mehr war als nur ein Werkzeug. Dann verbarg er sie unter seinem Umhang und folgte mit seinen Begleitern der bewaffneten Schar nach Sorala.

~*~

Kirian kämpfte mit sich. Wenn er es Lys noch vorher sagen wollte, musste er jetzt sprechen. Aber alles in ihm wehrte sich dagegen. Er wusste nichts in dieser Sache mit Sicherheit, wenn er sich nun irrte?
Wenn er es gar nicht war, der mir den Diebstahl untergeschoben hat? Wenn er selbst ein Opfer war, das für die Intrige benutzt worden war?
Lys schritt sehr aufrecht, ganz Fürst, gerade jetzt, wo er in Fesseln von den Soldaten seiner eigenen Familie geführt wurde. Er bemerkte Kirians Blick und lächelte aufmunternd.
„Mein Vater wird uns nicht töten lassen. Davon hätte er nichts zu gewinnen."
Ich muss es ihm sagen! Doch Kirian schwieg, er konnte es nicht. Die

Tore standen weit offen. „Beeilt euch, Graf Inur und der Fürst warten in der Halle.“ Sie überquerten den Burghof, erklommen eine enge Steintreppe. Dorian klopfte an die Tür, hinter der die Halle liegen musste.
„Lys …“, begann Kirian.
„Schon gut. Mein Vater ist nicht grausam.“
„Hör zu, es ist nicht …“
Die Tür schwang auf, sie wurden hindurch geschubst. Graf Inur von Sorala blickte ihnen entgegen. Und an seiner Seite stand … Roban.
„Da bist du ja endlich. Wo ist dein verdammter Sohn? Und was macht dieser Verbrecher hier?“, fauchte Roban wütend.
Lys schwankte wie unter einem Schlag und wäre gestürzt, hätte Dorian ihn nicht abgefangen. Bleich starrte er auf seinen Bruder, in dessen von Zorn verzerrtem Gesicht nichts mehr von der Sorge und Liebe zu sehen war, mit der er Lys stets betrachtet hatte.
„Alle raus“, befahl Roban leise. „Dorian, halte dich mit deinen Leuten im Hof bereit. Befreie die beiden da vorher noch! Inur, schert Euch weg, egal wohin.“
Der Hauptmann legte die Waffen der beiden Gefangenen vor Roban auf einen Tisch, dann schickte er seine Leute aus der Halle.
„Mögen die Götter Euch gnädig sein“, wisperte er Lys zu, während er ihm die Fesseln zerschnitt.
Dann waren es nur noch sie drei: Roban, Lys und Kirian.
„Und jetzt noch einmal: Wo ist dein Sohn? Warum hast du ihn nicht mitgebracht? Und warum verbündest du dich mit dem, der es wagte gleich zwei Corlins zu entführen? Den Mann, den du angeblich durch ganz Onur hetzt?“
Lys ballte die Hände zu Fäusten und schüttelte den Kopf.
„Das ergibt keinen Sinn“, murmelte er. „Es sei denn …“ Er wirbelte zu Kirian herum. „Warum hast du es mir nicht gesagt? Ich hätte so viel Tod und Leid verhindern können, wenn ich es gewusst hätte.“
Kirian senkte den Blick unter der schmerzerfüllten Anklage,

doch bevor er etwas erwidern konnte, stampfte Lys mit dem Fuß auf.
„Ihr Götter, ich war so blind, so dumm!"
Roban verschränkte die Arme vor der Brust und betrachtete ihn misstrauisch. „Hat unser Wunderknabe nun etwa verstanden, was er niemals hätte wissen können?", höhnte er. „Dann möchte ich doch zu gerne wissen, was das sein könnte!"
„Ja, ich denke schon, Roban. Ich glaube, jetzt habe ich es verstanden. Aber ich wünschte, ich würde mich irren …"

31.

„Darf ich vorstellen: Stefár von Lichterfels", sagte Lys mit zeremonieller Geste. „Du erinnerst dich gewiss an ihn?"
Roban zuckte bei Lys' Worten zusammen und starrte fassungslos auf Kirian.
„Ich hatte mondelang gegrübelt, wer damals Interesse gehabt haben könnte, ausgerechnet ihm einen solch dummen Diebstahl anzulasten. Er war der Erbe von Lichterfels, er hätte nach Maruvs und Archyms Tod den Thron geerbt. Jeder hätte danach streben müssen, sich gut mit ihm zu stellen, denn unter allen anderen denkbaren Nachfolgern wäre ein blutiger Krieg nicht zu vermeiden gewesen. Um das Reich stabil zu halten, wäre Stefárs Wohlergehen das sicherste Mittel. Nun, die Rombruger und ihr Streben nach Macht hatten gezeigt, dass nicht alle Mitspieler ein stabiles Reich und Frieden im Sinn haben. Wenn da aber jemand den Thron an sich reißen wollte, warum wurde nur Stefár beseitigt? Corlin ist die größte Macht nach Lichterfels, aber niemand hat uns angegriffen, um auch uns zu schwächen. Immer wieder endete meine Suche nach dem möglichen Täter bei den Rombrugern. Einer von ihnen hatte anscheinend doch überlebt und sich gerächt, danach wahrscheinlich Selbstmord begangen. So musste es gewesen sein, diese verfluchten Bastarde! Erst

töteten sie Mutter, dann überzogen sie Onur mit Krieg, und ja, ganz gewiss hatten sie auch Stefár zum Geächteten gemacht. Ein Glück, dass diese Ratten allesamt vernichtet wurden! – Aber so war es nicht, Roban, oder?“ Lys wandte sich zu Kirian, noch immer bleich wie ein Gespenst. „Er war es, nicht wahr? Roban war der Mann, der vor nunmehr elf Jahren Lichterfels besuchte, nachdem die Rombruger vernichtend geschlagen worden waren. Ich hatte gedacht, es läge einfach an der lange gepflegten Rivalität zwischen unseren Fürstentümern, dass nach dem gemeinsamen Feldzug kein weiteres Bündnis erfolgte, aber der Grund war Robans Anklage. Er hat dich, Stefár, beschuldigt, ihn bestohlen zu haben, was für alle so peinlich war, dass es niemals nach außen getragen wurde. Nicht einmal Elyne wusste, wer der Ankläger gewesen war!“

„So ist es“, murmelte Kirian. „Ich habe nie verstanden, warum, denn es gab, für ihn dadurch nichts zu gewinnen.“

„Ansehen!“, fuhr Roban dazwischen. „Ansehen für Corlin! Ihr, Stefár, ward viel zu stolz auf Eure winzige Rolle in diesem Feldzug. Viel zu sicher, dass nichts und niemand Euch etwas anhaben kann. Es war an der Zeit, Euch und Eurer Arroganz einen Dämpfer zu verpassen! Ich hatte nicht damit gerechnet, dass man Euch gleich ächten würde.“

„Man sollte nicht spielen, wenn man die Konsequenzen nicht kennt“, zischte Kirian wütend, doch Lys drängte sich an ihm vorbei.

„Aus Neid, weil der König ihn mehr ehrte als dich, hast du ihm deinen Ring untergeschmuggelt und dann, nach seiner Ächtung, stillgehalten. Es hätte mir schon viel früher klar werden müssen – du hast nicht einmal versucht, Elyne zu heiraten. Natürlich hätte man dir niemals ihre Hand überlassen. Ein Wunder, dass Archym überhaupt bereit war, mich zu akzeptieren!“

„Mein Vater ist immer ein Taktiker gewesen, Lys. Ihm war klar, wie viele Vorteile das Bündnis mit Corlin liefert, trotz der Gefahr, die du darstellst, und ich war seit einem Jahrzehnt für tot erklärt. Er war bereit, das Risiko mit dir einzugehen, um die Familie zu stützen und das Königreich stabil zu halten“, murmelte Kirian. „Allen Demütigungen zum Trotz, die er dir angetan hat, mein Vater würde sich niemals wirklich gegen dich stellen. Er versucht nur, dich klein zu halten, um sich selbst zu schützen."

„Ich verstehe. Aber warum der Angriff gegen mich, Roban? Warum hast du einen Verräter in Weidenburg eingeschmuggelt, meine Frau entführt? Was willst du von meinem Sohn? Welches Ziel verfolgst du? Wenn du selbst nach dem Thron strebst, warum tötest du mich nicht? Du hattest unzählige Gelegenheiten!"

„Du verstehst gar nichts, egal für wie schlau du dich hältst!", grollte Roban und hieb mit der Faust auf den Tisch.

„Der Thron ist mir völlig egal, ich bin ein Krieger, kein König. Nein, auch wenn dein plötzlicher Ehrgeiz mich überrascht hat, ich war von Anfang an stolz auf dich. Ein Corlin auf dem Thron, das gefällt mir! Ich selbst will das gar nicht sein und Vater genauso wenig. Dass du zum Erben von Lichterfels aufgestiegen bist, ich gönne es dir vom Herzen. Aber du hast dein Weib zu rasch geschwängert. Das war der einzige Fehler."

Verständnislos schüttelte Lys den Kopf. „Ich weiß nicht, wovon du sprichst."

„Seit drei Jahren versuche ich, mit meiner Frau einen Sohn zu zeugen. Jetzt endlich ist sie schwanger, aber du warst schneller. Kaum heiratest du Elyne, schon wirft sie einen Jungen! Begreifst du nicht, was du mir damit wegnimmst?"

Sprachlos öffnete Lys den Mund, brachte aber keinen Ton hervor.

„Diese verdammten Erbgesetze, die kein Mensch durchschaut!", brüllte Roban. „Dieses verdammte Spiel, das uns alle zu Monstern macht! Sieh, wozu es mich gezwungen hat!"

„Du willst *meinen* Sohn töten, nur weil du noch keinen Erben hast?", wisperte Lys gebrochen.

„Nicht töten! Ich bringe keine Kinder um. Ich will ihn nur für einige Monde verschwinden lassen, bis man ihn für tot erklärt. Sobald Anira mir meinen Sohn geschenkt hat, bekommst du deinen Jungen wieder. Aber dann hat man schon die neuen

Dokumente aufgesetzt, und Corlin bleibt weiterhin in meiner Blutlinie. Verstehst du, Lys? Werde König! Erbe Lichterfels, ist mir alles gleich. Aber Corlin, das will ich für mich. Für mich und meine Nachkommen."

„Du Bastard!", schrie Lys, und sein bleiches Gesicht färbte sich dunkelrot vor Zorn. „Und was, wenn Aniras Kind ein Mädchen wird? Wenn es tot geboren wird, was ist dann? Wenn es zwar ein Junge wird, der aber behindert ist? Lässt du meinen Sohn dann noch ein bisschen länger verschwinden? Noch einmal drei Jahre, bis deine Frau wieder schwanger wird?"

Nun war es Roban, der erbleichte. „Man hat mir versichert, es wird ein Junge, und es gibt keinen Grund anzunehmen, dass er krank oder zu schwach ist. Ich wollte dir dein Kind nicht auf Jahre wegnehmen."

„Aber dir muss doch klar sein, dass eben das geschehen könnte! Ihr Götter, siebzehn meiner Soldaten und Bediensteten sind bei dem Angriff gestorben, und ich weiß nicht wie viele von den Söldnern, die du geschickt hattest. Elyne hätte bei der Entführung umkommen können, sie hatte erst einen Tag zuvor das Kind geboren. Mein Sohn hätte sterben können, glaubst du, Söldner gehen behutsam mit Neugeborenen um? Ich wäre beinahe getötet worden, mehr als nur einmal. Und das alles nur, damit deine Nachkommen sich weiterhin Corlin nennen dürfen?" Lys wurde mit jedem Wort leiser, seine Stimme eine einzige kalte Drohung.

„Der Blutzoll ist tragisch, aber das waren nur Soldaten und Diener. Ihre Lebensaufgabe ist es, für uns da zu sein, Lys, uns zu dienen, ihr Blut zu opfern, falls nötig. Die Söldner waren angewiesen, dich um jeden Preis zu verschonen, und sie hätten deinen Sohn wie einen Schatz gehütet", erwiderte Roban steif.

Kirian zischte wütend, hielt sich aber zurück. Das hier war nicht sein Kampf. Jetzt noch nicht.

„Bruder, ist dir nicht ein einziges Mal in den Sinn gekommen, mich zu fragen? Ein Wort von dir, und ich hätte dir schriftlich das Namensrecht für Corlin übertragen."

„Unfug! Als ob du deinem Sohn dieses Erbe genommen hättest!

Niemals würdest du auf Corlin verzichten, genauso wenig wie ich!"
„Du kennst mich offensichtlich nicht, Roban." Zorn schimmerte in Lys' Augen. „Du scheinst mich nie gekannt zu haben. Sonst hättest du gewusst, wie gleichgültig mir Corlin ist – das ist nur ein Titel, ein Schloss, und sonst nichts. Mit Handkuss hätte ich es dir überlassen! Ich hatte dir sogar gesagt, dass ich dir das nicht wegnehmen würde!" Er fuhr sich durch die Haare, bebend vor Zorn. „Wenn ich nur nachgedacht hätte, statt mich nur mit mir selbst zu beschäftigen, hätte ich selbst darauf kommen müssen. Roban, ich will diese von den Göttern verfluchte Krone, damit ich all diesen Wahnsinn beenden kann." Er hieb mit der flachen Hand gegen Robans Brust. „Wie konntest du mir das antun? Du ahnst nicht einmal, wie viel Leid du über mich gebracht hast!"
„Red nicht so mit mir!", brüllte Roban und schlug ihm die Faust ins Gesicht. Lys stürzte durch den Raum, prallte gegen die Wand und blieb mit verdrehten Gliedern am Boden liegen.
„LYS!", schrien Kirian und Roban gleichzeitig.
„Wag es ja nicht!", fauchte Kirian sofort, stieß ihn brutal zur Seite und eilte an Lys' Seite. Roban zögerte einen Moment, dann blieb er zurück, beobachtete nur, wie vorsichtig Kirian seinen Bruder berührte. Wie er Lys über den Kopf strich, sich tief zu ihm herabbeugte.
„Ihr beide, was ist das?", fragte Roban. „Muss ich mich dafür schämen, dass mein Bruder sich mit einem Räuber, und schlimmer noch, einem Geächteten rumtreibt?"
„Schäm dich, für was du willst. Du hast ihn umgebracht."
Vernichtung stand in Kirians Blick, als er aufstand und sich zu Roban drehte.
„Genickbruch. Er ist tot."

32.

„Was? Aber das wollte ich nicht!" Roban schrie wie ein verletztes Tier, versuchte, zu dem stillen Körper dort auf dem Boden zu gelangen, doch Kirian hinderte ihn mit schierer Gewalt.
„Fass ihn nicht an, Corlin! Jetzt sind wir beide dran!" Er packte sich seinen Säbel, der noch immer auf dem Tisch lag, und zog blank. „Deine Dummheit hat zu viele Leben gekostet. Wie Lys schon sagte, es lohnt sich nicht, auf einen Namen stolz zu sein, ist er doch das Einzige, für das du nichts selbst getan hast."
Roban zog sein Schwert und stellte sich in Position. „Du hättest mich schon viel früher angreifen können, warum hast du nie versucht dich zu rächen? Ich dachte, du wärst tot."
Sie schlugen beide einige einfache Attacken, um Reichweite und Technik des Gegners kennenzulernen.
„Rächen? Ich wusste nicht einmal wofür! Ich dachte all die Jahre, du hättest im Namen eines anderen gehandelt, der irgendetwas von der Tat zu gewinnen hatte. Oder vielleicht, dass du in meinen Räumen herumgeschnüffelt und dabei den Ring verloren hast." Sie umkreisten einander, die Waffen klirrten in immer schnellerer Folge. Kirian war größer, dafür besaß Roban die längere und bessere Klinge.
„Ich wollte mich früher immer mit dir messen. Deine Kampfkunst galt als legendär, Stefár. Aber jetzt bist du nur noch ein dreckiger Räuber, nicht wahr?"
Kirian duckte sich unter einem mörderischen Schlag gegen seinen Kopf. Ein hoher Tritt von ihm zwang Roban zurück.
„Egal, in welchem Dreck ich mich suhle, Corlin, ich habe meine Ehre stets gewahrt. Du hingegen bist ein feiger Mörder!"
Aufschreiend hieb Roban auf ihn ein, so rasch, dass Kirian sich nur noch verteidigen konnte. Er stöhnte, als die Schwertklinge in seine linke Schulter fuhr, riss den Säbel gerade noch rechtzeitig hoch, um sein Herz zu schützen.
Unbemerkt von den beiden setzte Lys sich langsam auf und beobachtete den wilden Kampf. Sein Kiefer schmerzte, und er

war noch ein wenig benommen von dem Fausthieb und dem Aufprall gegen Wand und Boden. Kirians geflüsterter Befehl, sich nicht mehr zu rühren, egal, was geschehen würde, hatte den gewünschten Nutzen gebracht: Roban kämpfte voller Wut statt mit dem Kopf. Leider war Robans Wut so vernichtend wie ein Steppenbrand …

Lys starrte auf die beiden Männer. Egal, wie dieser Tag enden würde, er würde Verlust und Trauer für ihn bedeuten. Aber welcher Verlust wäre leichter zu ertragen? Sein Bruder, den er aus tiefster Seele liebte, gleichgültig, was der ihm angetan hatte? Oder den Mann, dem sein Herz gehörte?

Kirian schrie ein weiteres Mal auf, diesmal streifte die Klinge über Brust und linken Oberarm. Lys spürte den Schmerz, als wäre er selbst getroffen, und taumelte auf die Füße. Lieber den eigenen Bruder aus der Seele reißen, als Kirian zu verlieren! Er griff nach seinem Schwert und seinem Dolch, gerade in dem Moment, als Roban seinen Gegner zu Fall brachte.

„Jetzt ist Schluss mit dir, Geächteter!“, spie er aus. Lys fing die Klinge seines Bruders ab. Er war jetzt ruhig, innen wie äußerlich.

„Du – du bist nicht tot?“, stammelte Roban verwirrt.

Schweigend griff Lys an, mit berechnenden, vollständig beherrschten Schlägen.

„Du kannst nicht gegen mich kämpfen, du bist mein Bruder!“

„Ich habe mich entschieden. Wenn ich zwischen dir und Kirian wählen muss, wähle ich die Liebe, nicht die Familie.“

„Du *kannst* nicht gegen mich kämpfen“, wiederholte Roban geduldig. Es bereitete ihm nicht die geringste Mühe, Lys’ Attacken zu parieren. „Ich kenne jede einzelne deiner Bewegungen, seit du alt genug warst, einen Stock in die Hand zu nehmen. Du hast mich noch kein einziges Mal besiegen können.“

Lys wich einem Streich aus, der ihm beinahe den Hals aufgeschlitzt hätte, ohne sich davon aus der Ruhe bringen zu lassen.

„Komm schon, hör auf! Gib dich geschlagen. Bleib mit deinem Sohn noch ein wenig untergetaucht, bis die Namensrechte geklärt sind, dann lasse ich dich und Elyne laufen und erlöse den Bastard da, ohne ihn anzuklagen. Du wirst nicht zusehen

müssen, wie man ihn foltert und als Verbrecher hinrichtet. Gib auf! Du kannst nicht gewinnen."
„Du vergisst eines", keuchte Lys angestrengt, parierte einen weiteren Hieb im allerletzten Augenblick. Er wusste selbst, wenn Roban gewollt hätte, wäre er längst tot. „Auch ich kenne jede deiner Bewegungen, seit ich das erste Mal einen Stock anheben konnte. Ich kenne deine Stärken, Roban." Er ließ die Waffe fallen, duckte sich unter dem feindlichen Schwert, wirbelte herum und stand plötzlich nur noch einen Fingerbreit von Roban entfernt. Er umarmte ihn, riss das Knie hoch und rammte es zwischen die Beine seines Bruders, der sofort stöhnend zu Boden ging, vollkommen überrascht von dieser so leichtsinnigen wie ehrlosen Attacke. Lys warf sich über ihn und rammte seinen Dolch in Robans Brust. „Ich kenne aber auch deine Schwächen. Du glaubst fest daran, dass ein Corlin lieber stirbt, als unehrenhaft zu kämpfen. Das ist ein Irrtum." Er umklammerte Robans Hände, die im letzten Reflex eines Sterbenden noch zuckten, und brach weinend über ihm zusammen. Kirian kam zu ihm, hielt ihn fest. Ihm war bewusst, dass er Lys in diesem Moment nicht helfen konnte, aber er würde ihn nicht allein lassen. Nie wieder.

~*~

Dorian öffnete zögernd die Tür. Er hatte das Geschrei der Corlinbrüder gehört, auch wenn er kein einziges Wort verstanden hatte. Das Klirren der Waffen hatte alle Soldaten beunruhigt, doch Dorian hatte sie zurückhalten können. Es war besser, wenn die hohen Herren dies unter sich ausfochten. Nun aber herrschte Stille, und irgendjemand musste nachsehen, wie groß der Schaden war. Graf Inur drückte sich in der Nähe herum, der stämmige Mann schwitzte wie ein Ackerpferd. Kein Wunder – sollte Roban der Verlierer sein, würde ganz Sorala einen hohen Preis zahlen.
Und wir vielleicht auch …
Dorian betrat die Halle und schloss die Tür hinter sich. Mit

einem Blick hatte er die Lage erfasst. Roban war tot, getötet von seinem Bruder, wie es schien. Dessen Freund – Lamár, oder wie auch immer er hieß, blickte sich zu ihm um, rüttelte dann behutsam an Lys' Schulter.

„Herr?", fragte Dorian, bemühte sich, die Tränen des jungen Fürsten zu übersehen. „Herr, was befehlt Ihr nun?"

Lys wischte sich das Gesicht ab und fasste sich mühsam.

„Versammelt alle Soldaten im Burghof. Sorgt dafür, dass unter Soralas Bediensteten keine Panik ausbricht, der Graf soll seine Leute und seine Familie in den Innenhof bringen und dort warten. Lamár, lass dir vom Grafen die Schlüssel zu Elynes Verlies geben. Ich brauche hier noch einen Moment für mich allein."

Kirian drückte ihm stumm die Hand und ging hinaus, während Dorian innerlich seufzend auf Robans Leiche starrte. Der Tod hatte alles verwischt, es war nicht zu erkennen, ob der Mann noch Zeit gehabt hatte, Überraschung zu empfinden. Schock darüber, vom kleinen Bruder besiegt worden zu sein. Dorian hatte beide im Kampf ausgebildet, er ahnte ein wenig, was Lys getan haben musste, um Roban zu töten.

„Er hätte Euch umgebracht, Herr. Euch und Euren Freund, vielleicht auch Eure Gemahlin. Ich habe mehrmals versucht, Euren Vater zu warnen, dass Roban sich seit der Gefangenschaft bei den Rombrugern verändert hat, aber der wollte es nie hören."

„Ich hätte es sehen müssen, Dorian. Mich nicht von seiner Liebe zu mir blenden lassen dürfen. Dann wäre dies alles nicht geschehen", flüsterte Lys gebrochen. „Er wollte mich nicht töten. Er wollte einfach nur ein Corlin sein, um jeden Preis."

„Ihr könnt es nicht rückgängig machen, Herr. Ihr konntet nur Euer Leben und das Eures Freundes bewahren. Es war kein Mord, sondern ein offenes Duell. Wie ich sehe, habt Ihr ihn nicht leiden lassen."

„Nein, das habe ich nicht. Aber es war meine Hand, meine ehrlose Wut, mein Hass, der ihn getötet hat."

„Nein, Lys. Es war Eure Liebe zu ihm, kein Hass. Ihr würdet nicht über Eure Tat klagen, wenn es Hass gewesen wäre."

Dorian ließ ihn allein, als er spürte, wie Lys erneut um seine Fassung ringen musste. Er musste nun seine Soldaten zusammenhalten, die sich durch Robans Tod von treuen Dienern in feige Verräter verwandelt hatten. Es blieb zu hoffen, dass Lys sich nicht so sehr verändert hatte, wie man allgemein behauptete. Der Junge, den er ausgebildet hatte, würde niemals Diener für etwas verantwortlich machen, was ein Herr verschuldet hatte.
Als er in den Hof trat, blickte er überrascht auf die kleine Soldatenschar, die sich dort versammelt hatte. Sie trugen das Wappen von Lichterfels, und ihr Hauptmann sah ausgesprochen grimmig aus.

33.

Elyne starrte fassungslos auf den Mann, der so plötzlich in ihr Gemach eingedrungen war, musterte ihn von dem langen schwarzen Haar über die heftig blutende Schulterwunde bis hinab zu den schäbigen Stiefeln.
„Stefár?“, flüsterte sie. Ein Trugbild, das musste ein Trugbild sein! Doch er nickte nur, betrachtete sie kaum weniger intensiv als sie ihn.
„Du – du bist verletzt.“ Mit mechanischen Bewegungen zerriss sie ein Stück Stoff, das sie gerade hatte besticken wollen. Er wehrte sich nicht, ließ sich von ihr verbinden, den verletzten Arm in eine Schlinge legen.
„Du bist frei“, sagte er schließlich. „Ich bin mit Lys gekommen. Du bist frei.“
„Lys? Was hast du denn mit dem zu schaffen?“ Sie spürte, wie Wut in ihr hochstieg. Ihr Bruder, ihr über alles geliebter Bruder stand plötzlich von den Toten auf, begrüßte sie nicht einmal, nahm sie nicht in den Arm, und im ersten Satz, den er zu ihr sprach, musste er ausgerechnet ihren Ehemann erwähnen!
„Komm. Du bist frei“, sagte er nur und stand auf. Elyne ver-

suchte ihren Zorn zu dämpfen. Es war offensichtlich, wie erschöpft Stefár war, sicherlich hatte er starke Schmerzen. Als sie aber in die Halle trat, hätte sie schreien können über den Anblick, der sich nun bot: Roban, dieser miese Verräter, lag tot am Boden, und Stefár umarmte Lys, der daneben kniete. Sie erkannte diese Geste sofort als das, was sie war: ein Zeichen von tiefer Verbundenheit und Liebe. Liebe, die ihr selbst versagt blieb.

„Mein Gemahl und mein totgeglaubter Bruder? Nun, das ist mal eine Überraschung!“, schnaubte Elyne verächtlich. Stefár schoss einen verächtlichen Blick zu ihr ab, der sie mitten ins Herz traf, wandte sich dann wieder seinem Geliebten zu.

„Wie schön, Euch wohlauf zu wissen. Und was meine Liebe zu Eurem Bruder angeht: Es steht Euch frei, Euch jederzeit einen eigenen Liebhaber zu suchen, sofern Ihr diskret seid, ich werde jedes Kind als mein eigenes anerkennen“, verkündete Lys steif, ohne sie anzusehen. „Das Einzige, was ich von Euch als meine Frau erwarte, ist Loyalität in der Öffentlichkeit. Ihr gebt mir politische Macht, ich gebe Euch und Euren Kindern Sicherheit, und alles, was Ihr sonst noch verlangt, sofern es mir möglich ist.“

Damit erhob er sich, stieg über die Leiche seines Bruders hinweg und verließ den Saal. Elyne starrte ihm mit weit aufgerissenen Augen nach, unfähig, sich zu rühren.

„Er liebt dich nicht, Elyne, aber er hat gerade seinen Bruder getötet, um dich, mich, euren gemeinsamen Sohn und eure Zukunft zu retten. Du brauchst ihm nicht auf Knien zu danken, aber ein kleines bisschen Freundlichkeit, und sei sie geheuchelt, wirst du doch wohl finden können?“, fragte Kirian müde.

Sie sah in das Gesicht ihres Bruders, der einst ihr Held gewesen war, ihr unverwundbarer Beschützer. Nie hatte sie die Erinnerung an den Tag loslassen können, an dem ihr strahlender Drachentöter, ihr über alles geliebter Bruder ausgepeitscht und fortgejagt worden war wie ein räudiger Köter. Seit diesem Tag hatte sie niemandem mehr vertraut, niemanden mehr lieben können, aus Angst, so etwas könnte noch einmal geschehen.

Nicht einmal ihren eigenen Sohn wagte sie in ihr Herz zu lassen, obwohl sie wusste, was sie damit sich und dem Kind antat. Und Lys, der mit ihr und ihrer Verachtung leben musste. Wie sollte sie ihm sagen, dass sie eigentlich nur sich selbst verachtete? Ihr verlorener Bruder, er betrachtete sie vorwurfsvoll, so kalt, dass sie es nicht ertragen konnte.
„Warum hast du mich glauben lassen, du seiest tot?“, flüsterte sie schließlich.
„Um dich zu schützen, Elyne. Ich bin ein Mörder und Dieb geworden. Ich bin Kirian, der Sheruk, nicht mehr Stefár, Erbe von Lichterfels. Dieser Mann ist wahrhaftig gestorben und wird niemals mehr zurückkehren. Wenn du mein Geheimnis verrätst, werde ich dich töten.“
Sie zuckte schaudernd vor der Gelassenheit zurück, mit der er diese Tatsache aussprach, denn genau das war es: eine Tatsache, keine Drohung. Sie brauchte keinen Beweis für seine Worte, auch, wenn sie diese nicht begriff. Dieser Fremde dort mit den Augen ihres Bruders, er war wahrhaftig Kirian, wie die Legende ihn zeichnete.
Der Wind trug laute Rufe durch die Fensteröffnungen und erinnerte Elyne daran, dass Lys alleine einer Übermacht von Soldaten gegenüberstand. Doch Kirian blieb weiterhin gelassen an der Mauer gelehnt stehen. „Jetzt, wo Roban tot ist, werden die Männer von Corlin um Gnade betteln und viele Entschuldigungen finden, warum sie keine andere Wahl hatten, als solche Freveltaten zu begehen – natürlich, sie hatten ja auch keine andere Wahl, aber was interessiert das die hohen Fürsten? Lys wird sie mit Worten auf die Knie zwingen müssen, damit sie ihn auch weiterhin für einen hohen Fürsten halten, mit seinem Säbel rasseln, den Hauptmann zum Weinen bringen, ihn womöglich degradieren und dann Gnade walten lassen. Vielleicht muss er ein, zwei Rebellen hinrichten, was ihm fürchterlich aufs Gemüt schlagen wird, aber, kurz gefasst, die Gefahr ist vorbei.“
Er stieß sich ab und schritt ebenfalls zur Tür.
„Stefár!“ Elyne rannte ihm nach, klammerte sich an seinen unverletzten Arm. „Sag mir, dass du mich nicht hasst! Bitte, ich

kann alles ertragen, aber hasse mich nicht. Du bist für mich immer noch Stefár und wirst es immer sein."
Kirian strich ihr sanft über die Wange und schüttelte den Kopf. „Du bist meine Schwester. Ich hasse dich nicht. Aber wenn du dem Mann, den ich liebe, weiterhin das Leben zum Schattenreich machst, könnte sich das ändern."
„Du Bastard!", zischte sie und schlug ihm mit beiden Fäusten gegen die Brust. „Glaub nicht, du könntest mich so leicht erpressen, nett zu Lys zu sein!"
Er grinste wölfisch und zwinkerte ihr zu. „Oh doch, Kleines, ich kann es, und du wirst es tun, nicht wahr? Ein einzelnes freundliches Wort am Tag, vielleicht ein Morgengruß, ein Lächeln, wenn er fragt, wie es dir geht, das müsste zu schaffen sein für eine wahre Tochter von Lichterfels. Sei glücklich, du musst nicht mit ihm schlafen. Das übernehme ich dann für dich."
Der Blick, den sie ihm zuwarf, hätte einen Eisberg schmelzen können, ließ aber nur sein Grinsen noch breiter werden. Es erreichte seine Augen nicht. Elyne wusste, diese Schlacht hatte sie verloren, aber zumindest nicht ihren Bruder. Nicht gänzlich.
Vielleicht schlafe ich ja doch mit ihm, nur um dich zu ärgern, Stefár!, dachte sie rebellisch. *Wenn ich Lys anflehe, dass ich ein zweites Kind von ihm will, egal um welchen Preis, wird er es tun!*
Doch sie wusste, der Preis wäre zu hoch. Für sie alle drei.

~*~

Kirian fand Lys im ernsten Gespräch mit Dorian und dem Hauptmann der Lichterfelser Eskorte. Die umherstehenden Soldaten wirkten entspannt, also hatte Lys bereits Gnade walten lassen. Einen Moment lang dachte er darüber nach, sich irgendwie aus der Burg zu schleichen, um sich den nachfolgenden Ärger zu ersparen, der durch Robans Tod entstanden war. Den Lichterfelsern wollte er zudem wirklich nicht begegnen! Doch er konnte und wollte seinen Liebsten nicht im Stich lassen, und seine Verletzungen schmerzten mehr, als er sich selbst eingestand. Also wartete er, bis Dorian fortging, zweifellos, um die

Bewohner dieser Burg zu überwachen, und stellte sich dann zu Lys. Sie würden ihn erkennen. Tomar würde ihn erkennen.
Er tippte dem Hauptmann freundlich auf die Schulter und wartete auf das Unvermeidbare.

Tomar drehte sich um und stand plötzlich vor einem Mann, der ihn weit überragte. Er blickte hoch.
Nein, das ist unmöglich …
„Stefár?", flüsterte er ungläubig. „Aber wie … warum? Gewiss, der Dolch, aber der wurde doch gestohlen, es muss so ein! Ihr Götter, vergebt mir, Herr, ich wollte das nicht tun!"
Kirian lächelte nur und packte Tomar am Arm, bevor der auf die Knie fallen konnte.
„Es schmerzt nicht mehr, Tomar. Ich habe dir nie nachgetragen, dass du meine Strafe übernommen hast, im Gegenteil. Ich weiß, du hast mir einige Qualen erspart."
„Es hat mich zerstört, Herr. Dass ich Euch peitschen musste wie einen Verbrecher, obwohl ich doch wusste, Ihr müsst unschuldig sein. Ich habe mir das nie vergeben."
Sein Blick irrte zwischen Kirian und Lys hin und her, dann zückte er den Dolch, dessen Griff ebenso Legende war wie der Mann, der ihn gewöhnlich trug.
„Ich fand ihn unter dem Busch, hatte gesehen, wie Ihr ihn dort versteckt habt. Warum habe ich das nicht begriffen? Ich selbst habe Euch den Dolch damals überbracht, Willomars Abschiedsgeschenk … Ich hätte sofort wissen müssen, dass Ihr noch lebt, als die Beschreibung bekannt gemacht wurde."
Kirian schüttelte lächelnd den Kopf, auch wenn seine Schulterwunde gegen diese Bewegung protestierte. „Du dachtest, ich sei tot. Dazu wurde ich als Todfeind deines neuen Herrn gejagt. Wenn du mich jemals geliebt hast, dann jage mich weiter, und sage jedem, der fragt: Stefár von Lichterfels ist tot."
Tränen schimmerten in Tomars Augen, als er gepresst erwiderte: „Ihr seid der Halbbruder meines eigenen Sohns. Ich würde Euch nicht eher verraten als ihn. Und das Gleiche gilt für jeden meiner Leute. Ihr kennt sie alle, sie waren Euch stets treu."

Kirian beugte sich vor und flüsterte ihm ins Ohr: „Und das ist der einzige Grund, warum ich sie nicht getötet habe, als ich in euer Lager einbrach, sondern lieber mit einem Schwerverletzten im Arm Ewigkeiten wartete, bis die Wachposten mal wegblickten. Es hätte beinahe Lys' Leben gekostet. Sag Erek und Nikor, sie sollen nicht länger an ihren Fähigkeiten zweifeln."
Verwirrt nickte Tomar, um gleichzeitig den Kopf zu schütteln. Er blickte noch einmal zwischen Kirian und Lys hin und her, gab dann auf, es verstehen zu wollen. „Ich werde es ihnen sagen. Sie werden Euer Geheimnis wahren, auch wenn es mich schmerzt, dass jetzt bereits so viele davon wissen."
„Keine Sorge", mischte sich Lys ein. „Sollte mal einer im volltrunkenen Zustand ausplaudern, Kirian sei niemand anders als ein geächteter Fürstensohn und gleichzeitig der Liebhaber des Mannes, der ihn mit allen Mitteln hetzt – wer würde das glauben?"
„Niemand, Herr, aber das Geflüster darüber würde niemals mehr verstummen."
„Geflüster wird seine Legende nur weiter erblühen lassen, und je stärker sie erblüht, desto sicherer wird er sein."
Tomar wollte etwas erwidern, doch dann unterbrach er sich selbst, als ihm etwas einfiel. „Herr, der Verräter auf Weidenburg, wir haben ihn gefasst. Es war …"
„Tyore, der Burgverwalter", seufzte Lys, bevor der Hauptmann es aussprechen konnte. Alle starrten ihn an, Kirian grinste verhalten.
„Woher wisst Ihr …?"
„Nicht woher, sondern seit wann." Lys seufzte wieder. „Sobald ich Roban sah, wusste ich, dass nur Tyore der Verräter gewesen sein konnte. Er hatte sein Leben lang Corlin gedient, war jahrelang auf Schloss Amura, das meinem Bruder gehörte. Kein anderer meiner Bediensteten hatte eine solch starke Bindung zu Roban. Es war dumm von mir, dass ich diese Tatsache nicht als Gefahr wahrnehmen wollte, sondern tatsächlich dachte, es wäre ein Beweis seiner Liebe. Roban war mein blinder Fleck." Er ballte die Fäuste und wandte sich ab.

„Also doch!“ Alle blickten verwundert Elyne an. Niemand hatte bemerkt, dass sie zu ihnen gekommen war. „Tyore war bei mir gewesen, als ich die Treppe herab fiel und mir das Bein brach. Ich hatte ihn angeschrien, er habe mich geschubst, aber er sah so entsetzt aus und stammelte immer wieder, er hätte mich doch nur festhalten wollen, dass ich ihm geglaubt habe. Offenbar wollte er meine Schwangerschaft auf seine Weise beenden.“

Ein dunkler Schatten flackerte über Kirians Gesicht. „Lebt er noch?“, grollte er leise. Tomar schüttelte den Kopf.

„Wir haben ihn zufällig erwischt, Herr. Er wollte eine Nachricht an Roban schicken, getarnt als Brief an einen Eurer Verbündeten. Der Bote kam mir seltsam vor, ich hatte so ein merkwürdiges Gefühl, als ich ihn sah, also nahm ich ihn in Gewahrsam und las die Nachricht. Sie war verschlüsselt. Was wirklich drinstand, weiß ich bis heute nicht, aber der Bote gestand sofort, als ich ihn finster anblickte, dass er sie nach Sorala bringen sollte. Den Jungen haben wir noch im Verlies, Herr. Tyore hingegen lachte nur, als wir ihn verhaften wollten, rief, dass er seinem wahren Herrn treu gedient habe, und stürzte sich aus dem Fenster. Danach beschloss ich, dass ich hier in Sorala mal nach dem Rechten sehen könnte.“

Lys strich gedankenverloren über Kirians geballte Faust. „Tyore war ein alter Mann, der stets Corlin gedient hatte. Er konnte nicht jedem lebenden Fürst von Corlin gerecht werden, also hat er sich für Roban entschieden – Corlins Erben. Er war ein Opfer. Wie wir alle.“

~*~

Schweigend marschierten sie in den Innenhof, wo die gesamte Grafenfamilie von Sorala mit ihren Bediensteten Zuflucht gesucht hatte. Man sah ihnen an, dass sie auf ihr Todesurteil warteten, die Frauen und auch einige der Männer weinten in stiller Verzweiflung. Zahlreiche Kinder klammerten sich an den Erwachsenen fest. Kaum erblickten sie Lys, da stürzte die junge Gräfin zu ihm und fiel vor ihm auf die Knie. „Ich flehe Euch an,

lasst Gnade walten, Euer Edelgeboren, verschont die Kinder!"
Bleich starrte Lys sie an, Wut verzerrte sein ebenmäßiges Gesicht.
„Erhebt Euch, Gräfin. Euer Stand verpflichtet Euch zu mehr Haltung!", sagte er mit eisklirrender Stimme. Dann schritt er zu Graf Sorala und sah auf ihn nieder, bis der unglückliche Mann vor Angst zu zittern begann.
„Wir werden keinen Widerstand leisten, Euer Edelgeboren", flüsterte er. „Ihr habt das Recht, mein Haus und alle, die darin leben, zu vernichten. Doch ich bitte Euch ebenfalls, die Kinder zu schonen. Zumindest die Mädchen." Er senkte den Kopf vor Lys, dessen Zorn mit solcher Hitze von ihm ausstrahlte, dass es Wunder schien, ihn nicht brennen zu sehen.
Lys schwieg, musterte nacheinander die Menschen, die vor ihm versammelt waren und auf sein Urteil warteten. Vom Graf bis zum letzten Stallknecht, über einhundert Männer, Frauen und Kinder. Sie alle hielten ihn für einen gewissenlosen Mörder, fähig, so viele Unschuldigen zu töten. Sie sahen in ihm einen wahren Fürsten von Onur.
Er blickte auf den Sohn des Grafen hinab, ein Junge von etwa zwölf Jahren, der sich losgerissen hatte und nun vor ihm stand. Furcht stand in den hellblauen Augen, aber auch und Verachtung.
„Mich braucht Ihr nicht zu verschonen, ich würde Euch sonst töten!", wisperte er trotzig. Lys beugte sich tiefer, hielt den Jungen dabei fest, damit er nicht zurückweichen konnte.
„Hör jetzt genau zu und lerne!", flüsterte er, so leise, dass niemand sonst es verstand. Der Junge nickte überrascht. Die junge Gräfin warf sich schluchzend um den Hals ihres Mannes.
Ruckartig fuhr Lys herum und suchte Elynes Blick. Die stand ein wenig abseits und betrachtete das Schauspiel mit undurchsichtiger Miene.
„Musstet Ihr in Eurer Gefangenschaft leiden?" Seine Stimme war schneidend wie eine Stahlklinge.
Ihre Mundwinkel zuckten, sie nickte den gräflichen Frauen spöttisch zu. Alle drei Damen wurden noch bleicher, falls das

überhaupt möglich war.
„Nein, werter Gemahl. Man hat sich nach Kräften um mein Wohlergehen bemüht und mir jederzeit Zerstreuung und Trost geboten. Vor allem die Mutter des Grafen war ein Quell der Einfühlsamkeit." Sie lächelte kühl in das Gesicht der alten Dame. Carmena winkte ihr zu, konnte oder wollte nicht einmal jetzt aus ihrer Rolle der gutmütigen, entzückend verwirrten Altgräfin ausbrechen.
„Hat man Euch auf dem Weg hierher oder irgendwann danach jemals grob oder respektlos behandelt?"
„Nun, die Söldner waren wenig behutsam und haben mir, einer Wöchnerin, allerlei Gräuel angedroht." Elyne zupfte an ihrem Kleid herum, wies dann geringschätzig auf den Grafen. „Er da hat die Männer dafür anschließend beschimpft und einen Teil des versprochenen Solds abgeschlagen."
„Hattet Ihr sonst einen Grund zu Klage?"
„Ich *habe* Grund zur Klage. Meine Gemächer in Weidenburg besitzen kein solch großes Südfenster wie mein Verlies hier."
Lys verneigte sich vor ihr. „Dieser Fehler wird sofort behoben werden, Liebste."
Verwirrt starrten die Soraler sich an – das Fürstenpaar, beide so schön wie Götterbildnisse, so gleich in ihrem Zorn und eisiger Bedrohlichkeit, es benahm sich seltsam.
Wieder fuhr Lys herum, baute sich erneut vor dem Grafen auf.
„Nun, da Ihr so viel Klugheit bewiesen habt, sowohl Eurem übermächtigen Verbündeten zu gehorchen als auch Leib und Leben meiner Gemahlin zu schützen, wäre es Verschwendung, Euch einfach hinzurichten, nicht wahr?"
Langsam blickte der Mann zu ihm hoch. Es war deutlich, er wagte noch nicht zu hoffen, was diese Worte bedeuten könnten, doch er hatte durchaus verstanden.
„Ein Bündnis?", krächzte er heiser.
„Ihr sagt es. Ein Bündnis mit Weidenburg, vorerst. Sobald ich mich mit meinen Höheren abgesprochen habe, durchaus auch mit Corlin und Lichterfels." Lys bedeutete ihm mit einem Kopf

rucken, ein paar Schritte auf Seite zu gehen, fort von all den Zuhörern.
„Was hat es mit Hyula auf sich, Inur? Es war ein dreckiges Nest, als ich vor Jahren mit meinem Vater dort war, und jetzt ist es eine starke Festung."
„Bartolos ist – war, Vergebung, Herr – ein ehrgeiziger Mann mit vielen Talenten. Er hatte einen Weg gefunden, die Eisenerze, die in seinem Gebiet in großer Tiefe lagern, abzuschürfen."
„Reines Erz?", flüsterte Lys. Der schwierige Handel mit diesem Rohstoff, der längst kostbarer als Gold geworden war, hatte unzählige Kämpfe provoziert.
„Überaus rein. Ich habe Hyula finanziert, aber meine Mittel reichten nicht. Euer Bruder kam durch Zufall dahinter, was ich tue und bot mir sofort Unterstützung. Allerdings nur er, Euer Vater wusste nichts davon."
„Ich verstehe. Setzt einen fähigen Mann nach Hyula, der die Arbeit fortsetzt. Der momentane Statthalter ist ein Soldat, kein Denker oder gar Visionär."
„Herr, haben wir nun nichts mehr zu befürchten?" Inur wies auf seine noch immer verängstigten Diener und Familienangehörigen.
Müde blickte Lys zu Boden und gab für einen Moment seine Fassade auf. Er war zu erschöpft, um länger wütend zu sein darüber, dass alle Welt ihn für einen Mörder hielt.
Ich bin ja auch ein Mörder …
„Inur, ich würde eher mir selbst beide Beine abschlagen als einem wehrlosen Menschen etwas anzutun. Sollen mich alle als Schwächling verachten, es ist mir egal. Ihr und die Euren haben nichts zu befürchten. Als treuer Verbündeter habt Ihr allerdings mit mir mehr zu gewinnen als mit jedem anderen Fürst des Reiches." Er wirbelte herum, von seinen Instinkten gewarnt, dass sich ihm jemand näherte. Doch es war nur der Sohn des Grafen, der misstrauisch zu ihm aufblickte.
„Ich habe versucht zuzuhören, Herr", flüsterte der Junge. „Aber ich konnte nicht alles verstehen."

„Was hast du gelernt?“, gab Lys zurück und unterdrückte ein Lächeln.
„Ihr lasst uns leben, weil das für Euch nützlicher ist.“ Die Art, wie der Junge das aussprach, zeugte von seiner Verachtung. Lys beugte sich wieder zu ihm und wisperte ein weiteres Mal so leise, dass nur er ihn hören konnte: „Ich töte euch nicht, weil ich das Leben zu sehr liebe. Das darf aber niemand wissen, also braucht es noch einen weiteren Grund. Einen, der all jene zufriedenstellt, die glauben, Macht ist das Einzige, was zählt. Hüte mein Geheimnis und lerne. Durch Grausamkeit und Rache gewinne ich weniger als durch Freundschaft mit deiner Familie. Durch treues Schweigen gewinnst du mehr, als wenn du mich verrätst. Eines Tages wirst du es sein, der über das Schicksal der dir Untergebenen richtet. Wenn alle von dir erwarten, dass du ein Todesurteil sprichst, was wirst du dann tun?“
Mit großen Augen starrte der Junge ihn an, schluckte hart. Dann lief er zurück zu seiner Mutter.

~*~

Bevor sie Sorala verließen, verhielt Elyne plötzlich ihren Schritt und steuerte auf einen Diener zu, dessen geschwollene Nase in allen denkbaren Farben angelaufen war. Er wollte entsetzt vor ihr zurückweichen, doch zu viele standen hinter ihm. Sie zückte ein kostbar besticktes Tuch und legte es in seine zitternde Hand.
„Nimm dies und vergiss nie wieder, dich rechtzeitig zu ducken“, beschied sie ihm mit hochmütigem Lächeln. Noch bevor er sich ehrerbietig verneigen und seinen Dank stammeln konnte, war sie davon stolziert.
„Wir sollten ein Freudenfest feiern. Wir sind sie los“, murmelte er.
„Wir werden feiern, sei gewiss“, erwiderte die gräfliche Mutter und tätschelte ihm beruhigend den Arm. „Wir werden feiern, dass wir noch leben.“

34.

Elyne lag allein in ihrem Zelt und fand keine Ruhe. Die Soldaten von Corlin waren vorausgeschickt worden, um alle, die es wissen mussten, von den Geschehnissen zu unterrichten. Lediglich die Lichterfelser Eskorte war noch bei ihnen. Niemand hatte auch nur gefragt, es war für jeden selbstverständlich gewesen, dass Lys und Kirian ein Zelt miteinander teilten, während man ihr ein eigenes bereitstellte. So war es richtig, gewiss, sie wollte ihrem Mann keinen Schritt näher kommen als nötig … aber es schmerzte, dass sie in dieser Gruppe nicht einmal so tun konnte, als wäre sie eine geliebte Frau. Jemand, der all die Mühe wert war, die ihr Gemahl auf sich genommen hatte. All die Toten, die beklagt wurden.

Ich bin es nicht wert …

Einsamkeit drückte von allen Seiten auf sie nieder, bis sie schließlich ins Freie fliehen musste. Es war dunkel, alle außer den beiden Wachhabenden schliefen. Oder doch nicht? Elyne schlich sich näher an das Nachbarzelt heran und hockte sich in den Schatten nieder.

„Du hast gelogen!“, hörte sie Lys flüstern.

„Niemals.“ Stefár. Er lachte leise, seine Stimme klang undeutlich, als würde er mit vollem Mund sprechen. Ihr wurde heiß, als sie begriff, was das bedeuten könnte.

„Oh doch“, seufzte Lys wohlig. „Du hast behauptet, du bist kein sanfter Mann. Wenn du noch sanfter wirst, schmelze ich …“

„Pure Rücksicht. Ich dachte, du hättest auf dem Weg hierher genug Prügel bezogen.“

Eine längere Pause folgte, in der Elyne nur noch mehr Seufzen und unterdrücktes Stöhnen vernahm. Sie kämpfte mit sich – einerseits wollte sie nicht hier sein und dem Liebesspiel der Männer lauschen, andererseits konnte sie keinen Muskel rühren. Wie gebannt blieb sie im feuchten Gras sitzen, stellte sich vor, es wäre sie, die Lys’ nackten Leib mit Küssen bedeckte und ihn dazu brachte, so sinnlich zu genießen. Ein merkwürdiges Bild!

„Geht es mit deiner Schulter?“, wisperte Lys besorgt.
„Alles bestens. Du bist meine beste Medizin“, keuchte ihr Bruder. „Ich liebe dich so sehr, Kirian … ich hätte dich niemals für Roban aufgeben können.“
Elyne floh in ihr Zelt, presste das Gesicht in die Decke und weinte, so leise sie nur konnte. Neben ihr lagen die beiden einzigen Männer auf dieser Welt, dir ihr irgendetwas bedeuteten. Die so viel auf sich genommen hatten, um eine Frau zu befreien, die ihnen überhaupt nichts bedeutete.
Niemand liebt mich, niemand!, dachte sie. Sie ekelte sich vor sich selbst, vor ihrem Selbstmitleid, ihrer Unfähigkeit, das Richtige zu tun. Es gab nichts, womit sie sich daraus befreien konnte. Halb blind tastete sie nach der kleinen versilberten Flasche, die ihr von der alten Gräfin geschenkt worden war. Seelentrost hatte Carmena das klare, scharfe Zeug genannt, Schnaps versetzt mit besonderen Kräutern; und ein Seelentrost war es auch. Zwei Schlücke reichten, und die Welt sah nicht mehr ganz so grausam aus. Sicherheitshalber nahm Elyne noch einen dritten. Einer mehr eben, um schlafen zu können.
Ich werde herausfinden, wie man das herstellt. Mit Geld lässt sich alles kaufen, auch Seelentrost!

~*~

Die Rückreise war unspektakulär. Schon ab dem dritten Tag wurden sie von den Geschichten von Lys’ Flucht aus Kirians Räuberhöhle überholt, in jeder Herberge wurden die Erzählungen abenteuerlicher. Mal hatte Lys den Sheruk im Zweikampf getötet, mal war er listenreich geflohen, mal von einer Armee befreit worden, mal durch den Mut eines einzelnen treuen Freundes. Magie kam ins Spiel, es gab verschiedene Ansichten, wer von den beiden Todfeinden mit Dämonen, Drachen und Magiern paktierte. Die meisten Zuhörer lehnten solche Geschichten allerdings ab. Bald war auch Roban in die Legenden eingeflochten, hier war man sich meistens einig, er habe sein Leben geopfert, um das des geliebten Bruders zu retten, und war

auf Sorala dann seinen Verletzungen erlegen. Nur wenige mutmaßten, er könnte hinter den ursprünglichen Angriffen gegen Lys gestanden haben.
Wo immer das Fürstenpaar einkehrte, verstummten alle Gespräche, niemand wagte, Lys oder Elyne mit Fragen zu belästigen, und auch die Soldaten wurden nur selten angegangen. Um den dunkelhaarigen, charismatischen Söldner an der Seite des Fürsten entstanden nun auch die ersten Gerüchte. Weder Kirian noch Lys kümmerten sich darum. Das Gerede mochte anstrengend sein, verhindern konnte man es sowieso nicht, also nahmen sie es mit Humor.
Als sie schließlich in die Nähe des Sommerlagers kamen, schickte Lys seine Eskorte vor.
„Ihr dürft nicht erfahren, wohin wir gehen. In spätestens zwei Tagen sind wir wieder bei euch."
Kirian nahm Abschied von den Lichterfelsern. Er vertraute darauf, dass diese Männer sein Geheimnis wahren würden. Seiner Schwester hingegen vertraute er überhaupt nicht. Elyne legte ihm eine heftige Szene hin, als Kirian ihr die Augen verbinden wollte. Erst als er drohte, sie mit den Soldaten wegzuschicken, fügte sie sich schmollend.
„Wir laufen im Kreis?", stellte Lys nach einer Weile verwundert fest – leise genug, dass Elyne es nicht hören konnte.
„Strikte Anweisung an alle, seit ein gewisser ehemaliger Gefangener es geschafft hat, sich den Weg mit verbundenen Augen zu merken. Immer wieder einen großen Bogen schlagen", knurrte Kirian düster. Er hatte immer noch nicht gänzlich verwunden, was Lys ihm damit angetan hatte, auch wenn er es ihm nicht nachtrug.
Schweigend ritten sie weiter, jeder in Gedanken versunken, ein wenig besorgt, in welchem Zustand sie das Lager vorfinden würden.
Als sie dort ankamen, schien es verlassen zu sein. Kirian blickte sich verwirrt um – irgendetwas war anders hier, obwohl es vertraut wirkte. Lys begann unterdrückt zu lachen.
„Was?"

„Sieh dich um, das ist eindeutig Anniz' Werk!"
In diesem Moment kam Onkar aus einer Hütte geschossen, mit hochrotem Kopf, in jeder Hand einen leeren Eimer.
„Oh, du bist zurück", keuchte der Junge nur und rannte an Kirian vorbei, in Richtung Wasserquelle.
Das Schauspiel wiederholte sich in rascher Folge mit Tilas und Ramin, die beide ihrem Sheruk nur einen kurzen, flehentlichen Blick zuwarfen und dann weitereilten.
„Was bei allen gehörnten Fressern der von den Göttern verfluchten Schattenwelt …?", begann Kirian fassungslos. In diesem Moment kehrte Onkar im Laufschritt zurück, schwer beladen mit nun vollen Wassereimern. Kirian verstellte ihm den Weg.
„Was – hat – das – zu – bedeuten?", knurrte er.
„Sheruk, bitte …"
„WO BLEIBT DAS WASSER?", erklang die Stimme einer Frau.
Kirian stürmte in die Hütte, die bis zu seiner Abreise als Vorratslager gedient hatte. Dampfschwaden schlugen ihm entgegen. Anniz stand über einen großen Holzbottich voll heißem Wasser gebeugt und rührte mit einem Stock darin herum. Sämtliche Räuber, abgesehen von Tilas, Ramin und Albor, drängten sich hier in der Hütte, die meisten waren nackt.
„Kann mir jemand erklären, was das bedeutet?", fragte er verärgert. Er konnte Lys draußen lachen hören, was seine Laune nicht gerade hob, genauso wenig wie die Tatsache, dass die Männer sich voller Scham und Entsetzen von ihm abwandten.
„Herr!" Mit einem Aufschrei ließ Anniz den Stock fallen und lief zu ihm. „Die ganze Bande hat Läuse, es war ein wenig mühsam, aber ich konnte sie letztendlich überzeugen, dass Baden nicht schadet und frisch ausgekochte Wäsche noch weniger. ONKAR, DAS WASSER MUSS ERST IN DEN KESSEL! Ich gebe zu, ich musste ein wenig drohen, damit sie sich meinen besonderen Sud über den Kopf schütten lassen, nutzt ja sonst nicht, von Waschen allein gehen die Biester nicht kaputt. Es brennt ein bisschen, Männer können wirklich zimperlich sein. KANN MAL EINER WEITER IM BOTTICH RÜHREN? DAS BRENNT

AN! UND DER KESSEL IST VOLL, RAMIN, STELL DIE EIMER DAVOR! Ja, Herr, andernfalls hätte ich sie alle kahl scheren müssen. Willkommen zuhause, ist mein Herr wohlauf?"
Kirian starrte sie nur verblüfft an, denn Anniz hatte während ihrer sturzbachartigen Rede kein einziges Mal Luft geholt. Matt nickte er ihr zu und betrachtete dann seine Leute.
„Läuse?"
„Frag bloß nich', Sheruk", murmelte Sveit. „Albor is' übrigens drüben in Billes Hütte, mit dem kurzen Schreihals."
Kirian drehte sich wortlos zur Tür, blickte dann aber noch einmal über die Schulter zurück.
„Geht's euch gut?"
„Bestens", fauchte Sveit gereizt. „So sauber war ich seit meiner Geburt nich' mehr, aber abgesehen davon: bestens. Sie kocht gut. Alles bestens."
Mühsam beherrscht verließ Kirian das improvisierte Badehaus. Sie hätten ihn vermutlich im Wäschebottich ertränkt, wenn er jetzt in schallendes Gelächter ausgebrochen wäre …

~*~

„Euer Sohn, Herrin", sagte Anniz scheu. „Sein Name ist Lynn." Ängstlich blickte sie zwischen Elyne und Lys hin und her. Ob ihre Wahl Anklang finden würde?
Zu ihrer Überraschung nickte Elyne mit einem Lächeln. „Ein guter Name. Mein Großvater mütterlicherseits hieß ebenfalls Lynn."
Sie machte keine Anstalten, nach ihrem Kind zu greifen, also nahm Lys ihn an sich und bestaunte seinen Sohn, der sich in dieser kurzen Zeit so sehr verändert hatte, während Anniz geschäftig verschwand, um weiter Räuber zu quälen.
„Alles in Ordnung gewesen, Albor? Vom Offensichtlichen abgesehen?", fragte Kirian derweil. Albor lachte verhalten.
„'s war ruhig. Anniz hat man kaum gehört oder gesehen, die Jungs war'n zufrieden. Sie hat viel gefegt und geputzt und gewaschen und so, bisschen aufgeräumt überall. Nichts Schlimmes

… Ging halt heut' morgen was über, als sie die Krabbelviecher bei Shorys entdeckte." Er seufzte wehmütig, was Kirian nicht entging.
„Du willst nicht, dass sie geht, hm?"
„Nein. Für sie könnt' ich sogar die Bande zurücklassen."
„Das wird vorerst nicht nötig sein, Albor", mischte Lys sich an, mit dem inzwischen schlafenden Kind im Arm. „Anniz sollte mit Lynn noch ein wenig hier bleiben, wenn du einverstanden bist, Kirian."
„Denkst du immer noch, er ist in Gefahr?"
„Ziemlich sicher, ja. Dein Vater hasst mich. Ich muss ihn ein für alle Mal davon überzeugen, dass ich ihn nicht umbringen will. Mein Vater wird halb wahnsinnig vor Trauer über Robans Tod sein und möglicherweise Dummheiten begehen. Und Maruv … diverse andere Adlige … In der Zwischenzeit sollte Lynn an einem sicheren Ort bleiben. Elyne legt keinen Wert auf seine Gesellschaft, von daher – "
„Mit Eurer Erlaubnis werde ich vorerst nach Lichterfels zurückkehren. Womöglich kann ich meinen Vater von Eurer Harmlosigkeit überzeugen."
Lys musterte seine Frau, die zum ersten Mal, seit er sie kannte, weder spöttisch noch wütend zu ihm gesprochen hatte. Verlegen wich sie seinem Blick aus.
„Ihr habt viel auf Euch genommen, um mich zu retten. Ich möchte ein wenig von meiner Schuld abtragen. Zumindest, wenn Ihr mir vertrauen wollt."
Lys wechselte einen Blick mit Kirian, dann nickte er.
„Gut, so sei es. Ich werde Euch morgen früh mit der Eskorte nach Lichterfels begleiten und mit Eurem Vater reden."
Kirian zog ihn zu sich heran. „Vorher aber nehmen wir ausgiebig Abschied, verstanden?", flüsterte er ihm zu.
„Das war der Plan. Danach komme ich auch so rasch wie möglich zurück, mit einem kurzen Umweg über Weidenburg, um dort alles zu ordnen. Ich habe erst einmal die Nase voll von Intrigen."
Kirian nahm ihm das Kind ab und übergab es an Albor.

„Wenn du so freundlich wärst und Elyne einen Platz in deiner Hütte anbieten könntest? Anniz nimmt dich bestimmt so lange bei sich auf."
Mit diesen Worten zog er Lys mit sich, um schon einmal mit dem Abschied nehmen zu beginnen.
„Zuhause", flüsterte Kirian, als sie die Tür seiner Hütte verriegelt hatten.
„Deines, nicht meins. Aber ich liebe dein Zuhause tatsächlich mehr."
Kirian nahm ihn in die Arme und küsste ihn voller Verlangen.
„Ich liebe jeden Ort, an dem du bist, Lys. Du gehörst zu mir."
„Wir gehören uns", erwiderte Lys atemlos. „Das ist es, was uns verbindet."
Schwierige Zeiten lagen vor ihnen, das Lager war in Aufruhr, überall warteten wichtige Pflichten. Heute aber, jetzt und hier, würden sie sich von niemandem stören lassen.

Ende

Danksagung

Mein innigster Dank geht an Karin Kehrer, die mich überredete, dieses Buch zu schreiben und nie aufhörte daran zu glauben. Dank dir, Liebes!
Außerdem danke ich „Charlie“ Charlotte Engmann für ihren kritischen Blick und dass sie bis zum Ende durchgehalten hat, obwohl sie Beziehungskisten so gar nicht leiden kann.
Ebenso Peter Hohmann, der geholfen hat, zumindest das erste Drittel der Geschichte noch einmal stilistisch aufzuwerten.
Simon Rhys Beck, meinen Verleger, danke ich für endlose Geduld, Gelassenheit und natürlich dafür, dass er meine Geschichte überhaupt angenommen hat.
Monika Hanke, weil sie mich ursprünglich veranlasste, diese Geschichte zu schreiben. Es sollte eigentlich eine Kurzgeschichte für die Anthologie-Ausschreibung werden – es tut mir leid, 35.000 Zeichen waren einfach zu wenig.
Nicht zuletzt danke ich meinem Mann und meinen Kindern dafür, dass sie mich auch dann noch mögen, wenn ich zwölf Stunden des Tages an der Tastatur festklebe … Ich liebe euch.

Magierblut – Die Dämonen des Caskáran
Simon Rhys Beck
ISBN 978-3-934442-43-6

Zeth, Bastardsohn des Königs, nimmt einen Knappen bei sich auf, der ein gefährliches Geheimnis verbirgt. Bald bemerken beide, dass zwischen ihnen eine mysteriöse Anziehungskraft besteht.

Affairs – Gefährliche Liebe
Florine Roth
ISBN 978-3-934442-55-9
(gay) historical romance

Trotz einer schweren Verletzung macht sich Julian St. John auf die Suche nach dem Mörder seines Freundes. Und ausgerechnet in einem Edelbordell trifft er auf eine Frau, die mit seinem Bruder, dem Earl of Blackstone, verkehrt.

ISBN 978-3-934442-26-9

Justin C. Skylark
Bis dass der Tod euch scheidet

Dylan Perk, cholerischer Frontmann der Band RACE, trifft bei einer Tournee auf den Black Metal Sänger Thor Fahlstrøm. Schon bei ihrem ersten Zusammentreffen stellt sich heraus, dass sich der streitsüchtige Dylan und der geheimnisvolle Thor in nichts nahe stehen.
Ein Kampf um Macht und Stärke beginnt, in dem Dylan gefährlich dicht an seine Grenzen gerät – und letztendlich doch seinen Gefühlen unterliegt.

ISBN 978-3-934442-51-1

Stefanie Herbst/ Juna Brock
Guilty Pleasure –
Heimliches Verlangen

Dice, Leadsänger der erfolgreichen Band „Guilty Pleasure“, hat eine heimliche Affäre mit seinem Bodyguard Ceely, in der es nur um Sex geht - nicht mehr.
Als sich Anziehung jedoch in Liebe verwandelt, stehen die beiden Männer vor einer schweren Entscheidung: Sollen sie sich ihre Gefühle für einander gestehen und dabei riskieren, alles zu verlieren? Die Würfel werden entscheiden ...

Die Ehre der Am'churi
Sandra Gernt
ISBN 978-3-934442-50-4

Die Drachenkrieger Jivvin und Ni'yo hassen einander, seit sie sich das erste Mal begegnet sind. Obwohl sie als Waffenbrüder im Tempel des Kriegsgottes Am'chur aufwachsen, scheint es ihr Schicksal zu sein, sich gegenseitig umbringen zu müssen. Eines Tages werden sie aufgrund einer alten Schuld an ihre Erzfeinde, die Schattenelfen, ausgeliefert. Doch sie können fliehen – aneinander gekettet. Von nun an sind sie aufeinander angewiesen. Da entdeckt Jivvin, dass er noch ganz andere Gefühle für seinen Kontrahenten Ni'yo hegt.